我们居住的年代

·20年增订纪念版·

赵柏田 著

宁波出版社

图书在版编目(CIP)数据

我们居住的年代 / 赵柏田著. —宁波:宁波出版社,
2019.10
ISBN 978-7-5526-3643-7

Ⅰ.①我… Ⅱ.①赵… Ⅲ.①随笔—作品集—中国—
当代 Ⅳ.① I267.1

中国版本图书馆 CIP 数据核字(2019)第 201571 号

我们居住的年代

赵柏田　著

责任编辑	徐　飞	
责任校对	黄　薇	
责任印制	陈　钰	
封面设计	马　力	
出版发行	宁波出版社	
	(宁波市甬江大道1号宁波书城8号楼6楼　邮编　315040)	
网　　址	http://www.nbcbs.com	
印　　刷	宁波白云印刷有限公司	
开　　本	787mm×1092mm　1/32	
印　　张	17.75	
字　　数	200千	
版　　次	2019年10月第1版	
印　　次	2019年10月第1次印刷	
标准书号	ISBN 978-7-5526-3643-7	
定　　价	98.00元	

如发现缺页或倒装,影响阅读,请与出版社联系调换　电话:0574-87248279

前面的话

一个写作者,应该对从事的工作有充分的自觉:这是一种什么样的工作,这种工作的内部各环节——叙事态度、语言方式、结构和节奏——是如何相互作用的,它在个体生活中所处的位置以及如何对生活产生影响等等。精神世界的沉迷者容易走到一个极端,把虚幻的理念当作灵魂的栖居之地,而常人忽略的是:冥思和梦想也可以带来心灵的幸福。这本书的意义,或许就在于本着写作者的责任给这些问题一个清醒修正:真实的生活,应该是即此即彼的,是世俗和神性的和谐。

当我寻找到这种"断裂"的札记形式开始写作时,我进入了一个写作者无法回避的下列问题的讨论:书籍、语言、阅读、写作和承载这一切的生活。按我最初的理解,读和写,这是写作者的安魂之所,但随着写作的推进,我发现了我必须说出的东西,用阿诺德·汤因比的话来说,就是一个"神秘的事实"——人既是外部公共世界的居民,同时还是一个非物质的、不可忽视的精神领域的居民,人是一种"两栖动物"。人能同时全心全意侍奉两个主人吗?如果不能,两者之间择谁而事?汤因比说,大约从人类意识的启蒙时期起,这个问题就一直隐含地争论着。我想这种争论的实质就是要说出什么样的生活是真实的生活。传统和习惯强加给人非此即彼的选择模式,这种思维定式已经导致了人的行动的狭隘,并在很大程度上败坏了生活的质量。我还没有不自量力到要给这争论一个明确答案的地步,我能做的只是,首先是站在人的立场上,然后才是站在一个写作者的立场上说话。人和事就这样进入我的笔下,打开了叙事的空间。

试图用传统的文体给这些文字归类是困难的。作为一种对上述问题的个人化叙事,一份私人档案,它们更多的是我精神历险的记录和见证。写作中,我时时警惕自己避免过分投入带来的偏执,然而我也不能放弃我的立场。如果你是一个寻找真实的生活而又在遮蔽中四处突围的人,阅读它或许能带来自我呈现的快乐。因为一个人能够思想、能够把思想到的传述,在任何一个年代里,都是人之为人骄傲的理由。

目录
CONTENTS

前面的话 / 001

阅读的舞蹈

开篇：暗示 / 003

树　林 / 005

圆 / 007

通　道 / 008

一粒沙 / 010

真正的书 / 012

没有空白的书 / 014

图书馆 / 016

折　痕 / 019

小说不能教会我们生活 / 021

午夜零点 /023

走出仿制 / 026

唤醒记忆 / 029

阅读的舞蹈 / 032

行走的风景 / 035

南　方 /039

莎士比亚的记忆 / 041

劳伦斯时代的爱情 / 044

托尔斯泰的蚂蚁 / 046

和我谈谈普鲁斯特吧 / 048

知识的祛魅 / 052

盲　点 / 055

一页纸及其他

学　死 / 059

真　实 / 061

表　象 / 064

信　念 / 066

两种时间 / 068

说　话 / 070

梯　子 / 072

舟　楫 / 074

留　痕 / 076

包　裹 / 078

放　逐 / 080

镶　嵌 / 082

叙事的奇迹 / 084

开始与终止 / 087

文身苦役 / 089

另一种写作 / 091

写断手指 / 094

文字作坊 / 096

驱车上路 / 098

长篇是生活 / 099

作为时尚的愤怒 / 100

功利的背面 / 102

温　情 / 104

尚未问世的书 / 106

制造黑夜 / 108

删　削 / 111

一页纸 / 113

常识的泥沼 / 116

想象的旅行 / 119

秋天的书 / 123

我为什么写作 / 126

如影随灯

知识分子与生活 / 133

审　视 / 137

如影随灯 / 141

即此即彼 / 144

悲悯情怀之类 / 146

个体生活 / 148

游心于物 / 150

多么简单 / 152

接近无限透明 / 154

抒情的含义 / 156

美是无所不能的吗 / 160

内与外 / 165

我的生活就是我 / 169

幻　象 / 172

时光折叠 / 175

我们时代的生活

咖啡馆一瞥 / 185

酒　吧 / 188

丽人行 / 191

开进商场的书店 / 194

快餐店方式 / 197

电视人 / 200

今　昔 / 203

什么样的人是自由的 / 205

站在窗前的男人 / 207

冬天的树 / 208

空的房间 / 209

家庭景象 / 210

一封旧信 / 213

去往收发室的路上 / 214

人人都生活在幻觉中 / 217

成熟的男子 / 220

新瓦尔登湖 / 222

一次迷路经历 / 224

教堂顶楼的雨燕 / 226

乡村生活图景 / 228

梅墟:现实一种 / 231

穿城而过的河流 / 233

大地风景无语 / 236

世界的碎片

雪 / 243

桥 / 245

河 / 247

豹 / 248

雨 / 249

天　使 / 250

天　鹅 / 252

玫　瑰 / 254

瞬　间 / 256

阳　光 / 258

春　天 / 260

石　头 / 262

栅　栏 / 264

一　滴 / 267

信天翁 / 268

帽子：一个寓言 / 272

自画像 / 273

大　风 / 275

流　星 / 277

镜　子 / 278

男　孩 / 280

菖　蒲 / 281

潮　润 / 282

飞往月亮的飞机 / 283

八千米 / 285

小说家 / 287

我们的过去就是这么贫乏 / 288

手之语 / 290

梦境穿越者 / 292

马路上的孩子 / 293

夜色中的河流 / 295

西藏旅行计划 / 297

与梦境斗争到底

落　下 / 301

旧房间 / 304

在茶馆 / 309

微暗的火 / 315

室内乐：冬季 / 319

在工体路酒吧 / 322

梦境的房间 / 324

命　令 / 329

写　下 / 331

这个春天的后面站着另一个春天 / 332

各种各样的罪 / 334

疾病解说者 / 335

一抹黑暗 / 337

痛 / 338

瘤 / 343

上坡·下坡·单车 / 347

彼此相通的房间 / 350

稻草垛 / 351

雨打在脸上 / 353

迷途者 / 356

夏天的采石场 / 360

从深处 / 363

聒噪者言 / 365

蝉声穿石 / 369

一位女士的肖像 / 374

记一次梦中访问 / 376

世事如烟 / 378

父性之书

乌纳穆诺 / 383

帕斯卡尔 / 385

蒙　田 / 387

克尔凯郭尔 / 389

阿尔贝·加缪 / 392

朋霍费尔 / 398

福克纳 / 402

契诃夫 / 410

普里什文 / 413

川端康成 / 417

布罗茨基 / 427

帕　斯 / 438

巴别尔草稿 / 442

籍里柯 / 444

比亚兹莱 / 449

不停地游走

我和我的村庄 / 463
幽灵们 / 476
乡村电影 / 481
看得见风景的阁楼 / 485
在黑暗中奔跑 / 491
县城的地名 / 496
1976·夏夜的游戏 / 504
一场与昆虫的战争 / 513
1969年大事记 / 519
七十年代 / 521
说吧,记忆 / 523
出生于六十年代 / 531

原版后记 / 541
新订版跋 / 545

阅读的舞蹈

开篇：暗示

我喜欢透过冬日稀疏的树枝望着头顶的一方天,那时,天空是旷远而深邃的,许多被习惯遮蔽的新的念头和思想会活泼地跳出来。我还喜欢在一场钢针般的豪雨中,看着水洼上一个个铜钱大小的涡纹,看斜斜的雨线如神迹降临大地。黄昏,下雪了。我只是坐在落雪的草地上。草被雪掩盖了半身,我伸出手,就可以抓到一把黑暗:黑暗一直在那儿,只是我没有注意。

就像雪莱爱着云雀(对雪莱而言,这神话中的鸟是万分真实的),加瑞·斯奈德爱着婉转的佛法僧鸟,聂鲁达爱着秋日斜戴贝雷帽的少女,你可以说我爱着的是疏枝、天空、大雨、雪中的草地、黄昏和上帝全部的造物。我是万物的情人。

我不习惯把想着的全部说出，而只是暗示着。如果我要给你看一朵花，我指给你看的肯定是一片花瓣，另一部分，那不可见的、秘密的花瓣，我要你自己去梦想。思想也同样，我只是给你一个画框，提示给你思想的契机和氛围，那画框里的无限风光，都是在你的心里。

树　林

　　一个人走在黄昏的树林中,你不知道这树林究竟有多大,你只是猜想十公里外的地方,也一定还是树林,那里的树木也是这般高,这般大,你肯定会有这样的弗罗斯特式的诘问:还要赶多少路才能回家?还要走多久才能安睡? 一个阅读者就好似走入了这一片无际无涯的树林,他看到头顶的天空被树枝修改得支离破碎,远处却没有一丝光亮透出来。那些沉睡着的书,你不去打开它,它就永远不会醒来。它们好像孤独的树木,伟大的落落寡合者,世界在头顶喧嚣,它们的根深深扎在过往的尘埃和落叶里。你不从它们那儿经过,生命只能抽成一根孱弱的倒伏的芦苇;你走出了这个林子,你的生命才会厚重起来,你的书才能厕身其中,也成为一棵树,让后缘者在你这里汲取到智慧和生命的力量。但你仍是一个阅读者,你究竟一生都将在其中义无反顾地行走。你听着远方的树林在沙沙作响,那是尚未读过的书的召唤。你抬脚前行,神秘的将不再神秘,世界这枚叶子露出它脉络清晰的一面。

圆

眼睛是第一个圆:它所形成的界限是第二个。爱默生在这里说的第二个圆,除了我们在日常生活中的视野所及,还应包含着阅读。阅读也是一个圆,这个第二重的圆无休止地重复着,将去涵盖阅读者的生活。看看普鲁塔克的历史传记对后人的影响,就可以想象这种力量的惊人之处。这个圆的圆心就是阅读者自我,它的直径应该是阅读者内心世界的向度。一个阅读者的内心世界的深广度到达何等地步,他就应当选择与这个向度相契合的书来读。在这个圆的圆周里,预言者、革命家和艺术大师比肩而立,古典的梦境交织着日常生活的镜中投影,它就是阅读者视野所及的无限风景。

通 道

打开一本书,从阅读进入世界,又经由阅读摆脱世界,这是一条生命的通道吗?词语的子弹穿梭而过,书上的浮尘簌簌掉落,这是一条安全的通道:地狱是他人的,就像一个人坐在黑暗里,为另一个世界(甚至根本不存在)里的聚散离合或喜或悲,体验着生与死、爱与恨、是与非的交争,而一出大门,风和日丽,世界还是原来的世界。这种感受会让一个阅读者觉得置身的世界是一个大布景,于是他一次次从中遁逃,这遁逃就是重新回到阅读。他真的完成了对这世界的逃亡吗?这条通道是不是永远畅通无阻?它有没有一个终结?

就像在梦中突然被一场大雨包围,一个无所用心的阅读者也在不知不觉中被抛进一系列的事件。

或许起初他只是为了消遣,在旅途中或临睡前片刻才打开它,但魔力已经开始施展,沉睡着的故事和人物一个接着一个被唤醒。一系列的事件是一个个神秘的套盒,这套盒最终的一个隐藏着惊人的真实。正是这对真实的祈盼诱使阅读者一步步走近故事里的人群,更令人惊奇的是,他会在那些完全陌生的面孔里找到自己,找到自己想成为但还没有成为的那种人。他怀着实现自己梦想的愿望一页页读下去,即使事与愿违,他也已身陷其中,当然,如果他想置身事外,那只消把书一合,但那份急于知晓事件真相的愿望会诱使他再次捧起书并打开它。

现在我们已经知道,深陷事件之中的阅读者其实就是一个被诱惑者,他疲惫地在一本又一本书之间行走。他的一生都在雨中,他的道路没有终结。

一粒沙

让我们重新回到那几乎是不可抗拒的诱惑吧，难道我们一次次地捧起书只是为了揭开蒙在事件上的帷幔，满足我们可怜的好奇心？要知道，从一本书与另一本书之间看世界就好像从两扇偶尔没有阖紧的门之间的缝隙去窥望，这一瞥能有多远呢？几乎每天，夕阳带着伤感的表情照进我的西窗，照着靠墙的一排高高的书架，要是我不开灯，过不了多久，这些书就将遁入无边的黑暗。由是我感到这一本本的书就是一个个的梦，它们高低错落，暂栖在我今天的家居，几十年后，它们还将在大地上、在月光下行走。一本未曾打开的书是一片沉睡的大海，一旦打开它，我们将无可逃遁地被带到它的无穷深处。在那里，表面显得平静的海水下，那汹涌而起又坠落成灿烂花朵的,那在狂澜中晃动着的,是黑暗与幻想。一个不曾开卷阅读的人是世界这个大海滩上万千沙粒中的一颗,而通过阅读,我们将成为大海,世界就是沙粒,思想的潮汐要把它们轻轻地拍动。

真正的书

什么样的书是真正的书？一般认为是经典、名著。他们认为，一个人或许看错，一代人或许看错，但整个人类不会看错。这种潜在的惰性使得阅读成了一种被规定了的机械复制，不敢也不能去呼唤那些依稀成形的真正的书和真正的思想。当一个人说某本名不见经传的书是真正的书，这首先是一个创造，而不是盲目，他肯定是在这本书中发现了潜在于作家灵魂乃至人类灵魂的某种被压抑着的东西。这样的书是很容易被忽视、受到排斥的，书架上几乎没有它们的安身之处，但当阅读者的手轻轻翻开它们，就会引起心灵幸福的震颤。一个优秀的阅读者创造着他的作家，也创造着真正的书。由于种种有意或无意的压抑，这本真正的书可能是我还没有写出来的一本。这样的书会一次次地来敲击我紧闭着的心灵之门,我漫不经心地应着:"谁在敲门?"却没有打开这扇门,直到最后,我似乎听见这样一个声音——"我就是你自己啊!"

没有空白的书

是再现生活,还是模仿生活？建立在内在需要基础上的写作选择的是前者。坦率地说,即便是一件对自然进行模仿的写生性的作品,如果它是出自一个真正的艺术家之手,它也不会是纯粹的复制品,在某种程度上它还是能够发出内心的声音的。因此文字和外部世界并不对等,当外部物象置换成相应的语词时,它们之间留存着一个空白。这个空白是由阅读者的想象和经验去填补、衔接的,这使得阅读成了一种冒险、一种进取性的活动。在这个意义上,一本优秀的书是写作者和阅读者共同创造的。

作品一旦成形,它就成了一个实体,获得了独立的生命,有了创造一个精神氛围的能力。文字在摆脱写作者之后好比是一粒随风扬起的种子,它落在不同的土壤里就会结出不同的果子,这就是西谚所说的有一千个读者就有一千个哈姆雷特。写作是神秘的,阅读也未尝不如此。由此看来,一本书同时是几本书,甚至一切的书。饕餮者捧着一本味同嚼蜡的书对自己说,这本书人家写都写出来了,我还怕读不了?这真是劳而无功。他实在不懂得,一本书读起来感到隔膜的原因有时并不在他自身,而是这空白留得太窄,甚至没有空白。没有空白的书是阅读者的想象、智力和个人体验无从插足的书,也是毫无价值的书,写作者的演绎、解释在文字中塞得满满的,令人望而生畏。这就好像一个人在喋喋不休地说话,生成的却是一些无用的语言泡沫:命令语气,自以为是,导师气派。这样的写作者是自私的,他无法使阅读者的注意力集中到自己身上,无法引领着他们从文字中发现自己熟悉的面容、逝去的时间、失落的梦想。这样的书在这个世界上消失,你会感到有一点点可惜吗?

图书馆

很难想象在图书馆里的阅读,那是幅怎样的场景啊:那么多人伏在桌子上,整齐地坐成一排,像开会现场,又像是一个生产作坊。这样宽敞、冰凉的地方,声息相通,空气中老是散布着陈旧的纸张的霉味,无论如何是不宜于作精神漫游的。图书馆只是存放书籍的地方(如果把书籍看作人的记忆的延伸,那么图书馆也是人类的记忆库),翻开它们是一个人秘密的事情。我相信,写作者出于孤独写下的书,冥冥之中也是期望着我们在一个人的时候去打开它的。

在我的经验里,每次我去图书馆之前都是想好好读几本书,但一进去,生怕被那么多书湮灭的恐惧就充满了我的心。这种恐惧来自那些几乎不再为人提起的书，和写下它们的主人。我就怀疑，花如许的时间和精力在这些书页上是否明智。我像那只故事里的猴子，从这枝攀到那枝，一边背负着那么多不必要的东西，一边发出糊涂的叹息。遇到那种我中意的书，我就有股冲动想把书中的精彩部分都抄录下来。但这是不可能的，铃声响了——败兴的铃声，给我们的阅读下课了。

相比之下，我更喜欢去的是图书馆里的书库。那里是图书馆的心脏，安息着历代的亡灵，其间潜含的巨大能量压迫我屏声静息，我的脚步必须寸尘不生才不至于惊动他们。松脆的地板上响着我孤独的脚步声，换气扇嗡嗡地哼着，像来自另一个世界的声音，那样的地老天荒。几缕光线像攀缘的植物，穿过玻璃气窗探首伸进来，照见空气中浮游的灰尘。灰尘下，那么多挨挨挤挤的书是亡灵们缄默的嘴唇，这嘴唇曾在过去的岁月里吐露过隐秘的话语，但现在它们都被遗忘了。我喜欢干的还有在书库角落找出一些旧时代的画报，用目光随意抚摸过去年代美女的画容，我这样做，不用像在大庭广众之下害怕被人指斥为居心不良。没有人再记起她们的美丽动人，只有我在灰尘包围的书库角落为美的流逝而惊心……纸张、文字、瞬间定格的画面,它们记录了思想,也留住了短暂易逝的美,它们激动过那么多人,栖身的居所却是这样的局促、寒碜!它们被人开启,又合上,在漫漫无期中等待下一次的开启,就像寂寞深宫的女子在无望的期待中朱颜渐凋。如果它们有灵性,一定会在某个夜晚跳离这禁锢它们生命的大屋子,去人间漫游,去发生奇遇……当我一个人在渐渐变得晦暗的书库里游走的时候,秋天的太阳已滑到了这座被称为图书馆的白色建筑物的另一边,它无力的余晖撞在墙上,像一声悠长悠长的叹息。

折　痕

　　书上的折痕意味着阅读时间的暂时中断。外部世界的一度入侵使阅读者放下了手中的书,退出了在书中的漫游,为了再度返回时不至于迷路,他习惯于在中断的一页留下一个印记,于是此一世界的时间静止了,一切不再流动:下落的雨停留在空中,跳离水面的鱼忘了回去,笑容僵在脸上,一个热吻如果不再把书打开就有可能天长地久海枯石烂……经验告诉我们,没有一本书是一口气读完的,当我们打开读过的书,会惊讶地发现那一本本书里有着如许多的折痕,它们沉睡在书角,像一只只蜷曲的耳朵,提供给我们种种回忆的切入口。

　　书窗掠过的一只蹁跹的蝴蝶。陌生人来访。电话相邀,打在书页上的雨,为了调剂倦怠进行的散步……这些日常生活的细节割裂了阅读过程,也丰富着阅读本身。我们日复一日居住在这个真实的世界中,无疑不会把它同书中的人物、场景、情节相混淆,但如果时日久远,出入往返于两个世界的我变得老眼昏花,谁能保证我不会把此一世界的人和事移到彼一世界?或许有人会说:瞧那个人,他本来就是居住在书中的人,谢天谢地,他现在总算又回去了。

小说不能教会我们生活

把小说看作生活的教科书的谬误由来已久。小说真的能教会我们怎样生活吗？回答是不可能的。小说家兴之所至，以他们自己所能把握的方法来看世界，他的语言态度、对讲述故事方式的沉迷，实则是对现实世界的规避。他的一生被献祭给了书房里的工作。一个人一生只能干一件事情。我们记住了那些小说家的名字，那是因为他们确实在这一行干出了名堂，但代价是巨大的，他们的一生千疮百孔。写作史上，这样的例子太多了。瓦尔特·惠特曼看了但丁的肖像后就这样说："这张脸摆脱了世俗的污秽，他变成这样一张脸，所得很多，所失也很多。"

也存在这样的情形，对经典小说的崇拜，反而使我们对小说家的生活一无所知，甚至把他们的作品当作一种奇迹置于公共视野之外。这就如同看美术馆的藏品,在欣赏者的眼中,作品的生命气息在用作保护的玻璃下只剩下表面微弱的颤动。应该把书写者经历的一切——他在世时的荣耀、他遭受的冷落,甚至他的隐私,看作他解释世界的一种方式。他生活在写作中,却依然要呼吸在世界上,这就是事实。因此,一方面一个小说家的生活不会教会我们什么,另一方面,如果懂得识读他的生活,那么便能听懂他的言说,因为小说是一个人的声音在生活的四壁碰撞发出的回响。

午夜零点

午夜是一片海,我夜读的小窗该是最后一座灯塔了。夜海上没有浪花飞溅的声音,黑色,铺展在远方以远。时间的行进寸尘不生。灯光静柔,照着桌上摊开的书籍和散乱的文稿。多年以来,我已安于一个灯塔管理者的角色,在孤寂中守望着夜海上无边的黑色。

谁的内心有我这般狂澜深潜?为了在大地上安置思想,我的精神时时像一面绷紧的鼓。当我说午夜,然后说出心情,泛上心头的是一种类似于面对遗址的伤感。午夜心情,这里有着太多对难以释怀的往事的眷恋,以及对不可知的来日的微微的激动。

我相信在午夜零点,时间这张大网现出了一个缺口,许多神秘的东西从这个缺口伸出了脑袋。那一刻,我把灯调得足够暗,我翻动书页如摩挲处子新鲜的肌肤,我,还能听见自己微弱的心跳。那一刻,呈现在我眼前的不再是那个熟知的、有着规定的开端和结局的日常世界,那些翻开的、未曾翻开的书构成了一道屏障,把现实冲突阻挡在外。世界消隐了,像一场大水冲过,凸现的却是词语和句子。世界置换成了我喜爱的词语和句子。哦,天堂里为善的姐妹,你们能看见我吗?我的灯窗是夜的大地唯一的眼睛。

我想这时应该有一列火车驶经我生活的城市,一个睡眼惺忪的女孩靠着车窗读我的一本书,车过立交桥,她望了一眼夜的街道和楼群,轻轻合上了书页。我还想这时的窗外应该有一阵雨,萧疏而从容,我在读着的小说中的女孩,便会是其中最悠长的一滴,被风迅疾拉长……许多次,当时间到了那个临界点,我这样坐着,仿佛进到了一本黑色书页的书里。我看到流星西去,像风中旋转的树叶;看到夜在墙根下一点点地萎缩了身子,而书上没有字,只有星光、河流和孤行的火车。午夜零点,空气中弥漫着冷酷、忘我、独尊的气息。无数的书在一圈灯晕下缄默着,如果我的手指不去触及它们,它们便永远不会出声。我敢说在午夜零点还捧着一本书的人,在每个城市中永远都只是一小撮(原谅我用词的不敬)。灯光下,他们的脸半明半暗,内心真诚的反省和忏悔,使得他们与白天身为小公务员的庸态判若两人。他们的内心充满着摆脱白昼羁绊的喜悦,能说不是他们丰富着一座城市的内涵?

　　我想我该去买烟了。我走向远处,街角那个亮着灯光的店铺。我的影子跟随着我,像一只忠诚的老狗。下了好几个星期的雨刚刚停歇,街道积满了水,像小小的湖泊。如果是白天,闪亮的镜子里会映照出电杆、雨披、飞鸟和一切众生的影子。我的脑际萦回着:黑夜。我说:人们,我是在你们的梦乡。世界已经消隐,我满心摆脱了白昼的欢喜。我说:人们,为了你更好地入睡,我要做你灵前的歌手。

走出仿制

写作生涯不可能完全规避阅读,相反,写作者总有意无意地在阅读中找寻可资借鉴的标本,或者是意象、结构,也有可能是叙事态度和思想。他就像一个好奇的窥探者,总思量着从一间大屋子里拿走点什么,来做自己居室的摆设。这样的阅读带来的功利是显而易见的,但它潜在的隐患是致命的。它是一个轻易绕不开去的陷阱,创造力的陷阱。因为阅读虽然能开发写作者的心智,但写作不是心智的较量与比试,而是解放灵魂和生命本身。

一个功利时代里,写作变得困乏、失去力量的原因,就在于舍弃了个体的生命悟想,不自觉地走入了烦琐的阅读的仿制。写作者们在一些文化成品或半成品前欲逃不能,失去了安宁,失去了独守艺术个性的最后一点可能。这样的忠告是不会多余的:从阅读的仿制中走出来,规避盲从的、功利的阅读,从根本上告别精神的侵扰,甚至最大限度地放弃现代视听,从而"封闭自己"。或许,人只有在静寂中才能听清自己心里到底想说些什么,才能在最后一刻找回自己的那个角落,它小得要命,但只有这个小小的空间才能存放自己的灵魂。

如果抛开纯粹的阅读快感,一般性的阅读目的不外乎从中获得有关这世界的一些知与见。但智性并不能规定这世上的一切,我们往往有可能迷失在自己智性所构筑的城堡里,这正是思想的局限。其实,人对这世界的感知能力是神秘的,甚至不可思议的,古人称之为"灵性",诗哲里尔克称之为"世界的内在空间"。写作,有可能是传递这种感知的最好形式,然而无休止的仿制正使写作一步步沦为没有灵魂的躯壳。

当我打开一册书,我知道,作为一个有着双重身份的阅读者,我正在扮演一个拾穗者的角色。这不是我所向往的。我尊重的是创造,是领悟,是独到的表达。因此我更愿意抛下书,独自坐在夜晚的阳台上,看流星西去,倾听来自广袤夜空的神秘声音。我睡觉、写信,在落叶满地的小径散步,更多的时候,当我在桌上摊开一叠白纸,我只有一双劳动的手和一颗运思的大脑。

唤醒记忆

　　笔下的世界如同一面镜子,映照出现实世界中的人和事,但这样就可以说此一世界和彼一世界完全对等吗?正如我们所知道的,笔底世界是由文字构成的,它并不是一览无余地进入阅读者的眼里。小说、叙事散文、叙事诗和其他叙事性作品中的形象,包裹在文字外壳里,是一种间接的内视现象。在欣赏这一类作品时,首先看到的不是形象实体(具象)本身,而是代表这种形象的文字符号。这些符号直接作用于人的视觉,引发人们的记忆和联想,由此产生相关的视觉形象,阅读者根据自身生活经验推想作品的情景、内涵。在这种由文字符号到艺术形象的想象过程中,符号只是一种媒介,它自己并不进入人的印象,也就是说,符号在完成了从人们的回忆和联想中提取形象实体的任务后,随即就在阅读过程中隐去了。

以文字作表现手法,在直观性方面是先天欠缺的,没有雕(塑)、绘(画)形象来得直捷,但它在构成障碍的同时也为阅读者留下了广阔的想象空间。通过文字发现形象,离不开想象,阅读的过程,其实就是阅读者调动自身生活经验(或幻觉)展开想象,消除内视形象和生活形象在感觉上的差别的过程。这是一个"运思"的过程。阅读不是被动的信息接受,它是一项进取性的创造活动。想象不论如何怪诞、离奇,都是有着现实世界印记的,即使是天堂和地狱,也是人间生活的变形。

因此我从艾兹拉·庞德的《地铁车站》,读出了我在深夜的人群中涌出上海铁路站时的孤单。我一个人拎着一只旧皮箱,站在寒风吹刮的车站门口,雪亮的车灯照射我的身体,影子像皮影戏中的傀儡一样在墙上移动……读出了春天到来时,油腻腻的车窗玻璃上那一张张疲惫的脸,它们像经冬的荷梗,像"湿漉漉、黑黝黝的树枝上的花瓣"(这场景曾在一个梦境中对我有过启示)。我甚至还从普鲁斯特温文尔雅的叙述中,读出了一个躺在深色蚊帐的眠床上的少年,床框上雕有云、鸟和一些稀奇古怪的符号,月光穿过古旧的窗棂,落在少年身上,像一层晃动的水。这个孩子,他躺在被寂静包围的村庄,躺在时间的深处……这个孩子,他无论如何不是来自法兰西,不在贡布雷的那个庄园,他留存在我的记忆中,像一个哑默多年的音符,是不经意的阅读唤醒了他。

阅读的舞蹈

在一开始，那些伟大的作家似乎都是不可理解的，他们仿佛是在用我们根本没有学过的语言写作。麦尔维尔用传奇的笔触写下我们这个星球上最有智慧的动物与最庞大的动物巨鲸的搏斗；霍桑在《红字》里写了一个独特的女性所遭受的苦难，在一片晦暗凄楚色调中，傲然挺立着一丛玫瑰（故事开篇），谁在一开始就能理解那盛开着的宝石般的花朵象征的是人类的道德？

心智的发展需要一个过程，在我们还没有找到阅读的门径和线索之前，新的作家一直是晦涩难懂的。另一方面，一个优秀的作家并不是跟在思想的后面亦步亦趋，有时他写下的真正实质自己也无从知晓。如同成功的作家创造他的先驱者，作家也需要由读者来创造。因此,如果没有合适的心境,没有成熟的心态,我是不会去打开这些寂寞的书的。创造需要契机。

即便在今天,仍然有许多人认为普鲁斯特是无法卒读的,而乔伊斯简直是莫名其妙。我的书架上,《都柏林人》和《在斯万家那边》都摆在十分显眼的位置,如果有人问我是否把它们一一阅读了,我想以一则陈旧的故事作答:有人问一个书籍收藏家是否把他的藏品全部都读过了,他反问,难道一个瓷器收藏家一定要把他的藏品全都使用遍吗?我拥有那么多伟大作家写下的作品,《红楼梦》《浮士德》《追忆逝水年华》……在我找到解读门径之前,我宁愿让它们沉睡着,给我的书房营造一种神秘的气氛。我喜欢那种保持神秘心境的阅读和写作。

说到风格,在我们中国的古代文化里,那几乎都是些外在的东西。在我看来,风格就是思想本身,它是一种看不见的透明媒介,有时我们经由这种媒介走近曾经遥远的作家。后来,这种透明媒介几乎成了作家本身,就像我们一谈到梦魇、城堡和绝望就会想到卡夫卡。一个神秘主义者在自己的灵魂中发现上帝,而一个写作者则在自己的作品中发现风格。每一种风格,都是写作者按着他内心节律的舞蹈(这不是隐喻,写作本身就是生命的舞蹈)。如此看来,走近大师,寻找通向他们的途径,最直捷的就是去把准他内心的节律:他的行动,他的思想,他内心深处哪怕是一次小小的悸动。这样,阅读便也成了一种舞蹈,一种亲切的,又要花费不少脑力和体力的进取性活动。阅读是借着他人的脑袋来思考,也是踩着他人的内心节律来舞蹈,"他头顶黑夜、谎言和虚无在跳舞",而最终,我们都是世界这本永不结束的书中的章节和词语。

行走的风景

有什么感情比热爱山川、海洋、夜晚和花岗圆石更富有浪漫情调呢？当我们走在城市的街道上，没有土壤，只有灰尘，面对着被夕阳烧得通红的窗玻璃和被高楼切得四四方方的天空，有关大自然风景的回忆，正通过曾经使我们激动的最杰出的艺术家向我们走来。有关雪地上的白桦林、草原、掠过乌鸦影子的金色池塘……我们是通过屠格涅夫、叶赛宁这样的俄罗斯风景圣手来获得的；19世纪初期出现工业革命图景的风景画，我们是通过凡·高（《克利希的于特工厂》，1887年）和他的同时代艺术家来获得的。另外，还有伦敦西敏寺大雾的记忆，中原承天寺月色的记忆，南美大陆雨水的记忆，都出自那些"器官"——专为歌咏大地的忧伤、痛楚和幸福的"器官"。

在马可·波罗时代之前,几乎每个作家都是旅行家,而旅行家也曾经是作家,他们在月色山川中匆匆行走,又在回忆中把旅程风物一点点地堆垒在纸张书籍中。在早期行吟者的文字中,较为真实地留下了那时的地理风貌和风土人情。17世纪中国的旅行家徐霞客是一个最好的例子,他曾说,如果让他游遍江南名山,即使老死在山川中,也不会是一桩憾事。在今天,整个世界在空间上看来是缩小了,但有些地方仍是我们想去而未能去的。人性中潜在的怠惰又让人倦于出门而甘做象牙之塔中的隐士,谁还会有强烈的欲望去看一看传说中或在伟大的作品中写到过的地区的风貌?

今天留存在我们记忆中的风景,很大一部分不是游历所得,而是通过阅读。在阅读中苦行孤历也可以亲近自然,放浪山水,前辈文人和作家的魔杖一指,我们就行走在那一片风景中。熟悉的地方没有风景,生活永远是在别处开始的,没有去过的地方有一种神秘的力量让我们梦萦牵挂。18世纪英国赛弥尔·约翰逊博士渴望有一天能看到中国的万里长城;

博尔赫斯也同样对古老、神奇的东方充满幻想和向往,在他的《长城和书》里,他最终无缘见到的在大地上投下影子的长城,是秦始皇这位命令世上最谦恭的民族焚毁过去历史的恺撒的影子,空间范畴的长城和时间范畴的焚书都是废止历史,是旨在阻挡死亡的屏障。

"对于我们这些从事物候学、观察自然现象一天天变化的人来说,春天是从光的增强开始的,这时候,民间都传说熊在窝里翻身了;这时候,太阳快要转到夏天的位置上去,尽管残冬未尽尚有酷寒之日,茨冈人还是开始卖皮袄了。"(普里什文《第一滴水》)那些能够担当起导游职责的作家应该具备这样的才能:他善于把知识引进他的写作,把民俗学、物候学、植物学、动物学、地理学、方志学融合在他的创作中;同时他还应该关注风景中的主角 —— 动物、花草、流水、人,甚至还有时间,关注阅读者心中所存有的幻想。这样,我们最终就把那片风景跟咏唱描绘过它的作家联系了起来:屠格涅夫就是俄罗斯风景,王维就是中国唐朝的山水,哈代就是他虚构的"埃格敦"荒原……而作为历史过客的我们,在他人、在后来者的眼中,也只是一片片行走的风景,不是海洋,不是夜晚,我们只是一粒粒舞蹈的灰尘,我们从中而来,又悄悄地归化其中。

南　方

南方多雨季。南方的天空有着北方所没有的亮亮的湿意。南方的墙角、青苔、曲折阴暗的小巷,都隐藏着许多引人入胜的故事。因此南方有侯方域与李香君的红尘绮恋,有玲珑的园林,有桨声灯影里的秦淮河,有纵酒狂诞的徐文长,有"三言""二拍",有杜丽娘起死回生的传奇。明清的一部中国思想史,泰半就是一部江南的士林史。南方的某个歌馆、酒楼的竹帘一掀,就展开了一部晚明的文化长卷。在今天,南方还是靳羽西的女性化妆品系列、粤语歌曲、校园民谣、中产阶级的粤菜馆和光头李进的《你在他乡还好吗》。文化的南方像一枚新叶,被经济的雨水浸润,非复旧观。

地域意义上的北方是持重、政治的,它清洁的线条和旷远的天空是思想者的天堂。它是一个有机体的大脑,注定要在某种清教徒式的生活中从事崇高的精神劳作。它不关风月,与享乐无关,它总能在一出风流的闹剧中保持宁静的本色。

莎士比亚的记忆

博尔赫斯在晚年双目失明时写过一个短篇《莎士比亚的记忆》。一个莎士比亚的崇拜者,在一个偶然的机会里,有人送给他一件礼物——莎士比亚的记忆。这种记忆会在做梦时、夜晚工作时、翻阅一本书或拐进一个街角时表露出来,根据它神秘的方式,命运会促使或推进它的暴露。冒险开始了,这个崇拜者感到在某种方式上来说,自己就是莎士比亚,他感到了作为莎士比亚的幸福。但到后来,他感到了压抑和恐惧,"莎士比亚这条大河的水涨了起来,几乎淹没了我可怜的河道"。他惊恐地发现,自己正在忘记父辈的语言,他开始不懂得日常发生在周围的事情了,他觉得自己简直是生活在地狱里。为了解脱,他把这件记忆送给了另一个人,他重新回到了人间。

这很像是一则寓言,博尔赫斯在这里表述了他的"英雄观",或者说"天才观"。天才引领我们走向自然和宇宙的无穷深处,但如果我们成了天才的奴仆,就等于在精神上自杀。一般说来,常人只能看到自己同时代的人,不能看到更远更深,见罪恶之事不以为罪恶,闻荒谬之论不以为荒谬。天才人物的出现,可以突破常人的视野,他们超越时代的爱憎,忠于人类共享的观念,把常人从错误中解放出来,"伟人是他的时代必不可少的拯救者"(卡莱尔),但当天才人物过于强大的时候,新的危险就出现了:极端信仰、无节制的崇拜和权力神话,天才也可以窒息未来的天才。

美国哲学家爱默生曾忧心忡忡地说:"在目前,莎士比亚成了我们视野的极限,极限以外我们一无所见……对莎士比亚奇才俊思的赞美,构成了一个时期的基调,正同基督教义构成一个时期的基调一样。"(爱默生《代表人物》,1850年)这段话与其作为哲学家的论断,不如作为评论家的抗议更恰当些。爱默生在这里说的主要是这一点:人们习惯于满足已有的文学天才和财富,而不敢去发现和呼唤地平线上正在依稀形成的文学形式;他们习惯于向后看,看到历史上的天才,而新的文学形式,新的哲学思想,只是因为没有穿着"旧衣柜里的服装",他们就视而不见了。其实,伟大的天才即他的时代的一部分,他本人就是时代。

历史在这个意义上是英雄和天才的历史,大时代已经过去,是不是世界应该收场?文学史,多少世纪里,哪种题材没有写过,什么形式又没有尝试过?爱默生抗议说:"为什么我们要在历史的白骨中寻找?今天,太阳一样照着人间。田野里的羊群和亚麻比以前多。有新土地、新人、新思想。我们要有新事业、新立法、新信仰。"(《自然·导论》)

每一代人都在栽自己的树,收摘自己的果实,爱默生本身的创作就证实:新的一代能找到新鲜和神秘,世界上已经说到的事物为有待言说的事物开辟了更多的途径。天才生于创造,不生于模仿,只熟读"莎士比亚",永远也培养不出一个"莎士比亚"。也正是爱默生的同时代人麦尔维尔说出了这样的警句:"与其模仿而成功,不如创新于失败。不经失败,何来伟大?"

劳伦斯时代的爱情

在一个以满足消费为价值尺度的年代里,这样的文化才会流行:或帮助餐桌上的消化,或是营造床上的氛围。性,不再是洪水,而是生活中的一剂调味品,让行将就木的大脑回光返照的刺激。在这样的情况下,谈论D.H.劳伦斯是危险的。《查太莱夫人的情人》中古老、神秘的英国森林已激不起今天多少的向往,劳伦斯对赤身裸体在雨中嬉戏的情人的描写,他以近乎女性的精确对男女身体的描写,这些都是上一个时代的记忆了。

西方工业社会每一次新的发展,旧日乡村生活所具有的活力就会走向失落,"这便是历史:工业的英格兰把农业的英格兰消灭了"。劳伦斯整个的意图,就在于使性爱成为反对工业社会的革命武器,因为他相信,"心灵之爱的神圣"能够彻底革新社会,能够改变"撒旦的工厂"、可厌的城市,以及被他视为人类自由精神之敌的工业毒雾。劳伦斯把性爱塑造成工业社会的对立力量,这是一个性爱的神话。

承认劳伦斯是一个天才,就是承认他的天真,而不是污秽。"不是我,不是我,而是吹来穿过我的那阵风。"劳伦斯这样写及他的灵感。人们常常一厢情愿地以为一本书会把人引向堕落,对生活中的放纵现象却视而不见。劳伦斯是孤独的。

离开劳伦斯写作《查太莱夫人的情人》已过去半个多世纪,一种难耐的怀旧和对年华易逝的怅惘,时时交织在我的阅读中:古老的英国森林,古老的林中守猎人!今天,我们恋爱的场所已经不得不走入现代城市的卧室和洗澡间,这怕是世故的隐私的最后场所了。

"大灾难已经来临,我们处在废墟中,我们开始建立一些新的小小的栖居之地,怀抱一些新的微小的希望",这到底是可能还是梦想?

托尔斯泰的蚂蚁

　　托尔斯泰五六岁的时候,经常和他的三个哥哥一起玩一种蚂蚁兄弟的游戏。他们找来几把椅子,用箱子、盒子把土丘下爬来爬去的蚂蚁围起来,然后他们蒙上头巾,钻到椅子底下,在黑暗中紧紧偎着坐在一起。他说他就是由此感受到了爱与同情这些特殊的感情。那时,他的一生刚刚开始,他和他的三个哥哥把这个游戏视作共同的秘密。很长时间他们都相信,谁一旦拥有了这个秘密,他就可以借此成为幸福的人,没有疾病,没有不幸,永远不吵架不生气,就像蚂蚁兄弟一样相亲相爱。他的大哥声称,他已经把这个秘密写在了一根小绿棒上,并埋在了某个林子的路边。他低声对大哥说:我死了后就把我葬在那里吧,反正人死了后总要有个地方埋葬的。到了晚年,有一天,他和小女儿骑马经过那个林子,他突然大叫一声,扬扬马鞭对女儿说:就在那儿,那儿,那几棵树的中间,我死后就把我埋在那里吧。可是他最终还是死在了路上,死在旅途中的一个三等火车站里。他在这个火车站里进入了通向永生的窄门,随身带走的是一件宽松的灰色法兰绒上衣,一条灰色长裤,一双灰色长羊毛袜,一双夜间穿的便鞋。

他从自己的生活里逃开了。他好像一直在奔逃——"屈从然后解脱"。

他对世界的第一个印象就是他被捆绑着:他想把绑着的两只手松开,他哭喊,他觉得不公和残忍,但没有一个人帮他。在半明半暗中,似乎有人走近,还向他弯下腰来,但就是没有人帮他。为什么会有这样的初始记忆?成年以后他猜测:1.裹在襁褓里,想把手伸到外面来;2.为了不让他抓疹子,大人把他的手捆住了。不管是出于什么样的原因,"绑着",成了他的第一个也是最强烈的生命印象。这一场景不住地暗示他:我是脆弱的,我需要力量,而他们则是强有力的。

人与人的区别何在?或许就在于"屈从"和"解脱"方式和程度的不同。

和我谈谈普鲁斯特吧

那天下午在星巴克,是我们第一次谈普鲁斯特。巨大的玻璃幕墙外的人造水景、小圆桌、桌上的蜡烛和米字格台布、闲适的人群、压低了声音的交谈……这是最适合谈普鲁斯特的场景。慵懒的空气让人有种轻度的迷醉。你酡红着脸,像是正被我的语流送入睡眠的忘川。那天我们谈到了他在庄园里的一个个不眠的夜、妈妈湿热的吻、教堂钟声、篱笆上的紫色小花和斯万家那边的小径。我们怎么会不谈他的病呢?哮喘——那个时代里同结核病一样苍白得优雅的病——春天的花粉居然是他的天敌!那么多年了,我从没和人谈起过他。普鲁斯特已经化作了我的血肉,我的魂魄,有时我竟会有这样的感觉:我谈论普鲁斯特就像在谈论我自己。一个人过度地表达了自己就会有心力衰竭之感,或许是因为我说了太多话,这一夜我失眠了。我像贡布雷庄园那个被失眠的潮水淹没的孩子一样,在黑暗中大睁着眼。我说:是谁进入了谁的身体,又是谁让谁发出回响?我还说:除了身体,我找不到通往你灵魂的道路。可是四下里只有风,呼呼,呼呼呼呼,呼呼,像一个赶夜路者大口的喘息。我甚至想不起来你的脸,而只是身体的一些局部:唇,眼睛,胸脯,腰,带着洗发水香味的头发。这些身体部件的组合有什么意义吗?无法入睡了,那天晚上头顶的一颗星,也真的像月亮一样,大,而且亮。我告诉过你,十年前我买他七卷本的《追忆逝水年华》吃了一个月的淡面包吗?我告诉过你,每一次搬家我都带着它们吗?我告诉过你,十年了我还没有读完哪怕是其中的一本吗?——尽管我是如此熟悉盖尔芒特夫人、斯万先生和阿尔贝蒂娜小姐,就像熟悉我的邻居——我是不是还告诉过你,我喜欢那套书封面上古典的花纹、松软的纸张——它们染上了我十年间的气息,有些已经发脆了——和书页中间短短的红缎带?上帝就在细节中啊,小事情里藏着一个个精灵。我会经常从书架上抱下它们,在灯光下泛着静柔的光泽的一页页,就像情人的肌肤。是的,当时我就是这样说它们,你笑了,你也这样说它们:情人。昨天,在我们结识的那条街上,一家小书店里,我找到了一本小书——那个冬日的下午,坐在街边简易的休息椅上,我们谈的是另一个男人,一个自称土星性格的人,本雅明,他童年时代在都柏林的记忆碎片,那本叫《驼背小人》的书你还记得吗——你猜对了,我买下它是因为里面有普鲁斯特的照片。还有几张雷诺阿画的印刷品,尽管纸质和印刷都不怎么样,但还是看着亲切。以前没有发现,把普鲁斯特同那个专画妇女、孩子、花卉的画家放在一起实在是很相宜的。他创造出了一整个世界,他也只写了庄园、小径、社交和沙克里的几个女子。那是多么优雅的生活,那些女子又是多么的美丽。说说那些图片吧——十九世纪巴黎的街景,社交场里起舞的人们,花园里的聚餐,市场,咖啡厅,餐馆里的妇女,郊游,柏格森和左拉,女友们,度假——我最喜欢的一张叫《回忆》的蜡笔画,那个时代的女人们穿着束腰的运动装,三三两两站在草地上。还有一张是他在1892年的留影,拿着网球拍,像个花花公子一样侧着身,笑着,边上是一个孩子和一个容貌端庄的年轻女子。我不知道那个女子的名字,葛雷富尔伯爵夫人?诺艾耶里夫人?玛丽·诺林格小姐?莫兰小姐?还是罗马尼亚的索佐公主?他的女友太多了,我都搞糊涂了。现在,她曾经那么动人的面容只在纸上鲜艳着。那是怎样的面容啊面容。

知识的祛魅

布瓦尔与佩库歇，两个巴黎人，来到乡下经营一个农庄，研究各种园艺，修建宅院，宴会，泡菜，制酒、糖、奶油。他们的好奇心从星空转向牲畜、化石、考古学，购买中世纪古物，为历史争辩。阅读小说并大声朗读。悲剧和喜剧。布瓦尔爱上了波尔丹太太，他想勾引她。写戏，机械主义地寻找主题和灵感：喝咖啡，睡觉，出门找灵感。"有时他们感到一阵战栗，仿佛刮来了一阵构思的风"。学习语法。写小说报仇。美学问题。读卢梭的《社会契约论》。开始追逐女人了。佩库歇追逐小保姆梅丽，布瓦尔追逐波尔丹太太。佩库歇得了性病。他们开始反思对女人的欲望中断了友谊。把波尔丹太太写得挺美：强烈的阳光照亮她的侧影，她的几根黑发带中有一根垂得很低；

她后颈上的小发卷贴在她汗湿的琥珀色皮肤上,她一呼吸,那一对乳房便高耸起来;草的馨香与她结实的肉体发出的好闻的味道融在一起。

体操、旋转桌、磁疗法、通灵术。"怎样变成魔术师?""人死后,他们的灵魂在恍惚间运送到那里,但有时那些灵魂会降到我们的地球上,让我们的家具咔咔作响。"

——"有强烈性欲的人可以激起别人的情欲。"

——"我们马上要跌入怀疑主义的可怕深渊了。"

——"观看蜡烛燃烧时,他们琢磨光是在物体内,还是在我们的眼睛里。既然星光到达我们这里时,星星可能已经消失,那么我们观赏的也许是并不存在的东西。"

——"说到底,死亡并不存在。那是去露水里,去微风里,去天上的星星里。人变成类似树木汁液的东西,变成宝石的光芒、鸟儿的羽毛,人把大自然借给他的东西又归还给了大自然。我们面临的虚无并不比我们身后的虚无更可怕。"

讨论死亡问题。回归上帝那儿去。忏悔。禁欲。望弥撒,领圣餐。他们领养了两个孩子,对他们进行教育。如果不是死亡来中止,福楼拜这个小说一直可以写下去吧。

两个白痴,两个十九世纪的堂·吉诃德。"一部关于虚无的书"。一种百科全书式的写作,以知识颠覆知识,亦即知识的祛魅。福楼拜为准备这部小说的写作读了一千五百本书,说来真是奇谭。

盲 点

一个哲学家,或者诗人,当他默想着头顶的星空,从事着高蹈的思想,他探究世界的真理的目光还应不应该关注尘世间的荣衰成败?每一个精神创造者都面临着这样的选择:是追求精神本身的成功还是社会功利意义上的成功?——前者的判别标准是历史和良知,而后者则是时尚和权力。

一个人的一生完全可以这样度过——他只是像一只蜘蛛,凭借着有限的点来挂起他心灵的织毯。贫寒的哲人斯宾诺莎,终生只是以磨玻璃片为谋生手段;晚年的里尔克,遁迹古堡,也只是为了倾听落叶的声音;而克尔凯郭尔为了把自己完全献给上帝,竟可以和丹麦哥本哈根的一位政要之女解除婚约。他们希冀的,不是世俗意义上的成功。生命有限,他们不愿意在这上面浪费光阴。

也有这样的哲学家,他们梦想着身后的荣耀,也没有放弃追逐尘世间的光荣,譬如海德格尔,再譬如康德——他那探究真理本源的敏锐目光,有时也不免为自己身份的卑微而黯淡,于是一次一次向当局递交申请,力陈自己的学术专长、经济状况的拮据和自己的一大把年纪,以获取当局的同情,置上个"教授"的头衔。

以今天的眼光看来,康德所求的,实在是微不足道的小事,在世时一切的荣耀与他在人类思想史上的重要地位比起来,太不值一提。思想有没有盲点?"不能免俗,聊复尔耳",哲学家思想的盲点,大多见诸他们对待生活中某一事件的态度。

一页纸及其他

学 死

人活着,可萦回脑际的常常是"死亡"二字,尤其对一个写作者而言,他要写到人的命运,就必须思考死,经历一次次死亡之体验。对此,蒙田有句名言:哲学即学死。古罗马的西塞罗也有句相同意思的话,大意是一个哲学家的全部生活就在于冥思他的死亡。一方面看来,写作和思考常常会把我们的灵魂引出体外,那就等于是死的演习,而更主要的,倒在于认识了死可以解除在世者一切的奴役和束缚。对于那些彻悟了丧失生命并不是一场灾祸的人而言,生命便不会是一场灾难。"预谋死即所以预谋自由",思考死亡即为了安顿生命。

可以说,我们一生下来就开始了我们的死,当我们自以为站在生命的正中央时,死也正站在我们的中间,在摇篮和坟墓之间,只是一道短暂的光,说不定在人生的哪一个隘口,死就会半路拦住我们。你愿意也罢不愿意也罢,都要知道你的死只是宇宙秩序中的一段,宇宙法则正通过你来呈现。所以"人死观"也可以说就是"人生观",这话好像30年代的梁遇春也说过。西人的著作里写到死有种凄凉的、灰白色的美,他们说,人的四周都被墙围着,而在好多墙之外还有一个一切墙的墙,那就是死。谁知道这墙外面有没有无限的风光——这说来说去倒有点像在自慰了。所以我们在书房里学死,和死者交谈,都是为了站稳脚跟更好地抵御死,谋求我们的自由。

真　实

　　绝对的真实之境是一个极限,我们不能像一只鸟栖身于树枝一般直捷地抵达真实,我们要不停地跋涉,还有可能是一场茫茫无期的追赶,就像卡夫卡在《城堡》里告诉我们的。我现在要说的是:当我写作,我如何把握这真实?经验告诉我,真实是瞬间的印象,以及对往昔岁月之飘忽而永恒的记忆。真实太变幻莫测,在某个瞬间里,它忽而存在于尘土飞扬的古道上,忽而存在于公园里一张废弃的旧报纸上,忽而存在于阳光下的一朵水仙里。当我走在星光寂寥的大街上,我时时感到它的压力,这种压力使我觉得一个静穆的世界比一个喧嚣的世界来得更真实些。与我们相关联的这个世界是不真实的,因为它只是建立在有限的观察的基础上。被公众认可的所谓了然、自明的现实,从来都是依附于某种体制按照某一中心话语组织起来的现实,它需要的只是盲目的追随而不是追寻。当我一再地说起真实,那只是留存在我们头脑中的一个远景式的幻象。永远也不能企望在一篇小说里抵达真实,而只能"真实地写作"。我在书房里打开一扇扇记忆之门,在那儿,真实已被固定并永恒,它们就是往昔岁月留下的东西。

为此应该赞颂虚构!当写作者面对纯洁的稿纸,其实是在开始梦想,他应该斟酌头几句话,怎样让读者离开日常生活,坚决地置身于一个想象中的世界。或许他会在虚构的故事中加入真实的地名和朋友的名字,那也只是为了在生活和虚构之间架起一道桥梁。他其实是在为现实生活为自然客体树立起一面镜子,在这面镜子中,物和词语一一对应,其中呈现出人类生活的近景和远景,也呈现出理智方面一切可能的要素,说真的,他就在这虚构中把握了自然和灵魂的结合,把握了世界的本质。世界的真实性呈现了。

可以从这两方面来看一个写作者,他既是一个讲故事的人,也是一个沉湎于虚构的魔法师;而后者才是主要的。说一件叙事作品完全是真人真事,这简直辱没了文学,也辱没了真实。枯坐书房的虚构者就像一个中世纪古堡里的幽灵,在他离奇的传奇故事里,隐藏着这世界惊人的真实。他能够在通向自由的无尽途程上为人们指引方向。我们的真实生活有待我们去梦想。

表　象

"我们生活在表面之中，"哲学家爱默生说，"真正的人生艺术就是在这些表面上稳健地滑行。"这些"表面"应该是日常生活中的这几个层面：思维、爱情、工作和终将到来的衰老。哪个人的一生不会在这些层面上遭受挫折甚至误入歧途呢？

把人生当作艺术的怕也只有中国，在我们的"圣经"四书五经里，没有创世纪，没有天堂也没有地狱，有的只是人间烟火、人与人之间的伦理和对良好的政治的期望，于是有各种各样贴了标签的橱窗里的人生：雨中的人生、月光下的人生、淳朴人生、醇厚人生……有了过去时代的文人津津乐道的清泉、竹篁、酒具和花事。他们"滑行"在那些小小的表象上、审美情趣上的苦心孤诣，完成了现实向诗意的转化，但平面地把一切"趣味化"也掩饰了世界的深度。在今天,我们的城市愈来愈成为一个感觉的马戏场,我们把它当作一本大书来读,想从里面读出点什么,一片云,一块石,一朵花,公共汽车站牌和每天下午四点钟汹涌的人潮,它们已经向我们暗示了太多的东西,人们有理由相信:表象正日益成为这个世界深邃的内部。

但世界的可爱也就丧失在我们对表象的匆匆一瞥中了。

信 念

　　一个人禁不住自己梦境中一个美丽女子的诱惑而走入了永久的虚无,他留下了一大笔令人艳羡的遗产,还有一个美丽的妻子。这是小说,但我们也不怀疑它的真实性。如此看来,物质生活的丰裕(世俗意义的幸福)并不能囊括生命的全景,每个人都是怀着一份古老的梦想生活。而乌托邦是真实的,因为在一定程度上,乌托邦传达了人的本质上所是的那种东西,传达了人为追求某种目标所作的努力。梦想者并不是对生活无能为力的人,而是那些具有充分的存在力量而向前进的人。"我发现自己毕生孜孜以求的并不是生活,"亨利·米勒在他的自传体小说《南回归线》中说,"我悟到自己从来未对生活产生丝毫兴趣,而只是热衷于眼下正从事的写作,这是一件堪与生活等量齐观的事情,它即生活。"

"只有想象中的事物使我为之着迷",这构成了写作者生活的大部;只有叙述过的才能永久存在,这恰恰是写作者的信念。

两种时间

存在着两种时间:流动的和不流动的。一个纵情声色之娱的人和一个置身爱情苦苦等待的人最深切地感受到了这一点。前者是感知型的,在他看来,生活注定是一场悲剧("不如饮美酒,被服纨与素"),一朝一夕,一晨一昏,人有限的知识和谋略根本无法应付即将到来的"变化",人生只能是如履薄冰,战战兢兢向死亡推进。而一个有所期待的人是一个思考者(不管他等待的是人性的善意修复还是纯属子虚乌有),生命在他看来是一场喜剧。我们在两种时间中沉浮,我们感知生活也思考生活,人生注定是一场悲喜剧:正与反,笑与泪,歌与哭,拯救与放浪……我们的生活是一枚硬币的两面,即此即彼。因此我们既痛心感受时间的飞速流逝,也为孤独中难挨的某一时刻感到焦虑,写作,是唯一能让我们在这种痛心和焦虑中让心稍安的良药。蒙田早就教会我们了,把日子分成"好的"和"不好的"。好日子,要停下来细细品尝;坏日子,要飞快地去"度"。生命的乐趣随我们对生命的关怀程度而定。

说　话

最初的写作,或许是为了表达一种对生活的抗争,传达一个梦境,驱散那些梦中无法战胜的幽灵们,它的契机可以是一次流血,往事的记忆,少女的发辫,失败了的革命和爱情,一阵神秘掠过的风……随后,我们遍身已布满精神的力量,我们去爱、去恨、去祈求,以更多地感受生活,而不着意于潜伏的危险。我们成了一群为攀登而出生的人。上升,上升,大地最终真的会以真相示与我们吗?一个静观者是否比置身事中的人们看得更清晰?形上、形下,到底哪种生活更好些?我们在写作中不时提出这些问题,又把答案减去。我们成了一群说话的人:对高山说话,对父亲说话,与自己说话。大海、雨、需求、欲望,是我们关心的,人间的苦难是我们同情的。我们演讲着事物的灵魂,我们演讲着收获的全部,我们演讲着时光的恐怖、黎明的小路、大地上全部的事情。我们固执地认为,在语言的一层层剥落中,世界将没有伪装。而这一切的实现,将通过我们强有力的写作和倾诉。

梯 子

去梦想那不可能实现的梦想,去摘取那不可触及的星辰,船已经启动,让我们划向那未知的水域吧 —— 那神秘的,那即将到来的是什么?最初的时候,那倾吐几乎是与生俱来的,一幅幅语言的图景几乎是天成的。写作者开始讲述他的故事,讲述他所认为的世界的构成和为什么要有这个世界,讲述他的梦幻。他还没有认识到自己的极限,一切都处在新的暗示力下,他借助幻想把这个世界个人化了。他就像一个刚刚学会使用语言的史前人,用神话演绎着他的哲学,他的故事。他梦想登上那把充满象征和梦幻意味的"梯子"来穷尽世界。这真是一种神秘的写作,带着意识苏醒的激情、狂热和无畏,而这把"梯子"也帮助他表达了各种各样的主题:爱与生的主题、欲望与抗争的主题、抗拒死亡的主题。随着语言的成熟、技巧的圆融,故事定型了,最重要的,是最初的神性正一点点远去,没有了创新,也没有了激情。他缅怀过去的时光,他缅怀曾启悟他写出神示的诗篇的"梯子"。"在一切梯子开始的地方我必须躺下,躺进污秽不堪的心灵的店铺"(威·勃·叶芝),无可挽回地,他被带到了时光的彼岸。

舟楫

有什么样的思想和想象,就该有什么样的表达。我们所凭借的只能是语言。谁能想象我们这个星球上的第一次命名!那真是一个伊甸园式的境况:世界刚刚苏醒,简单而生机勃勃,人的天性的愉悦、生与死的忧惧和那新鲜的太阳、透明的树木,一切都明晃晃地向语言敞开着,语言没有维度和疆界,人和符号具有相同的生命、相同的灵性。这个最初的乐园已经一去不复返了。在独居的静寂中,我们的眼中常常会呈现出赤裸裸的自己,我们害怕这种真实,于是要开口说话。这种真实经由我们的唇说出来,已成了一种消遣和游戏,一种对说话方式的沉迷。我觉得充实,于是我沉默,当舌头和嘴唇动起来的时候,思想便一再受到伤害。这样,最初的舟楫便成了一只牢笼,思想或许会在里面展翼,却不会飞翔。人应该大声言说,然后学会沉默。

留　痕

　　生命的意义在于留下痕迹,于是在书房里,留下的痕迹受到了重视:书籍、留下片言只语的纸片,留痕的工具——笔。有时我看着高高的书架上这一排排的书,就想到那些已经消失或即将消失的人们,正是凭着文字,留下了他们生命的痕迹,比之泡沫般在时间的长河上消失了的人们,这怕是世界对写作的人唯一的补偿了。他们是大地上成功的留痕者。

　　也有这样的作家,他生活过了,思考过了,却不希望有谁来倾听,也不想在数千年来积累的那么多文字中再塞进点什么。他像一个走入雪原的遁世者,一点点抹去他在大地上临终的步履。他把凝聚了一生心血的文字一删再删,甚至付之一炬,他不想再听世人唠叨什么,心中自有一轮光明的月亮。还有什么可说的呢？他们衣袂飘飘，走过大地，启悟了一代又一代的思想，而他们的文字，却像他们的踪迹一样再也不可寻觅。这给我们的阅读带来多大的缺憾啊，我几乎要为那些试图为物质摆脱实用的枷锁的收藏家们责怪他们的吝啬了。

比石头更不朽的是文字，比文字更不朽的又是什么？永恒又是什么？一场倾盆大雨，站立着面对时间这场大雨吧，让它们钢针般的光芒刺穿我们。或许我们将在这场大雨中飘浮，或许，我们将被它冲到不可知的去处——和着我们写下的对这世界的三言两语。

包 裹

用语言包裹世界可以被认为是当代写作者的一种态度,在他们那里,语言成了某种网状的、具有无限伸缩性的覆盖物。让世界消失在文字的幕后,这也可以说是当代写作者小小的野心。

生活可以按它原来的样子移植到纸上吗?历史可以复原吗?不知不觉中,变化呈现了:当活生生的人和事掩身于文字背后,它的虚无性便被无限地放大了。文字告诉你的还是原本的世界吗?你敢说你写出的和你经历的是一致的?坚固的语法、语言惯性像一道道绳索,纵横捆绑着世界这个庞然大物。形式与道具材质的转移,使某些真实事件变成了可以娱乐感观的东西,穿上了或伤感或诗意的外衣。生活的严酷,像某种不纯净的东西被抽离了,剩下的是咀嚼文字时的感伤、怅惘和形式上的赏心悦目。而这在那些始终睁眼看尘世的人看来是不真实的,岂止不真实,世界简直堕落成了那些以艺术家自诩的疯子的魔术玩具。文字是种多么虚幻的东西啊,他们说,简直是致命的毒药。一个人不开口还好,他一道说,就在生活之外了。

在语言仅仅是传达、述说的手段的时候,人们尚可在里面找到生活的蛛丝马迹,譬如说欧洲十九世纪的小说,那里面的教堂、街道、修道院、下等酒馆在某种程度上还是真实的。在这种前提下,把小说看作生活的范本(教科书)也未尝不可。然而用语言包裹世界更是一种态度的变化,这种写作姿态是写作者自主意识强化的结果,是占有、控制世界欲望膨胀的结果。它产生的情形是:不是写作去接近生活现实,而是现实世界依附在艺术之上。

如此说来,那些试图用语言包裹世界的是一群伟大的梦想家。他不断地试图通过写作使这梦想成为现实,当这梦想最强劲、最有力量的时候,世界的真实性像迷雾散尽的天空般呈现了。

放 逐

放逐——以及与这个词相关的漂泊、流亡等——并不是一个地域或政治的概念,它指出的是写作者在精神上无依的状态。

一个商业时代里非商业性文学的从事者,亦即真正意义上的写作者,他的写作是他向生存的世界做出的抗争,是为了寻找到一条通道,一条处理自身与现实之间的关系——是对立,是融入其中,还是超然其上——的通道。正因为他不满意当下的生活,他才要去寻找一种更为理想和真实的生活——那个世界里,既有对精神的向往,又不排斥对形而下的物的世界的亲近。价值坐标一旦确立,他就有了一个旋转的中心,他的放逐就开始了,这或许可以称之为"自觉地寻找困境"?

于是,他上路了,或者说,向日葵开始旋转了。他要思想,就势必取一个"静观"的态度,慢慢地(他自己也不觉得),他被逐出了社会事件的中心,处在了社会的边缘。他在他生活的城市里是不在场的。而他一直在呼吁寻找的"心中的太阳城"或许根本就是一个幻象,好几次他以为自己抵达了那个地方,却只不过是一个梦。由于没有了一个可以回去的地方,他只能一直不停地走在放逐的路上,一旦中止,前功也就尽弃。"向何处安置我的思和想?"(里尔克)有谁能回答他呢?杨炼在漂泊中说"黄土下无所谓异乡,也不是故乡",你去问一个写作者,他是在故乡还是在异乡?向日葵只有不停地旋转,旋转,旋转。

每个时代的潜心著述者大都被抛到了边缘,事实也只能如此,一个置身事外者才能为他的时代书写点什么。这么说来,一个有着充分的自我意识的人总在放逐途中,放逐是他们选择的一种状态,他是咎由自取。放逐会抽空他的灵魂,也会给他以获得,迫使他一个人赤裸裸地、毫无退路地面对生命的本质。放逐起码还提供了这么一个清晰得让人无法回避的现实:你除了靠自己在这条路上行走,别无他法。

镶　嵌

　　一种外在的思想和语言是很难与我们的写作融合起来的，因此有人说，一个好的作家不应去引证别人的作品。然而事实上，恰恰是渺小的作家才从来不去引证别人的作品，他们把自己同传统隔裂开来，对同时代人的思想视而不见。而一个优秀的作家是具有从一般人熟视无睹的书籍中引用词句的奇妙才能的，他会不时地把这些词句像珠宝一样镶嵌在他的作品中，譬如蒙田，他所引证的西塞罗、贺拉斯往往被他转化了，因此嵌入了他的精神模式。

　　引证他人的作品的作家大致可分成两类，一类是拙劣的作家，一类是诚实的、优秀的作家。对于前者来说，引证只是一种偷懒、一种依附、一种重复。他在装扮出一副博学面孔的同时，已经丧失了个人写作最宝贵的独立性。同时他的作品只是一件百衲衣,缀满了大大小小的花花绿绿的补丁,而那些思想和语言的"补丁"是他体面地剽窃得来的。而一个优秀的作家,他的引证是优雅而又慎重的。他尊重前人的思想和创造,因此义不容辞地担起了薪火相传的职责,他是个人,也是他所置身的时代。在他伟大的探险中,除去技巧,叙事的节奏就是他心跳的节奏,他韵律的脚步就是他精神的脚步。

叙事的奇迹

或许在这个世界的角落存在这样一部书:它按照严格的笔画或字母顺序排列,以某种方式把世界明确勾画出来,囊括了全部的知识。多年来,我一直在寻找这部书,秘密而又狂热。这桩行为本身蕴含着这样一种观点,即相信有一部书可以穷尽世界。

曾经有过这样的时代,人类的理性把世界切割得井井有条,极限之外一无所见,那时几乎可以断定,存在着这样一部书,它以百科全书的方式规范着世界和人的一切行为。然而在我们居住的这个年代,照见我们意志和情感的大镜子已经破碎,满地的碎片中,每个人都欢欣地找到了自己的世界。在这种杂乱、无序的状态下,要寻找这样的一部书,怕也只能是梦中之梦了。

我在图书馆高高的书架下逡巡,徒劳地等待着一次奇遇。事实上也只有书中才有奇遇……然后事情发生了,我的心智变得一片灵明,我再也感觉不到时间的滑走,一种讲述自己故事的欲望攫住了我,我的眼前浮现出了许多房屋和树木,还有在八月的天光下奔跑哭泣的孩子。这些孩子、树木和房屋,曾以某种简约的方式留存在我记忆中,有时只是一些词语的碎片,然而现在,它们都被唤醒了,我甚至还闻见了过去年代的事物令人迷醉而又怅惘的气息。我不再向外寻找,而只是在内心开掘。正是寻找一本终极之书的失望,促使我完成了从一个阅读者到一个叙述者的转变。

我因此懂得:奇迹不在生活里,而是发生在叙述当中。生活无所谓开始,也无所谓终结,只是日子和年代无休止的累积和叠加。然而当我开始叙述生活的时候,说话人成了故事的主角,他说出的一切全成了未来生活的暗示和征兆("那个说话的人在一个充满预兆的黑夜里散步")。叙述中的时间秩序井然,写出来的一分钟推动着没有来得及写出的一分钟,后面的一分钟推动着前面的一分钟。正是这个世界虚拟的恒定,诱惑叙述者生活在自己和他人的故事里,并通过这些故事去观察世界、安排自己的生活。一个写作者,你不能说他上午8点钟的时候是一个写作者,而到了下午2点钟又成了一个在世的务实的生活积极分子。"或者叙事,或者生活",在他这是不可能的。而这正是写作者难以走出的一个魔圈,长年的舞文弄墨,使他不自觉地把生活的结构等同于叙事的结构。当他经历了一次漫长而又疲惫的写作走出工作室,就像经历了一次心力交瘁的长途旅行,他的肉体和精神起了那么大的变化,他自己也不知道。或许这就是写作的致命之处?

现在我们已经知道,没有一本书可以穷尽世界,只有叙事,才能为世界树起一面不那么完美的镜子。

开始与终止

我越来越相信,写作不仅仅是为了表达什么,更是为了发现什么。这使得我在评判自己(或他人)的作品时,不是将它们置于哲学或道德的基础上,而是在文学的基础上。一个思想家有了真正的发现,然后才去著述的(甚而述而不作)。对他来说,写作行为是最终的行为,通过这一行为表达其理性对于自然和人的发现,在这一行为中有一种支配着其他一切因素的冷静的因素。而对一个作家来说,写作行为仅仅是个开始,他只有在写作的过程中才能发现他必须要说的东西。因此我认为一个思想家与一个作家的区别在于他是为思想而激动还是为词语而激动。

在一个作家的写作行为中,有一种自发的、下意识的、自己也无法控制的因素在起作用。这种因素带有某种神秘主义的成分。对一个作家来说,这一点比思想更为重要。这种"神秘",需要多年性灵的滋养和潜修,更有关一个作家的天赋。只有有了某种契机,写作者的主观情怀投射到自然客体上,才有了所谓的神来之笔。意象派诗人认为一个人的一生,与其写下浩瀚的著作,还不如在一生中呈现一个完美的意象。这是"神秘的写作"发展到极限的理论。

因此,作为一个写作者,我永远也不企望我的思想像蜂房一样井然有序、一览无余。尽管我要给我笔下的世界以一个秩序,但我的心灵是无序的。它沉潜在大海之中,其真实面目连我自己也无法看清。正因为它的无终无极的存在,才诱使我无数次地拿起笔面对自己,与自己交往。而且我发现,我常常坐在书桌前随手写下一句话、两句话,然后就等待着意图的明确呈现,等待那种切入的欣喜突然降临。这几乎已成为一种生活惯性。但请不要以为这样写下的文字是刻板、机械的。就在我的等待中,思想浮现,心灵的闸门已经洞开。在我的笔下,出现了车站、树木、飞鸟和我们这座城市的落日。也不要以为一切到此终止,要知道,写作行为仅仅是个开始。

文身苦役

　　写作者生命的烛芯会让故事轻柔的火焰燃尽，这与其说是写作者的理想境界，倒不如说是他们一生要付出的代价：倾诉者要承受苦难！如果一个人不是为惊世哗众而写作，那么他所从事的注定是寂寞的良心的事业，他只能在贫寒的空气中写作，他所得到的，也只能是来自少数几个知己的无声的精神援助（另一种呼吸，或者是看不见的通道）。我们可以欣赏巴尔扎克的恢宏大气和川端康成作品中纤细的美，但我们是否体验到或甚至愿意承受这背后的沉重？即便是在常人所谓的幸福的最低处，写作者也常常感受苦痛的触摸。人类的苦难在地底下如火沉潜着，而透过他们的身体释放出来，他们以其羸弱之身，接受着那些技术时代里积累起来的被迫害者们的苦难和深深的绝望。因此他言说了自己的痛楚,也就是减轻了他所处时代、他的民族的痛苦。一个思想者的标志就是他能痛切感受到人类几乎是命定的苦难,认识到受苦是生命的实体,也是人格的根源。受苦比之享乐更具有精神性,一个从来不曾认识苦难的人,也就无法拥有清醒的自我意识。同时,写作者对自身承受的苦难的自剖,将使苦难变得高贵,他将认识到什么是人的尊严并懂得怎样去维护这份尊严。写作者走入的是这样一个魔圈:因为他倾诉,所以他要承受苦难;也正因为他承受着大地上无尽的忧伤和苦难,所以他只能做一个不住地推石头上山的西西弗斯。"干我们这一行的,都是苦役犯,而且还文了身"(萨特《词语》),这就是事实的全部。

另一种写作

有两种设想的写作方式,一种把写作看成是通过语词的流泻获得心智的愉悦,写作使个体性命更充实、更自由。文学经验的另一种可能是:这是一条无助而绝望、昏暗而卑微、充满危险的道路。他不写作,就有被一双巨手推出生活的威胁,他时常会感受到这种强大的威胁力量,心中一片空虚而迷惘,像一只迷途的羔羊,却又没有诉苦的力量。他只有把自己献身给写作,他的写作就是负罪。在他朝向写作的集中里,哲学思考、对音乐的感受能力,甚至性生活等都萎缩了。代价还不止在此,他会像一只林中困兽,感受到彼岸世界的渺茫,感受到道路的不确定性 ——"真正的道路是在一根绳索上"。

这种写作将把他带到恐怖的深渊中去,他会一次次遭受到来自气候和社会的劫难。他在写作,其实是进入了一条黑暗的通道,经由这条通道,他把世界留在了一边。他在暗道中穿行,身不由己,战战兢兢,触摸的仿佛是另一个世界的事物:梦幻者、村庄、草垛、月亮、大海、森林、不解其意的话语、东方丝绸、一双农鞋、闪光的瓷片、死去的雪、充满暗示性的动作……他成了一个醒来后就置身黑夜的人,他在梦呓,那声音断断续续,随风逝去。

这种写作还要求他的身体腾空出来成为一只空空的琴箱,成为一个虚无的、没有生命的地方,以便他的文字在被阅读者的手指翻动时发出低沉的回响。他进入稿纸就像进入一间单人囚室,他呼喊,但面对的仅仅是纸张的城墙。这么说,他完全可以扔下笔了,但他是有罪愆的(至少他自己这么认为),他只有不断地写作,把罪愆减去。他在写作中特别坦率,完全敞开了自身,但故事常常捉弄他,让他捉摸不定,从而陷入更大的危险。而且这种写作已经给他的生活打上了深深的烙印:行踪飘忽,酷好夜晚(因为夜晚更宜于沉思和虚构),总嫌时间不够,断交绝友。他最理想的生活方式将是带着一盏灯和纸、笔住在地窖里,像一只鼹鼠一样咀嚼着魔幻般的文字。他试着通过写作达到拯救,但这小小的可能性也像烛火一样被吹熄,因为在社会生活中已没有他的位置。在他的文稿的每一页上都隐隐约约写着:"我的本质是——恐惧。"(卡夫卡)

　　这种写作的过程更像是梦游。不管是白天、黑夜,还是早晨、傍晚,只要他一提起笔,他就潜入了一条浑浊不堪的河流。天地一片混沌,他慢慢地前行着,眼前出现了一条闪亮的光带。屋里屋外没有灯光,也没有月亮和星星。哪儿来的这光?他想一定是自己的内心发出的。被这虚幻的光明所牵引,他穿过黑暗,觉得自己像无边黑海中一尾鳞光灿烂的鱼。他想歌唱,想飞翔,黑暗中,他只是一个游动的、哑默的音符,没有谁来倾听。

写断手指

当一支笔在纸张上悄悄滑行,就像一列火车,车轮与钢轨的摩擦溅出了点点火星。你回头翻阅写下的字行,会发觉,那一切已成为不可重复的记忆。午夜火车孤鸣着,穿过月光下的满地花枝,你不知道它将把你带到哪里。行进中,夜的帷幕拉到了一边,真实浮现了,在它的外衣上没有一点儿尘埃,它的脸容也没有年龄的皱纹。

这时候白昼会向你走来,它光洁、轻盈,像初放的花。尽管你知道它是古老的,有着自己的年龄,但在你的眼中,它穿上了永生不老的护身符。这时你会走近一个湖,或一座真正的花园,你轻轻掩上栅门,就已置身其中。你会听到蚯蚓在地底下唱歌,看见墙垣的裂缝处飞出金色的蜂群……你用文字捕捉它们,一点点地走出现实世界的疆域,你发现生活中没有别的什么,可以比进入叙述的更为真实。在这里,生命是自由的,死亡是永远地死了,波涛的喧闹是表面的,深不可测的是平静的大海。梦,还有幻想,海中礁石一般呈现出来,它们是写出来的,而不是讲出来的。

写吧,写吧,直到写断手指……契诃夫这话包含着信念疯狂的力量。写作的能力成了一种天启,一种被赐予的力量,这种自信的外在表现,便是听任那支仿佛带有灵性的笔把你带到任何地方去。

这很像是行走在一场大梦的边缘,你画下一枚太阳,又画下一片长出新叶的树林,你把它们举到正适合你眼睛的位置,好在你苏醒后就能看到它。而大地正围绕着你画下的太阳、你的梦想转动——这梦想就是你要看到的真实的世界。每个人的世界都有待于他们自己去梦想。你给他们留下了你的梦痕,这就是你写作的意义:让人们去叙述自己的生活吧,只有叙述过的才能永久存在。

文字作坊

把写作的处所称作"文字作坊",是商业时代语言移用的又一典范。仅仅是这样吗?写作成了一种带盈利目的的行为,作品一生产出来就被推到了商品的位置。工具或材料、生产过程、进入流通……对一件新作的产生完全可能用工厂法则来表述了,创作能力成了一种生产力。这时的写作者,要么是沉住一口气在书房深处闹革命,要么被抛到商业社会的大熔炉里,在里面沉浮。恶性循环开始了,文化垃圾不断被生产、炮制,供饕餮者使用消遣,它们败坏了阅读者的胃口,而一大批盲从的阅读者也只能在这些垃圾碎片中消磨时光了。

这一语言的移用已经伴随着商品交换意识被部分写作者接受并深深影响到他们的写作目的和态度。写作仅存的一点儿神性消解了,崇高感消解了,重要的已不再是写作这一过程,而是写作带来的结果:经济上的、声名上的。这个时代的写作已不一定是个人纯粹的劳作,闲聊也可以成为群体执笔的策动力,道义评判和渴望一夜成名的焦灼相互交织,技术上的无穷翻新和公众的掌声成为作品评判的唯一标准。把写作的处所看作"文字作坊"这一观念的确立,开始了写作上的"机器大革命"时代,省时、轻松地写作,一切都直奔主题:金钱、效益。写作的目的论者把写作的过程论者赶到了一个角落,而那些"文字作坊"的主人是从来不读自己写下的东西的,他们成了民众的愚弄者。这就是在我们这个时代好书越读越少的原因。

因此像现在这样不及物地谈论阅读和写作是有意义的。我没有具体指认出是哪一本书,也不虚构一个故事或呈现什么场景,我只是把注意力更多地投向了读和写这一活动过程本身。它与功利无涉,更近似于康定斯基所指称的"为艺术而艺术"的美学原则设想出来的那种纯粹的"形式"。我认为它是唯一的对从事写作的人开放的领域,因为只有它还能验证你的智慧和激情,验证你是否还有热情生活在这个世界。

驱车上路

写作如同驱车上路,有时只要写下第一句话,加速度就会让你在话语的大道上奔跑起来。但有时,你写下一句话,撕去,又写下一句话……你写下无数个开头,那车子还是发动不起来。这是意志力的问题,但我们总是轻易地把它归结到季候和心情上去。

长篇是生活

　　长篇是生活,短篇是工作。我喜欢生活,不喜欢工作,这样的话能使我耐心,再耐心,并在每天缓慢的推进中享受到一点儿平静的喜悦。

作为时尚的愤怒

当从众心理遮蔽了个体的独立精神,有时愤怒也会成为一种时尚。最初的时候,愤怒有可能是指向大众文化的某一流俗,但很快,这一流俗也改头换面,成了一副愤怒的面孔,最初的愿望只是击在一团虚无的空气上。庸俗化了的愤怒有可能把人导入特别具有诱惑性的自我欺骗的误区,它产生于对自身无限制的放纵和骄奢。同时,它散发出的有毒气息摧残了希望,也使一个人失去继续写作和生活的信心。尽管在《旧约》中最愤怒的角色是上帝(他怒气冲冲,挥动鞭子,掀翻桌子),但并不是所有愤怒都是正义的。玛丽·戈登把这种致命的愤怒描述成一种饥饿,一种饕餮之徒或狮子式的食欲,到处寻找可以吞吃的东西,一旦喂饱,它就催眠似的自我膨胀起来。对于从事精神劳作的人而言,无节制的愤怒的伤害是致命的。

对于我眼下从事的写作,应该说,我始终在寻求人们的理解。但如果有人说看不懂,或者我遭受到了评论家或同行的责备,我想他们仍然是对的。可能我这种远离时文的写作还不足以使他们完全理解。但我不是神秘主义者,甚至不是一个思想家,如果你说不懂,我还是说:我爱你。我期待着你加入我的思想中来。按我的理解,生活是神秘的,它变幻莫测,层出不穷,而表达则应该尽可能清楚明白。这种想法将使我终身不带怨恨地去工作,我不会奢谈愤怒,甚至对批评也漠然置之,因为没有一部真正出色的作品是建立在仇恨和愤怒之上的。憎恨,积怨,对写作毫无益处。净化灵魂的写作之路已经够艰难了,我将尽可能摈弃私心杂念,坚持内心的写作。

功利的背面

如果作品承载了太多本体之外的东西而走向功利，返回到语言自身就成了对功利的反动。对形式的嗜好是一种纯粹的创造，也是一场无望的生命损耗。

语言对我来说，不是铁锹，不是思想表达的某种工具，我希望它们有这样的灵性：当我写作，只要轻轻一唤，它们就像外出嬉戏的孩子从四面八方汇聚到我的笔下。我喜爱诗歌就在于，那是一种脱离了使用习惯的语言，词和词的排列、词的意义、词的外部和内部形式都具有自身的分量和价值，这样的作品仅仅作为语词碎片也能为我感知。

对词语有着天才般敏感的兰波，他那种"综合了芳香、音响、色彩""联结思想又引出思想"的语言，是他桀骜、颓废的精神生活的基本特征。我喜欢他这样的句子,就像从狂风中传来的声音:"小径上已经布满鲜洁、晦暗的闪光,这里的第一件事便是一枝花对我说出它的名字"(《黎明》),"时间永恒的流变……把我……到处驱赶"(《战争》)。我不知道兰波在里面究竟说了些什么或想说出些什么,我试图从中剥离出一点儿信息,但在他的智慧中,我看到的只是一片混沌。我能做的,只是用眼睛一次次抚摸这闪光的句子,想象与这些句子有关的兰波的生活。 我这样说就是"从语言到语言"吗?那么多鱼目混珠的文字已经损害了我们的视觉,退守到形式有什么不好呢?庸常的日常生活本是一盘散沙,没有形式,赋予它清晰的形式感对我是多大的挑战啊。我并不是故意要把对待语言和形式(而不是现实)的态度看作写作态度,我说过,我向往的是真实的生活而不是词语的游戏。而且我也知道,公众的读赏能力还没有到直接感受词语的生命的地步,他们需要的,还是故事和不温不火的即景抒情。我这么做,至少表明了我的一个态度:走向功利的背面。

温　情

当你不再在激动中焚烧自身,不再为写出一行好诗半夜里风风火火去拨响某个电话号码,那时候你就老了,我的意思是你的心不再年轻。你变得爱看雨中的街市,爱散步,爱在闹市的咖啡馆泡一杯闲情,滴几点愁绪,透过茶色玻璃远远地看大街上人来人往。那时候世界在你眼里负重若轻,它是一根晾衣的竹竿,一只横陈着黄瓜、茄子的菜篮,一把冬日太阳下的藤椅,更多的时候,它进到你眼中只是一粒风中扬起的灰色尘土。

到那时,你感受过生活的沉重更懂得了美的脆弱,你会着力去发现去扶持这株纤弱的花。你的日子也真过得像一章好散文。你向每一个认识或不认识的人点头微笑,你甚至可以带着宽慰的表情自始至终看完街头围观的一次吵架。你坐在公园的石阶上,燃起一支烟,又拍拍屁股离开,神情就像个慈祥、快活的小老头。

你眼中,世界宁静得像个成熟的果园,被温情笼罩。

温情不是蒂巴萨夏日海滩的太阳,它没有那么灼热。温情也不是无定向的风。它是包围你的空气,是查尔斯·兰姆伤感的眼神,是簇拥着岛屿的海水。

在激情者看来,温情不过是对现实生活的退缩和妥协。"生存还是死亡?"在这种浪漫主义的诘难下,温情消失在崇高悲剧的瞬影下,如一丛墓基下的小草。而零度写作者常常以为温情是一种浅薄。在他们的工作室,挂着一面无形的大镜子。他们认为,世界是虚幻的,包括他自己,只有镜子里那个自己才是真实的。前者的危险在于激情有可能走向它的反面:疯狂。后者的致命之处在于为虚幻的美和理念而舍弃了真实的世界和生命。而温情俯临我们头上,"宛如大海上空的一颗星"。

尚未问世的书

走进图书馆总让我觉得恐惧,高高的书架,黯淡的天光,包围我的是一具具精致的灵柩。我像一个梦游者在里面逡巡,透过气窗的光线里舞蹈的灰尘是唯一有灵性的活物,最终,它将无情地湮灭堆积的纸张和我的呼吸。它们多绝望啊,那些书,那些亡灵,它们的呼喊是越来越微弱了。如果上帝同时给我十万册书又给我黑暗,我将何以选择?我没有选择,因为——"现实只有一种,阅读等于盲目"。现在,你听听那些为文字消磨终生的生者和死者的忏悔吧,诗云:"一事无成惊逝水,半生有梦化飞泪。"(《感怀》)

对于我们这一群(肯定不是这一代)写作者,有人已经在称作"写手"了,那只是一双手的劳作,机械,没有灵性,可以大规模复制。对于词语,大多数人已经失去了感受,他们有的只是堆叠词句(像对待砖头石块一样)的嗜好和在数量上的贪婪。但如果可能,我还是想写一部书,一个天才的诗人虚构的传记。这个早慧的诗人到了25岁就弃笔了,因为他完成了他的倾诉,我还要加上:长长的序言,朋友们的纪念文章,最后附录的是他的精致的十四行组诗。其他还有他出生时响亮的啼哭,他极力模仿的艺术大师的生活,还有,他莫须有的爱情:一个美丽的女孩,爱他衣领上淡淡的烟味(她说这是太阳的气味),爱他手指上洗不去的墨水痕……在那部尚未问世的书里,我想叙说的是整个年代里的各种事件,并杂以某些未能淡忘的旧日思虑,但事实上我发现,当我写下第一个句子,事物已纷纷从我笔下逃开,在两张纸页间,浮现出的是我的脸庞。

制造黑夜

　　林立的高楼,蛛网般纠结的电线,大口喘息的烟囱……城中的天空总是这样拥挤而凌乱。从我写作的房间望出去,天空被切割得只剩小小的一溜,像一件破旧的衣裳。就在我抬头凝视的时候,我看见太阳金色的弧线划过,落到了楼的那一边,它的返照燃烧着每一块玻璃,发出彤红的光。我知道晚霞还没有完全消失,却看见了月亮升起——确切地说,它是在那一角渐次变得灰暗的天幕上像定影液里的图像一样跃出来的。我听到城中的钟声响了六下,惊起一群灰鸽在空中纸屑般纷扬。时间如窗外流水,正慢慢消退,退到我触手难及的地方。"一切离我们近的事物都将离我们远去",歌德这句话说的是晚霞,更是我们置身其中的生活。是啊,一切离我们近的都要离我们而去,房屋、椅子、天空、大地,只有死亡不会,因为那一切离去的时候死亡就来了。我希望看得见的这个世界能更久地驻留,能与我有更多的亲近。现在,我看见了晚霞消失,看见星星垂挂在辽阔大地的尽头,我像一片扁扁的树叶居住在高楼的缝隙里,在机器的轰鸣声中怀想草长莺飞的水色天光——这就是我目前的写作环境。

于是我坐下,我等待黑夜降临。夜晚是浩瀚而大气的,相对于白天,夜晚的崇高令人感动。黑夜是思想者的天堂,写作者的生命是黑夜里的花朵,在夜晚写作可以获得一份神秘的心境,你写下了的,被迅速遗忘,而即将涌现笔底的,是何等璀璨的词语和思想,你只是在迷迷蒙蒙中有所感觉,却无从把握。这是一种轻度沉醉的写作。我也常在白天写作,这时候,生活正在我身边轰轰烈烈地推进,我的写作也汇入了身边的生活,我写下第一句,就几乎已经知道了最后一句是什么样的。白天的写作明晰、有力,却丧失了可贵的神秘。

在白天制造黑夜,拉起窗帘,拉开灯,就感觉有什么东西把正在进行的生活同时下的写作隔开了,神秘的倾听和回响就在这稿纸和生活的距离间慢慢滋生了——离生活远一点,原本是为了更好地看清它。

删 削

有一种意见根深蒂固,认为对自己的作品要毫不留情地删削,直至砍出骨头来。这让我想起一则猴子和花布的寓言来:猴子得到了一块美丽的花布,想把它裁成一件衣裳,它不停地又裁又剪,直到一块花布成为一堆无用的碎片。

删削在我看来永远是写作中最困难和最令人厌烦的,创造性的领悟和表达的满足,在写作的倾泻中都已完成,删削只能使之逊色。我的倾向是永远不停地写下去而不是删削。作品一旦从心中流出,不管多么缺乏条理,多么庞杂无序,在激流涌湍中都已融合进了写作者的生命。如果让他突然间变得像一位冷酷的外科医生,毫无感情地剪之删之,不啻是对自己的嘲讽,这么快就否定了自己,一个人怎么可以对自己这样没信心呢?一个外科大夫熟练精确的刀法是令人钦佩的,但一个在字里行间提着刀乱晃乱砍的人无疑是令人生厌的。

删削在我看来还意味着某种妥协。有人说纯粹个人的写作是无序、黑暗的,怎么可以不加掩饰地展现在公众面前?为了让写下的文字变成易于流通的印刷品,那些意志不坚定、缺乏自信心的写作者就屈从了,做出了让步的姿态,向自己呕心沥血写下的文字举起了刀(如果他们不这样做的话,也有操刀者代劳),直到锦绣文章成为一堆无用的"碎布头"。删削词语,删削思想,删削个人的体验,流通中的印刷品就是这么一堆病惨惨的没有灵魂的文字。

这种毫不留情的血腥砍杀是令人战栗的,眼看着那么多曾经倾注全部心血的文字,如一棵棵树咔喇喇地倒下,我的心简直缩成了一团。我见过太多因拒绝删削而永不见天日的手稿,它们散落在民间,躺在阴冷的抽屉底层一天天泛黄。当时间淘洗去了那些浮泛的流行文字,执着的它们却依然散发着思想清冽的辉光。拒绝删削,拒绝妥协,这出于我对这个世界的忠诚。

一页纸

松脆的纸张在我的手指间跳跃,碎响窸窣,仿佛私语,然而我还是毫不留情地撕去一页,再撕去一页,直到季节在一页页纸的转换中变了颜色。我这样做是因为不满意我写下的。我在新的白纸上一次次修正路径、设计命运、构思故事,撕去的纸张是看不见的海浪,最终的定稿像礁石在其中浮现。

在我工作的房间,地板上总有纸张散乱着,它们有的蜷成一团,像被西风吹卷的枯叶。还有一些几乎是崭新的、光洁的,像白天鹅静静地泊着,风吹来,就扑扑扑地跳动。写作的间隙,我常常起身抚摸它们,有时把它们撕碎,倾听句子断裂时悠长的叹息声;或者,就在通风的阳台上用火焚烧它们,看它们像黑色的蝴蝶蜷缩起了翅膀。我的一些日记、书信、断篇残简都曾在火光里舒展它们的身体。极度炫目的美丽后,它们变得触手即碎,凭借风力就可以到达任何一个地方,但再也进不了人们的内心,而这正是我希望的。有些句子写出来过了,就没有必要再留存于世,连同承载这些句子的纸张。它们还原成了灰尘(那正是我们的来处),我们也正悄悄地归化其中,一阵大风吹过,不见踪迹。

有一次,风把我桌上的一张纸掠出了窗外。它一下子获得了自由,高高地翻飞着,像一只白鸟。我飞快地跑了出去,跟着这只白鸟跨过一道栅栏,穿过一个街心公园,来到大街上。它从我工作的房间解放出来,高高地飞翔在人群上空,是多么的骄傲。然而厄运降临了,我眼看着它一头撞在一块广告牌上,又栽进一个水洼里。当我上前捡起它,那上面已烙上了一只脚印,满布着水泡,纸角翻卷而浮肿,像一只烧伤的手掌。我捞起它像捞起一个溺水的孩子,展平,读出了这样的句子:"一只蜥蜴爬着,爬进阳光的心。"这是我写的吗?停了片刻,蓝色的墨水已溶化渲染开去……这个孩子——我是说这张纸,它为什么要跑到大街上来呢,它难道不知道,没有一个人比我更爱它？它的居所就在我工作的房间？我把它揉成一团，一个人孤独地回家。我紧接着做的一件事，就是用一块镇纸石压住了所有文稿。

常识的泥沼

经验的世界是一个表象的世界。相信唯有经验过的才是可靠的,这是一种实证主义的风气,它无力触及世界的根本。在十九世纪的文学养育出来的读者眼里,既成的世界像一把椅子一样简单、坚固。

深陷常识的泥沼的写作者,只是一个既成事实的描述者和大众经验的传述者。他没有梦想,也就描绘不了可能的生活。他是一个被动的书记员而不是创造者。

经验之外是不是还存在另一个世界?冥思和梦想可以带给人幸福吗?当一个人开始思考这些问题,表明他是一个真心饥饿的人,是 great hunger,写作,就是去满足那种巨大的饥饿。同时也标志着他有了生活的自觉意识,他的思想开始走出大众默认的思维方式。由于脱离了常识的围困,在公众眼里,他成了现行的语言和权力体制的反抗者,一个危险的玩火者。但无疑,他离一直被忽视的事物本相更接近了。

离奇的体验常常在一个人的常识之外,一个人可以在不经意中遭遇幻象,经历一种看起来似乎不可能的生活。1791年的一个夏日,诗人柯勒律治的梦中游历向我们提供了走出常识的泥沼的可能。病中的柯勒律治,被嘱服用鸦片(事实上,那时候他酷好鸦片这种魔幻的药物已经上了瘾,并在轻度的迷醉中产生了与现实的疏离,以致人们把他所有可能用来自杀的工具——水果刀、削铅笔刀、剃刀等都从他房间里移走了)。那天,他在读一部古书的如下细节时睡着了:"在这里,忽必烈拥有一座精心建成的皇宫,此外还有一座堂皇的花园,这如此富饶的方圆十英里被圈住在一道高墙内。"或许是药物的作用,皇宫、花园、宝马……这些幻象在熟睡的诗人眼前一一升起,使他产生了一种奇异的感觉,以为自己真的在蒙古人的宫苑里游历。通常的说法是他在梦中写下了300行的诗句,他醒来后随手记在了一张纸上。

那不是我们习惯的文字,那是一行行出于神思的文字。由于是在脱离了常识轨道的梦中写作,这些文字的意义已经不是经验世界所能解释,这样的文字之所以为柯勒律治所创造,或许是因为他从八岁那年起就有了与传说和白日梦为伴的习惯,在阴暗的学校回廊和长时期的神经性发烧中养成了让心神远游的气质。"子孙后裔走向没有阳光的大海""一位阿比西尼亚的少女在她的韵洋琴上弹着 Mount Abora 的歌"。那是预言,是咒语,是一片预示天光的暗影,只是那天光在他写下这些文字时还无从察觉。或许,关于命运的前景,上帝允许让人约略窥见,却不允他向众人言说,更不用说流露在纸张上。于是,上帝在他泄漏天庭秘密的时候,化身为邻村的一个客人故意和他周旋。经验的世界贸然闯入,打断了柯勒律治不存在的宫苑中的漫游。一小时后,邻村的客人心满意足地走了,他再度陷入了日常经验的泥沼,面对洁白的纸张,他再也无力写出一行。

想象的旅行

　　仔细想想是多么无可奈何,我们的生命正日渐一日地消逝。消失的时间就像死去的灵魂一样,被拘禁在某种特定的物象之中,如果这一物象不被发现,消失的时间就永远不再重现。事实上,那些时间的寄寓之所遍布在生活的周围,就像各不相同的封口的容器,只是我们很少有好心境去把它打开。它是阳光下一枚闪烁的叶片,是夜读时过耳的风声,是衣上的皱褶、襟上的月光,是植物开花时那不可言说的气息……当它在我们的眼中获得独立,失去的时光便又重新飞舞。如果有一个安放时间的盒子就好了,这样我们需要回忆的时候就不用去四处寻找,灵魂也不会那么不安。有一种说法认为,这些寄寓的时间的形体、声音和气味不在智力的认知范围内,智力就像一盏灯,它只照亮它所能及的一部分,那不可捉摸的、万有的黑暗只能自己去领悟。领悟,这一点儿没错,但当我试图创造性地把那个寻找回来的世界表达在纸上时,我感到它是那么的不真实。写作者摆脱智力,到达的不是事物本身,而是另一面的幻象。

……窗外的世界正在行进,时间的虎皮花纹一隐一现。当我被黑暗包围着坐在写字桌前,我很难相信,花如此一个又一个早晨和夜晚在词语和节奏中摆弄是一种合理的活动。尤其在我置身的这个年代里,生活给每个人提供了更多的可能,单凭写作来改变生活境遇已成了一种神话,我深陷于写作之中是否明智?

我长久地盯视着眼前的这只 MARIE 牌墨水瓶,它已经淹死了我那么多的时间,它洞张的黑色小口将吞噬我更多的日子。如果我举起它扔向窗外,它就会在楼下的车道上绽开一朵硕大的墨菊。如果我在这时把所有文稿攥成一团,然后走出房门,信步走到城北那个铁路小站,开始的一天就会是全新的生活……这不是不可能的:我会坐火车外出旅行,我会靠着车窗,透过纤细透明的空气看见铁桥,看见路基边的矢车菊,看见红色的太阳随着车厢的震动而摇摆,像个红脸膛的醉汉。或许我会邂逅一个扎着麻花长辫的可爱的姑娘?她提着一柄长嘴的水壶,为人们送来咖啡、面包,还有种种花花绿绿封面的轻闲读物。火车紧急刹住了,她一不留神扑倒在我怀里,她又羞又恼地站起身的时候,我会看到她的脸红得同车窗外红光衍射的那片树林的上空一样。然后我会下车,满天的红光变成了暗蓝的夜空,天宇下是一个小小的村镇,村镇的一条条街道在夜色中现出蓝蓝的光彩,我沿着阒无声息的大路趱行……

我像一只大甲虫在地图上的一个地名与另一个地名之间爬行。我涉过大河,越过高山,在虚拟的途程上四处勾留。当我驻足回望,却又发现除了文字,我什么也没有留下。

写作是危险的!它使我投身现实世界的热望一次次地成为泡影,我永远只能在一张白纸上想象一次莫须有的旅行。然而外部的公共活动于我又未尝不是一种毒品,沉溺其中就永远不能复返。这正是我所从事的工作和外部世界的悖论。就在我犹豫着的时候,又一段时间被禁锢了。因此我要说,写作是专门消磨时间的,如果你手上没有一大把空闲时间,你就千万不要写作。

秋天的书

许多日子以来一直无所事事,我工作的房间里爬满了细细的浮尘,那些有着美丽封面的书我再也没有打开过。我偶尔听歌,偶尔喝茶,那都是舒展欲望的场所,我变成了我描绘过的无思无想的人中的一个。我向往着遭遇激情,然而激情过后也依然是平凡的日子。

许久没有写下一个字,有人问起今后写作的方向,我只是说在等待。我真的在等待吗?也许吧。秋天的太阳跌到了河的那一边,黄昏像一株植物在河面上生长,我在阳台上捧着一本里尔克的诗集。我阅读这位唯美的诗人,是我这些日子在做的招魂的功课。里尔克说,当所有的人都在坠落,我们大家都在坠落,可是有一位 ——"他用自己的双手无限温柔地将这一切的坠落把握"。就在这一个黄昏之后,我想我不应该再等待了,那双手,不是上帝之手,那双手属于人群中的某一种族,那"无限温柔"的、使我们摆脱坠落的力量,就在我自己的身上。

　　如今,转到了异域的太阳再也不会来干预我们。我至少可以用平和的声调来说一说这远处响着猎号的秋天,说一说这充满人性的落叶的季节了。葡萄灌满了浆;风穿过高高的树枝(那是游手好闲的少年打着呼哨),它拂过不再有鲜花的田野,摇动我的笔杆。而孤独的人将继续孤独,他们在房间里等候,去远处的街角发信。我喜爱这自然中更迭的生命,流转是它们的本相。影响我秋天的心情的还有这些细小的事情:稀朗的树枝,檐角裸露的星,鸟雀和昆虫,一次远足,一句卡尔·夏皮罗的诗——"我自私的青春、烫金的书、知识和一切,凝神俯视着街上……让风吹吧,因为多少人得死亡。"在疯狂的石榴树和积满白雪的大地之间,我们是多么寂寞,在一年中的大多个时日里我们是多么的寂寞,梦幻的根只是扎在生活的表层,又是那么的容易溃烂!那么就用文字造一个天堂吧,天堂里的笑声只有我一个人听见。

在大地上散步、沉思,像哥尼斯堡那个古怪的哲学家,或比他更老派的蒙田古堡的主人。我要和斜斜飞过的平原上的鸟一起分享这寥廓的世界,我要和树枝上的蝉一起,透过凛冽的空气呼唤逝去的时间。

在这人性的季节,言词的气息要比事物传得更久远。

我为什么写作

很多年前的一个冬夜,对着一幅凡·高的自画像,我曾经那么骄傲地说过,我可以省略生活的一切细节,只剩下桌上的一双手和一颗沉思的大脑。那时离开纯真的八十年代还不太远,空气纯净,有闲的时间也那么多。在以后的写作生涯中,我意识到虽然我从事的是用语言包裹世界的工作,但生活永远是第一要义。我没有必要把写作看得多么崇高,它只是我生活的一种合适的方式,就像呼吸一样自然。

我生活的这座小城古称"句余"。我喜欢"句余"这个古称甚于余姚(余姚这名字太过阴性了一点,像一个女孩的名字,闭锁,自足,又充满着太多闲言的泡沫),它向我传达着一种陈旧纸张的气息,让我想到千百年前在这块土地上行走的文士。我出生于六十年代的最后一个秋天,小城西南一个叫菱池的村庄。那地方的风物,风筝、菱角、黑亮的瓦、村场上空飘散的烟、追赶花期的放蜂人和唱着民谣打着惊闺四处游走的草药郎中,我已经在最初的写作里有了许多描述。

在我从事写作之前,我曾经有过长达五年的体育教员的生活。这段黑暗的经历起始于1987年的夏天。同时开始的还有我盲目的诗歌训练和爱情。

迄今为止,我写下了数十万字被人称作散文的文字(我更喜欢把它们称为习作),这些作品给偏安一隅的我带来了些许虚名,但也出卖了我内心的秘密。在一份私人笔记里,我曾流露出了想写"大作品"的野心。但我让自己失望了。"我把阑干拍遍,吟诵无算,我已经隐约看见它了,如同草丛中一掠而过的虎纹。秋风惊草,我伸出手抓住的只是一把虚无。"(《我在1995年经历了什么》)

如果说这个世界真的有伴人一世的书,我可以举出赫尔曼·黑塞的《荒原狼》和乌纳穆诺的《生命的悲剧意识》。前者让我向往精神世界的高蹈,后者又引我通过行动实现真正的存在(生活)。

请允许我提到我时常进入的那个梦境——我梦见的是两只手表,我奇怪它们老是走得不一样快。这个梦让我想起柏拉图对灵魂的一个诗意的比喻:灵魂是由骑手驾驭的两匹马。其中一匹通体明亮,日行千里,期望遵从骑手的鞭策驶向崇高壮丽的天国;另一匹则黑暗而驽笨,顽固地拖向大地,拖向物的世界。

这梦境在一定程度上传达了我们时代的生活图景,并揭示出了我们痛苦的根源。生命就像一只鸟儿飞进空空的大厅,它永远只能在生活世界和精神王国之间飞翔、徘徊,在大地、旷野和苍穹、空气之间飘游。我们无法企及上天,也不属于尘世。在这个意义上说,风、鸟、火、河流都是我们的伙伴与兄弟,和我们相关的事物,或者就是我们自己。

"当一切全凭自己/你将如何感受/像一个无知的人儿,找不到回家的方向/是不是就像一块滚石……"我非常爱听鲍勃·迪伦,每次,当音乐溢满夜晚,我就听到内心有一个声音响起:我们没有故乡,真正的故乡只在内心生成。因此,我叙述生活,并相信只有叙述时的才能够永久存在。

时间在窗外行走,不远处,是雨中檐桅耸立的姚江,它两岸散落的文明碎片,经由语词花园的小径当然可以衍生出无数或精致或靡绯的故事。但我不这样做,我直接对着生活和这个年代发言。这也可以作为许多人问我为什么写作的一个答复。

如影随灯

知识分子与生活

"知识分子要热情生活,尽量享受。"把这样的话放到我们这个时代精神负荷过于沉重的知识界,真有种惊世骇俗的味道。人们不禁要问:(感受)生活,能与思想、灵魂、精神、拯救、家园、呐喊……等量齐观吗? 我以为这恰恰见出知识人对自己的思想可贵、清醒的修正。"终极关怀"之类的听得多了,就成了一种语词的震荡,成了一门显学,被庸俗化了。值得"终极关怀"的其实就是尽量发展生活,你让我生活,我也让你生活。一个人没有自己的生活就不知道别人有生活的要求,也就不可能去尊重别人的生活,不尊重他人生活的"思想""精神",再高深也只会被弃之如敝屣。

把日常生活视作地狱的"知识分子",不仅仅是那些企望社会大事件发生的围观者,还应包括那些奢谈"形上"、鄙弃"形下"者。他们在精神世界的探究中有意无意地舍弃了生活,把虚幻的美(极度颓废的体验会使美更炫目)和理念当作了唯一的真实,当作了安魂之所,而把生活视作了一场梦,一堵阻止他们深入探究的屏障。前者在时代风云前评头论足,高谈阔论,一待尘埃落定,则垂头丧气;而后者,我想他们的结局也是悲惨的:他们像一棵拼命往上长的树,一心想挤进天堂的大门,同时,他们自行把生命之根拔出了生活的土壤。不是危言耸听,这样的片面深刻者到了极致只能走向两种可能:不是被驱赶进疯人院,就是自杀。

一个认真思考的写作者,做这样的修正是必要的:把深邃、虚无的眼光放下来,关注人间的消息,关注大地上生活着的人们和形形色色转瞬即逝的事件。"乐生",是中国知识人的传统,生命的意义是随我们对生命的关怀程度而定的。"人心里怎样思量,他为人就是怎样。"(《箴言》,23章7节)话又说回来,一个人有什么样的生活质量,就应该会有什么样的思量。

那么什么样的生活是我们渴望中的真实生活?

理想的生活是生命的大自由之境,就是"存在是人的尺度"中的"存在",但它只是两头黑暗之间短暂的白昼——一头是自在、物质的,单纯而野蛮;另一头,是属于超险的精神世界的,它是纯洁的,同时也是伪善的。

看一看那些忙忙碌碌的生命吧,那也称得上生活吗?他们多像一群走钢丝的杂技演员,战战兢兢,在两端之间飘摆。他们要么是沉湎于物,为欲望而膨胀,大脑里再也没有一点容留思想的空白。而其中的所谓知识精英,正热衷于用理念和词语覆盖生活的游戏,他们撤退到了一个个隐秘的、形形色色的角落,把这退隐之地称作"精神家园"。这是一场二十世纪末的造神运动,这群文化动物虚构了一个理想世界,把自己献给神(超险的存在)的越多,留给自己的就越少。就算他们都得到了拯救吧,但他们已经神情呆滞,无思无欲。"与一个精灵手拉手,走向荒野和河流,这个世界哭声太多了,你不懂"(W.B.叶芝),这群被精灵偷走的孩子是永远也不会再听懂世界的歌哭的。

沉湎于物是不折不扣的黑暗和沉沦,把自己的尊严踏在脚下变成了一条蛆。后者,这群新神学的缔造者,在他们极度炫目的外衣下,同样是不堪一击的虚伪。要知道,身心完全健康的精神生活者几乎是不存在的。

既有对精神世界的向往,又不排斥对物的亲近,这真正的理想生活真的是一个乌托邦吗?要是这样,我们的向往显得多么虚假而可笑!但人之为人而不是一根苇草,正在于人是有思想、有灵魂的,有一份对超出了自在之物的精神世界的向往。

我们永远离不开我们的生活了,却也永远不能面对面看见理想与自由,那不成了拂之不去的虚无与谵妄吗?应该赋予"存在"以新的含义:从此岸生活出发,抵达更纯粹、真实的生活,存在就是这个谋求自由的过程。因此当我拿起笔,在自己周围看到的不再是经验世界的悲哀,依旧是在世上,在一张纸上,我必须用笔来展示自由的实现。

审 视

因此一个真正的现代人有着一双内审的眼睛：现在我们是一种怎样的生活？为什么要现在这样生活？澄清这些问题是一个完全自然的人的欲望，也是被一些拥有智慧和高度想象力的人所深深体会到的。常人以为，如果全体社会成员都为这些抽象命题而烦扰，变得满腹狐疑，忧心忡忡，那就没有行动的人了。但我们也应看到，未经审视的生活是毫无价值的生活（苏格拉底语），不对这些假定的前提进行检验，把它们束之高阁，想象力就会呆滞，智慧就会陷入贫乏，信仰就会变成教条和挥向异己的权力之棒。

让自由的存在从可能成为现实，就要激励想象，运用智慧，防止对物的世界过分沉溺和漠不关心导致的精神的贫瘠。审视生活,就要从思想的云端降临人间,倾听人间的消息,要走入人群,重新找到一颗"在人群中生活"的心 —— 就像查尔斯·兰姆曾经做过的那样。

安妥一个写作者灵魂的处所不只是书房里的工作,纸张、笔、每天黄昏准时降临的落日和玄思,这一切应该包含在一种真实的、自由的生活之中。我们都在身外寻找:理念构建、美学的屋宇、梦幻的涟漪……寻找中,切切实实的此在生活成了一座遗忘之城。"我们从未到达、从未企及我们所在之处",那所在就是生活,我们从这里签票起程,可留在手中的只是一张无用的票根。其实生活不是一个被颠覆了的乐园,它包含了时间的所有脉动,无限的空间也都在它的内部展开。"我正在回归,归向我那离开的东西 — 或那离开我的东西。"诗人的言说总是先于我们的思想。我们在这里要重新找回的,正是这座经审视之后的遗忘之城。

如果有可能,我将在暮年之际像让-保罗·萨特一样,为自己写下一本叫《词语》的自传。我将写出:一个孤独的乡村少年,怎样成为一个枯坐书斋的静修者,一个热心的现世生活者。我还要写出他立志成为"文化卫兵"的种种努力。这是因为我感到自己一生的工作,有可能成为图书馆浩瀚的书海中的一个词语,甚至只是一个小小的句逗。词语,是它让我如此激动,并最终和我的一生融为一体。同时我还认识到,人是用词语来思想的(触及事物,词语比思想更根本),有时词语本身就是行动——特别是对一个思想者而言,语言的混乱会导致思维的混乱,进而会造成实践上的野蛮状态。因此,澄清词语也即考察思想,推而广之,也即考察人的整个生活信念和生活方式。我相信在词语中我可以找到所需要的:必然性、永恒、存在的理由。这可以说是我随之确立的写作信念:借助词语的澄清而达到拯救是可能的。

在这部自传里,我将为人们提供一种选择的参照,如果有可能,它也将给思考着的人们一种指引和提示。在这部自传的第一页上,我首先将澄清的是"生活"与"活着"这两个词语。在今天,常人的生活状态更多的是"活着"而不是"生活"。"活着",那是一种物性的、自在(区别于中国古典哲学中的"自在")的状态,单纯而野蛮,没有感知,遑论诗意。如果一个人只是"活着",他就是康德说的"独眼怪物",自甘沉沦。我理解的知识人的理想生活,应该既有静观,又有行动;既有对精神世界的亲近,又不忘怀人间的消息。这样的生活才算得上真正的存在:即从此在的生活出发,抵达更真实纯粹的生活,不断谋求个体生命的自由。

  当然我写下的不止这些,时间会把它一点点充实。那时我已经老了,头发灰白,齿根松动,在燃烧着的炉火旁俯下身,我还会忆起,大风怎样穿过树林,落下思想的果实,智慧怎样来到我的身上,让我步履从容。那时我的生活已快被时间的马车拉到另一个世界去了,我的微笑是阳光下的一行文字:如果有可能……

如影随灯

犹如天空中布满了繁星,思想就这样闪烁在纸页上。它在写作的过程中一点点地呈现、清晰,就像一滴浑圆的水珠在荷叶上凝聚成形。它没有被自己的重量打碎,正是因为承接它的荷叶——写作者的生活。

生活,是它浮载着我们的写作和思想。

一个写作者的存在,并不限于态度、情感、沉思和领悟,尽管它也包括这些东西,但更是把这一切包含在一种被自觉接受的生活方式之中。这种生活方式并不排斥对世俗日常生活的有节制参与,这就与这个时代"人文主义"标识下的文化冒险主义者区分了开来(在他们抽象空泛的思维中,没有对人的关怀,而只有对理念的嗜好,它的实质是狂躁的文化冒险:否定生活,走向神学之路)。从生活出发,寻求对生活的关怀,最终抵达更为真实的、渴望的生活,这是生活走向圆满的通道。在这过程中,会有磨砺,会有受难,要有行动,也要最终走向死亡,那是生命走向自由之境的必经的驿站。

一代人有一代人的生活,它每时每刻都在运动、再生之中,它憎恨试图阻拦它运动的时间——事实上时间并不辖制生活,它只是跟随生活。一个孩子,如果他最终不能回到母亲身边,他的游戏将是一场恐怖,同样,对一个写作者来说,如果他的工作使他远离实在、远离人间,那么他有限的骄傲将是一场危险的火焰。这火焰将焚烧他的生命,转瞬即逝。

因此写作对我目前而言并不是一件首要的事情,我必须面对的首要问题永远是我的生活。我不怕生活的平庸,它或许会磨灭我的躯体,但不会损坏我的禀赋,我只怕自己被文字迷惑,少了一颗在人群中过活的心。

我这样说并不是毫无由来,我曾经写下那么多暴露内心秘密的文字,它们驻留在我体内,像毒素,一点点稀释了我生活的激情。写作这一行为蕴含的魔术般的力量,使人不敢轻易面对一张白纸。我不是把写作置于生活之上的唯美主义者(当真与美发生冲突时我选择真),我也不是把写作等同于生活的自然主义者,我倾向于认为,写作,是我与这个世界相处的一种方式,它跟随我的生活,如影随灯。生活永远高于写作。

我不奢望我的写作为大多数人接受,但我仍然希望有自己的读者,或许这批隐含的读者更多地存在于我的期待和想象之中。因为写作虽是对着石壁呼喊,但必定在人群中激起回声,这种期待使我写下的与行进中的生活发生了联系,与这个世界上特定的一群人发生了联系。我当然不愿意,我的写作成为一桩完全孤立的事情。

即此即彼

真实的诱人在于我们从未抵达真实,同样,生活的意义在于没有一个人敢说他把握了生活的真正含义。本相是在寻找、碰撞、修正中慢慢呈现的,它更多的是来自经验,然后是内心片刻的灵明。对生活的理解,我认为出发点应该是普通人在这个世界上的物质存在:他的个体生命、居住和他所处年代的经济和人文背景,这一切规定了他的道路和生活前景。在思想的行业里,许多人仅仅是个工匠,只有一两人出乎意料地成为大师,一个原因就在于这个基点问题上的分野。"谁非常性地思考,谁就将非常性地犯错"。

人借以精神追求和对超验世界的向往走出自在状态,超拔于物的世界,因此,能当得人的"生活"的,应是世俗与神性的大和谐。就像人同时在两条街上行走,一条是现实的、物质的,一条是超验的、精神的。他沿行这条街的脚步声回响在另一条街上,同时,那条街上他听见脚步声沿这条街走过,两种脚步相互交错、穿插,其间呈现的是一个人完整的生活图景。

形上、形下,到底哪种生活方式更好些?传统和习惯强加给人非此即彼的选择模式,这种思维上的定式导致了行动上的狭隘,败坏了生活的质量。即此即彼——对这种真实生活的追求已经被有人称作理想主义了。但一个有智慧的人,对当下的生活理应有足够清醒的认识,并有责任和权利设计未来的生活。就算这命运设计是一个乌托邦吧,它也显然不是词语的虚拟的游戏,它是我们由此岸眺望彼岸的良好憧憬,它将为不断祈求自由争取个体解放的人们指示一个理想的生活前景。如果这种设想能够成立,那也是人通过自我选择得以拯救的一种可能。

悲悯情怀之类

写作一旦被纳入"现实"的轨道,写作者当然不会有自由可言。但固步在词语和形式的疆域,就能寻找到个人绝对的自由吗?为了这种也许并不存在的自由,我有没有足够的勇气走到世界的另一边?我很明白,可以借助词语来思想,但词语不能安妥世界这个庞然大物,它不是我永远的居所。"躲进小楼成一统",安静是安静了,却不会生成理想的健全的人格,因为这样做就意味着规避,意味着畏惧和妥协。在写作风格上,我倾向于私人性的、纯粹以自娱为目的的写作,但生活不仅仅是做一个看客(静观,多么堂皇的借口),它更需要一个知识者发出自己的声音来——"我们是说话的人。"这就是一个写作者的社会定位。这种批评的激情驱使着我,使我渴望口若悬河,渴望慷慨陈词。我没有走上街头成为一个出色的鼓动家,只是因为我错过了激荡的年代。但我还是一个说话的人——一个自说自话的人。

那些渴望"介入""参与"的知识阶层的人,今天最喜欢说的是"悲悯情怀"。这种故作高贵的圣徒姿态,在一定程度上满足了他们高高在上的优越感。他们那么快撤退到这个安全的地方令我感到惊讶。一个悲悯者充其量不过是个施惠者,是谁赋予他这个权力?是知识,还是身份?如果说人间生活充满了苦难,我们所能做的就是尽自己所能去抵御它,而不是高踞思想的云端,仅仅摆出一个悲悯情怀之类的姿态。

需要什么样的"情怀",使我们这个时代的精神堕落不复蔓延?可以退守,可以呐喊,沉默和疯狂是文明肌体天然的防腐剂。但最为理智和切实可行的,还是充当生活的主体,去梦想,去描绘,去创造真实的生活。现实不能让人闭起愤怒的眼睛,"悲悯"也抚慰不了,唯有行动才是真正的生活。

个体生活

荷马史诗中,特洛伊人格劳科斯与希腊人交战前叙述自身家世,说人类的世代正如树叶荣枯。生活的情形正是如此,一代人有一代人的生活,它们层层涵盖,如同落叶。而在另一个向度上,我们看到的是社会群体生活对个体生活的遮蔽。

对于由许多事件组成的群体行为选择的结果来说,个人的力量或许是微不足道的,但个人在可能性空间里做出选择走向生命的圆融,事实上推动着群体的进步与完善。群体一不小心就会沦为一个抽象的概念,而个体生活永远是真实鲜亮的。每个单数的完善叠加起来就是社会群体的完善(佛陀说自觉觉人,自度度他)。一个写作者应该关注历史,关注社会生活中的大事件,但他更应该关怀的是由个体选择所导致的个人生活的演变:那个人如何从此在走向更为真实的生活。他要去探索个体生活中每一个或然的选择的可能性,他要通过阐释个体生活的演变来发现走向理想生活的途径,而不是像历史学家一样只去描绘、图解已成既定事实的世界。每一个"个体"都是不同的,每个人都是独一无二的,去寻求你的唯一性,这是冒险,也是幸福。

游心于物

　　生活不是静态的,它像一条河,在不停地流动,在流动中散布新鲜的气息。认识真实的生活是一种智慧的活动。古代东方的哲学短语"心为物役",点明了人在物质世界中的尴尬处境,现代点说就是存在的被遗忘。人介入尘俗又不安于尘俗,于是要从中一次次地逃离。这逃离是当人无力突破现在的行动世界时所采取的对付方法——向内心遁逃,在内心的途程中让生活诗意起来。

　　这就是游心于物——在月光、大雾、村庄、河流、田园风光和少女发辫的芳香气息中遨游,在它们新鲜气息的滋润下,生命超出了世俗的沉重与困顿,以心灵的彻底舒展显示了生命的无所不能。在古代东方,知识人常常登山临海,让生命在众鸟飞尽后的天空中自由飞翔("相看两不厌,唯有敬亭山"),涵养出一种古老的智慧;今天的我更多地让自己置身于音乐与画册之间,在冥想中抵达精神的宁静与澄澈。机械时代的来临带来的是心灵的漂泊(The homeless mind)和个体的失落。现代人最容易忘却的是:冥思和幻想也可以给我们带来幸福。

内心的旅程就是走一条寂寞的精神之路,不依赖任何人、任何条件,甚至也不可能带所爱的人同往、分享。当他走在这条路上,与外部世界的联系将暂时中断,所有的桥都消失了,世界几乎不存在了。他进入了自身,他自己就是世界。这就是为什么印度的神秘哲学家称世界为幻象,为"摩耶"(Maya)。宁静是如此深邃,寂寞是如此厚重,外部世界的噪音也无法穿透它。一种完整的个体生活不能没有这种体验,不能失去这种觉知。更多的时候,我是通过写作来获得这种经验。

如影随灯

多么简单

故事一:一个患早衰症的医生,由于无法做梦,人越来越老。为了治好这怪病,他绑架儿童,想偷儿童的梦。后来他与一个九岁的女孩发生争执,随后,就把她杀了。

故事二:有一个人,遭受过种种不幸,他都经受住了,安于自己的命运,别人都很尊重他。然而有一天什么都失去了,因为他遇到了一位他十分喜爱的朋友。这位朋友对他讲话时漫不经心。回家后,这个人就自杀了。

人们或许会说在这两个人的内心是否有不为人知的悲剧因素。我想,如果非要给他们的行为一个理由不可,那就是已经陈述的一个简单事实:前者是不能够再做梦(失去梦幻的人老得快),后者的自杀只是因为一个朋友对他漫不经心地说话。因此,每当我似乎感受到生活的深刻意义时,正是它那么多事件遮蔽之下的简单令我震惊 —— 死是容易的,生命是脆薄的。

一场大雨使我生活的这座城市变得苍翠。一场大雨后,我站在桥上,望着太阳落去的方向,河水被天光映得通红,像梦幻的钢炉,那里将激扬起思想的火星和词语的水纹。随后,夜就降临了 —— 不,夜生长了 —— 生活缓缓地转到了市场的喧嚣背后的一盏灯下,寂静的街道在黑暗中延伸。白天沉没了,就像加缪说的,那些山丘、天空的柔情,树木的图画,转眼间就失去了我们赋予它们的意义,从此比失去的天堂更远了……

在我和过去的生活之间,横亘着的是秋天褐色的土地。

接近无限透明

　　一生都在磨玻璃镜片的斯宾诺莎这样写道:任何东西都想坚持其固有的形态,石头就想成为石头,老虎就想成为老虎。那么人呢? 人只是想走回去找回自己,找到自己的真实位置。一般说来,大多是向远古去找,追循着逝去的神的踪迹,"我已像神一样生活过了,我不复再有更高的祈求"(荷尔德林《致命运女神》)。但存在还是被遮蔽着,就像陌生的面孔和房间,虚无而谵妄。因此,个体生活的真正价值,在于每时每刻都在审视他的生存状况和对此在生活的批判态度中,也就是在坚持自己是一个人的努力之中。

　　一个写作的人,应该是时刻审视、探究包括他自身在内的生活的质询者,由此,才有对自身社会角色的定位,才有对自我艺术人格在时空中的定位。真实的情形就像某个诗人说的那样,他的诗中要歌唱炉灶、公鸡、祖宅和远方来的贵宾,还有他家栅栏里那头棕色的母牛……这里,返归家园的心情是这么迫切,呈现出的图案又是这样简单、和谐。一个写作者,既非祭司、巫师,也不是预言家、天使,而首先是一个人。他与自然一道呼吸,自然通过他,他也通过自然来发言。他集参与、旁观于一体,静观中有行动,行动中有静观。他和草木一样,受惠于太阳、空气、水,他也将和草木同朽。而那个一直在寻找的家园,不是某种虚构的情感的寄寓,只是生活,确切地说是向往中真实的生活。因此当我开口言说,我首先是站在一个人的立场上,然后才是一个写作者的角度上说话。我这样说是不负责地消解写作的神性吗?不,写作是神性的,正如人是有神性的一样。

抒情的含义

鸟飞过冬天的田野,河床枯瘦了,干草垛经了几场冻雨,都蔫蔫的,像披垂着头发的乡间老妇。几只麻雀啁啾着,从电杆顶端俯冲而下,又失望地振翅飞去。树木、房屋、飞翔的禽鸟、远处车站的钟声……我的心情是一座宽敞的候车大厅,我俯首谛听内心深处渗出的寒冷。

雪落在南方的山野,顷刻间便融化了。承受不了无望的痛楚,天空中落下的不再是白色的梦幻的结晶,而是死去的雪,雪的精魂。冻雨的日子,我一直在思考一个问题:一个人到底可以承受多少苦难,如同承受这彻寒的坏天气?人是脆弱的,甚至不如一根芦苇、一滴水、一个词,肢体一处小小的错误就足以置他于死地了。在人类的台球桌上,上帝的权杖又何以击碎这一个个喧嚣、冲撞着的弹子球呢?

　　我无意去探究全体生命的临终一刻何时到来,我也无法把芸芸众生引领出这无边的坏天气。高贵,卑微,敏感,脆弱……我的意思是每个词都有正反两面,写作的人,虽然在臆想的世界(这玄妙的语言的城堡!)中呼风唤雨,却又是在这个喧哗的尘世间谋生日拙的那种人。他们在雪天翻开一本诗集等待情人到来,在幽暗的烛光下祈祷神启的一刻的降临……他们在襁褓之中就开始梦想。这种对生活的抒情态度是他们无力突破现实的行动世界时所采取的对付方法。在这种向内心的遁逃中,生活产生了诗和现实的离析,想象中的这个世界,到处是灯火辉煌的路标,时间分割为一道灿烂的光谱。他们无比兴奋地从一道光跳到另一道光,每次都坚信落在了一个新的时代,事实上是又一种虚妄。但心智的火柴已经燃点,他们只能在表白中走完一生,在燃烧中走向灰烬。应该说写作在一定程度上拯救了他们,它成了一种生活和思考的方式,也补偿了他们世俗生活中的败迹。人需要抒情,需要逃避的艺术,就像需要食物和深沉的睡眠一样。我一直在思考如何以最好的形式来表达心灵(这也是抒情态势的选择),我找到了那么多精神的替代物:桥、玫瑰、栅栏、芦苇、风中的白鸟,甚至一句再也记不起的歌谣……我奇怪它们都带了一种悲怆、孤独的物的气息,这是对真实、对一切可望而不可即的形而上追求的宿命。

从记忆的大海里打捞苦难的沉船,几个世纪以来,各种各样的诗人为我们提供了各种各样的抒情样本,这种被固定了的抒情态势正日益成为这个世界腐朽的一部分。此刻,雪后的空气清冽,阳光和煦,无边的苦难消遁了,我坐在风檐下的躺椅上读一幅凡·高的《吃土豆的人们》。阴暗的画面,幢幢的人影,一盆土豆是唯一的亮处,仿佛一个梦幻降临在穷人的餐桌上。

大雪和寒风封结的世界,围着火炉,火炉上的土豆滋滋地冒着热气,膝上摊开一本书,这种经典的俄罗斯式的忧郁情调一度令我神往。我喜爱的几位俄罗斯诗人就是在这样的火炉边度过了他们清寒的一生。叶赛宁、帕斯捷尔纳克、茨维塔耶娃……我揣想他们激动人心的诗歌都是在这种梦幻般的冬日午后写成,你听,你看:"——远方是雪中的田野和墓地／围墙、碑铭、雪地里的车辙／坟上的天,满空的星……"

现在,我试着也把自己放进一幅画(它如同肯特的版画一样清峻)——也是冬天,蓝色的火苗舔着铁罐里的雪水,一只牧羊犬蜷伏在我脚边。我点起一支雪茄,看见蓝色群峰背后星星升起又坠落,看见一个孩子走向日落后的旷野。水开了,天黑了,他再也找不着回家的路。

美是无所不能的吗

十九世纪末叶的欧洲,一群常聚集在咖啡馆和小酒店里的"波希米亚人",以美的名义发起了一场运动,这伟大的历险像一把火,驱开了世纪末笼罩欧洲上空的阴霾。

那时候的欧洲时局,后来的文化史家是这样论述的:"一个耗尽元阳的漫长战争偃旗息鼓了……在旧制度的废墟上,病快快的欧洲正身着昔日盛装的残片,战战兢兢地憧憬着朦胧的未来。"(威廉·冈特《美的历险》)最初弥漫在废墟上空的是一股绝望的情绪。一场为了理想的革命落了个不光彩的结局,本来应成为天才的庇护者的被砍掉了脑袋,理想主义者陡然发觉自己生活在一个理想异常匮乏的年代。于是,一群年轻的、贫穷的艺术家,那些梦想建立伟业的家伙,在"美"的名义下聚在了一起,宣称"美的欢乐仅仅在于美本身"。革命最初的冲动变成了浪漫的越轨和无法无天的行动。政治的绝望转变成了艺术上的叛逆,最后又在美的幻雾中看到了心灵的麻醉和抚慰。

透过时间的迷雾,我看见了波德莱尔,他整洁、入时,他的嘴角轮廓柔和而略带嘲讽,就像是列奥那多·达·芬奇一张画上的样子。背景是十九世纪的巴黎,彼摩当大楼的一个客厅。巨大的大理石壁炉架上摆着一只镀金座钟,四面墙上挂着油画,画着淫荡的潘神正追赶美丽的宁芙们。这场景已经暗示着,著名的"恶之花"将从他的手中生长。一朵朵飘零的玫瑰,变成了撩人感官的肢体的局部,飘在彼摩当大楼的细木工家具上空——这些美得惊心的诗歌,诞生于1857年,是他对自己的健康和命运探索的结果。

还有爱伦·坡,从他《厄舍府的倒塌》这篇情景怪异的小说里,我发现了他对书籍、香气和醇酒的特殊鉴赏力,也发现了他对那些反常的、超自然之物的理解。这个悲剧的灵魂,酒瓶的奴隶,在恍惚中做着离奇的梦,又把梦生发为杰作。还有戈蒂耶……

他们在生活的泥沼流沙中闯出了一条获得内心感受的道路,这条路归结为一句话就是"为艺术而艺术"。他们已经完完全全成了一群"审美的人",宗教、道德、政治已不再引起他们的兴趣,审慎的思考与深刻的思想变得毫无意义,跟无拘无束的创作实践毫不相干。而为了"美",即使主动去做罪孽的殉葬也被看作是一种殉道行为。

渴望感官享受,把艺术作为与日常生活脱离的东西悉心爱护,这一切成了法兰西第二帝国在十九世纪末风靡一时的潮流,并跨过狭长的英吉利海峡,掀起了一场"唯美主义"的杂乱的运动。

这场运动在九十年代达到了高潮,但由于缺乏伟大的思想情感,缺乏生活的根基,它的出发点和归结点都落在了个人中心主义,"为艺术而艺术"的一切必然会成为引人注目的行为方式,甚或惊世骇俗,这就暴露了它自身是"有罪的"。美,果真是无所不能的吗?艺术家有权凌驾于他人之上、善恶之上吗?声名赫赫的"唯美运动"是不是一件掩盖个人为所欲为的外衣——甚至是不是在怂恿个人的放荡呢?

它不同于东方艺术,是那种小心翼翼的、素净的小花,趣味回避了深刻,也回避了对自身的戕害。它是一朵怒放的伤花,在惊世的美艳中断送了自己。1895年4月4日,不管王尔德——这个热爱百合花和向日葵的艺术家——在法庭上如何振振有词"书无所谓道德的或不道德的,书只有写得好的和写得糟糕的,美感是人类最高级的感受",他还是被法庭处以两年监禁,理由一是他的小说《道连·格雷的画像》是"不道德和污秽的",二是他是个同性恋者。这已是唯美主义运动在聚集、高潮之后必然的崩溃。唯美的花瓣枯萎了,随之而来的是匿名的黑暗。其实早在1873年,当魏尔伦在酒后把枪口对准兰波的时候,唯美主义运动的前景已昭然若揭:极端颓废的体验使美愈加炫目,但不惜一切代价的感官探索变成了自作自受的苦修。这场运动的全部结果,是艺术家们得到了一粒美的晶体,但它能与艺术家们毫无意义的生命消耗相抵吗?

这场运动的结局是难堪的:

王尔德丧失了写作能力;
惠斯勒在运动之末成了一个性情乖戾的老头

子,终日沉溺在无聊的争执中;

兰波成了一个军火商,不再写诗,在1891年过早地夭折了;

魏尔伦安心地颓废,并把它演绎成诗意的象征,最后在人们对昨日文学之花的嗟叹声中,在苦艾酒圣洁的芬芳里,告别了人世……

美,是无所不能的吗?

十九世纪末的这场运动是一场悲喜剧,它由一群演技高超的演员竞相登台演出,结局却一点点地背离了初衷。一百年过去了,技术的幽灵已统治了我们的生活,并一点点地毒化我们的心灵,我们要解放,就要历险。用什么来抚慰心灵并点燃活下去的信念之炬?抵达理想生活前景的挪亚方舟又在何处?钟声滴答着,又一年慢慢地走远了。

内与外

写作是心灵的燃烧,心智的火花在这种燃烧中绽放到极致,它带来的却是外部生活的萎缩。如果你看到过火光中的纸张怎样蜷缩起它们的身体,你就会懂得什么叫生命的损耗。在一切以实用为价值尺度的年代里,一个人走上这样的道路着实是需要一点殉道的勇气。

东风夜放花千树……淑女们的香气在大街上飘动,她们裙裾的旋转带起空气中细小的漩涡,灯光下,她们黛黑的眼圈显得很不真实,像来自雷诺阿时代的一幅油画。她们就像一个珍稀的族种,白天,她们的光华是被隐匿的,黑夜成倍地放大了这种光华。货仓直销、连锁店、Apple 专卖、含情脉脉的橱窗设计、高级饭店顶层透出的蓝色灯光……一切飞舞着,压迫着我的眼睑,我从来没有如此真切地感受过物的诱惑,我也从来没有如此真切地感受到世俗就是力量。外部生活是一个巨大的引力场,从中伸出一只只看不见的手,轻易攫取了我们的视线。如果从足够的高度俯瞰这一切,这是场怎样的盛宴啊!

然而我还是要回到我工作的房间。我还有那么多工作要做(这种工作在很大程度上是被今天的人忽略了的),还没有到沉湎的时候。外部生活打我边缘经过,我以叙述为生活。心智的灯盏被拨亮的时候,外部生活被一道看不见的屏障隔开了,随之开始的是我在另一个世界的历险。这时即使黑暗降临,即使不期而至的大雨打折了窗外的树枝,也不能阻止我内心的途程。长年的写作经历使我懂得:内心生活的丰富和深刻或许比外部世界更重要些。我可能没有写下的人物那样的生活经历,但我在一张白纸上就轻易走完了他们的心路历程。

这样,在一个精神生活者看来,生活就成了心灵感受和想象的代名词。倾诉就是力量,表达就是坚韧不屈。一个作家写不出作品,并不是因为他的外部生活萎缩了,更重要的是他的内心再也感受不到时代气候的变化。内部世界疆域的拓展要以生命的损耗为代价,这并非我们所愿,但如果这是必需的代价,我也只好承担。

应该认识到,双重生活并不是人格的分裂。躯体的生活是可视的、公开的(明星秘闻是更肆无忌惮的张扬),与草木生长、豸虫奔逐并无二致。而在每个人的内心深处,是秘密的、幽灵一般的生活。譬如今天,几乎每个路遇的人都看见我走在沿江的车道上,又蹬进这幢陈旧的原财政大楼,但又有谁从我苍白的脸上看见我昨夜梦见的两只飞机和住在深水底下的孩子?……

躯体占有一个空间,而心没有,有谁能给心的活动以一个界定?心与物,内与外,存在着天生的对立,心是不甘为物所役使的。事实却是物正一点点地腐蚀我们的心。眼未见岩中花树,则花树与心同归于寂,可惜我们又不能闭起眼睛自慰自欺。物一点点地挤进我们心里,像一个贸然闯入者赶走了居室的主人。心为物所蒙蔽,人只是赤裸裸的欲望驱使下的蠕动与奔突,物累使他无法飞升。心无一点尘埃的人,在我们这个年代是水晶,是天才,是稀有的空气,他一出世就会被谋杀。我们都学得那么实际,心里有物,却又不塞得太满、太沉,必要时还可以腾空出来使之成为一个空的房间。我们弹奏着这入世的琴弦,说这是快乐的科学。因为我们知道,如果心一直服从躯体,我们就永无自由可言。

我的生活就是我

风雨之夕,黑暗中的城成了一座死寂的岛。我点起两支蜡烛,好继续我的工作。烛光跳跃着,我不得不腾出一只手扶住它们小小的火焰。

在烛光和墙壁之间,我的手被成倍放大了,它几乎有整个房间那么大。烛光穿过指缝,房间里如同晃动着或明或暗的水纹。手的阴影,使墙壁显得坚实,使房间显得充满。

穿过窗棂的夜的风,把我陡然变得高大的背影吹向人间的风雨。

在我心智的火光和世界之间,放大的是我心灵的空间。随着火光的愈燃愈烈,这空间的疆域就愈大。当心灵有了足够的能量,它就转而创造自己的实体:骄傲地说"世界透过我而显示"。准确地说,这个世界不是现成的,它带着心智创造性劳动的痕迹,带着我们情感的投影。这样的世界比之窗外的风雨,自然不显得那么的飘忽。

400多年前,中国明朝的一个驿丞走在荒芜的贵州山道上,进入他视线的山岩上一株开花的树成了他智慧的传灯。因为他指着这岩中花树向门徒阐释过心的作用。心是天地间一轮光明的月亮——这个譬喻在一定程度上传达了他的思想的精髓。20年前,当我还是一个孩子,行走在浙东的乡野,黑暗的天幕中跃出的那轮月,照见了草垛、房屋和发亮的河流。而当月亮隐匿,一切也都消失不见。经验使我认同了这个譬喻。那个驿丞(这只是他某一阶段的一个小官职,他的真正身份是一个哲学家),是我的同乡,但他更是一个令我敬仰的同道。某种意义上,我和他做的是同样的工作:给心智的熔炉添柴加薪,让心智的火光照亮世界。

因此我就是进入我眼里的那片风景。它从我眼里进入内心,就像在房间燃起了一盏灯,刹那间把一切都照亮了。

我就是我膝上摊开着的这本书,散发着阳光和海水的气味,它的名字或者叫《嘉尔曼·高龙巴》,或者叫《佩德罗·帕拉莫》。

我就是我每天黄昏散步的那块草坪,我驻留过的城市,我的家族,我在夜间写下的文字。我还是在我身上消逝的时间,大雨中的迷途,一个个我曾经沉湎其中的梦境,我从远处羞涩地爱过的那个牵牛花般骄傲的姑娘(命定的婚姻使她背叛了我的爱情)……

所有这些,我的所见、所闻、所感、所作都来自我自己,比之面容和衣着,那里面的我更为真实。

躯体和灵魂是怎样奇迹般组合在一起的?庞大的身体为什么会听从心的指挥?哲学家们为此写下了连篇累牍的文字。应该明白,我的身体是我,我的灵魂也是我。

我就是我周围的事物,我就是我在其中行走的这个世界。我的生活就是我。

幻　象

听啊,营地的喇叭,黑暗的喇叭!它鼓起空气的旋涡,拂过了沉寂的水面。这是一个愉快的黄昏,我的全身心浸润着喜悦。在帐篷里,在简易的书桌前,我抄写着文稿……我成了善良的瓦尔登湖边的人了。我用简易的工具——斧子——伐木,搭建小屋,我在笔记簿上记下木料、石子、沙……我用每日的收支清单来证明:生活的富足是多么容易,而内在的体验又是多么重要!河滩上,我听见了蓝色鸫鸟的叫声(不花钱的音乐)、牛的叫声、蛙(这群水里的醉鬼)的叫声,落日巨大的嘴巴把风吹向我的脸颊,风中有草子,有花的熏香、夜晚的星光,有蓝布头巾的母亲在故乡屋檐下的呼吸。我过的是一种多么古典的生活,质朴、透明,像一块水晶,我躺在长风浩荡的廊上；穿着宽大的布衣服，看书，冥想，我所做的工作就是用内心来装订世界。这一切多么好啊！我的心静卧着，就像一面镜子，映照出了澄澈的天宇和天边的云长云消。你，可怜的人，幻想吧，夜纷纷飘落，一瓣瓣沾上了你的衣襟。总是在黑暗降临的片刻，你遇到那么多自然的碎片：树叶、风、花的香气，还有零星的消息，你纯真的冲动便是在月光潋滟的雪色杯子上画上一朵已然枯萎的奇异的花枝，花熏香了你明亮的生活，哦，多么纤秀澄明的古典！现在，在这里，营地不见了，篝火不见了，但回忆起的一切于你是多么亲切啊。你相信，从渐渐远去的喇叭声里，你听见的是整个人间生活的回响，你说，你说活下去的人靠的是什么，你又从哪里得到喜悦。

是的，那道门。那道门我只是短暂开启了一下，就见到了不可言说的幻境。我急瞥了一下，又匆匆返回，以便述说我之所见。当我一再说起种种神秘的境象，人们却以为乌有。其实我根本不是爱撒谎的神秘主义者，要是这样，我早就跨过那道沉默的门槛了。

"作为一个本质上的物欲主义者，我真是无可救药。"我这么说其实只表明我是一个在人间的人,是一个有所爱有所欲的人。我爱使我成为一个人的一切:天空、黎明、草木,甚至我在大地上投下的影子。

但你为什么去开启那道门?我说那只是我的天性使然。你不能抢走我的梦,不能制造一个无梦的人,不能阻止我对那个世界的事物产生爱情。

我是一个幽灵孩子(就像那本叫《饥饿之路》的小说中说的),通向天堂的大路时时畅通着,但我不踏上它,因为我爱的是人间的草木春秋。我更愿意做的是,时不时地推开那道门,好奇地向里面张望一下,当那个暴躁的屋内的主人起身来抓我时,我便快速逃开,在远处向他扮鬼脸。

我,一个鲁莽的历险者,要给你们讲述的是比天王星更奇异的风景。你们许多人都到过那儿,但只有我一个人记得。

时光折叠

下午三时起,那个男子的手就不住地在窗户上抹呀抹。他是在擦玻璃窗。看不见他的脸,也不知道他做着这事时是一副什么样的表情,只有一只戴着蓝色绦棉袖套的手在不住地抹呀抹。在我与他之间,我目测有50米的平行距离。50米的空气后面,是不锈钢防盗窗的棂条,再是铝合金窗。这是可以用肉眼看到的,那些看不到的,其距离就不是可以用米来计量的了。穿过下午阴沉的空气,我的目光捕捉到了一只手在窗玻璃上的移动:从上到下,自左往右,从顶部的气窗到下面的窗档和窗台,如是循环不止。

那只手,它移动着,擦过来,又抹过去,有时轻缓,有时滞重,就好像是一具另有着灵性的生命。再后来,窗子开了一条小缝,这只手不耐烦地伸到了外面擦拭。窗玻璃上映出了这只手的影子。

现在我的视野里,出现了两只擦玻璃窗的手。一只是真实的,一只是它的影子。我可以想象擦玻璃窗的男子此时的身姿是努力前倾着的,踮着脚,头颈偏向另一边,他这个姿势好像要把自己的身子整个的送到窗外去。这是一个非常吃力的姿势,这个动作所呈现出的力度是迟缓的,坚韧的,一点一点蚀入到筋骨里去的。十分钟,二十分钟,三十分钟,这只手还在窗玻璃上抹呀抹。在我写下这些字的时间里,这个男子,已经从这个房间走到那个房间,那只戴着蓝布袖套的手也从这扇窗户移到了另一扇。

我突然止不住好奇,这个男子,他是谁?钟点工?下岗工人?退休教师?一个有着些微洁癖的居家男人?这个同灰尘斗争着的男子,他一天天地抹呀,抹呀,就像一个殡仪馆里的工人,不住地擦拭着死者的脸。生命一日一日,就这样子抹掉了。抹掉了。我现在这样看着他,我敢断定,他也看着我。他看着对面窗口的那个男子,一会儿走动,一会儿抽烟,一张脸慢慢地被升起来的暮色销蚀掉。

我感到我正在被灰尘湮灭。它们一点点地上升,从脚下,到膝,到胸口,到喉咙。我都要透不过气来了。它们占领地板、茶几、电视机柜、沙发、书架、电脑桌、唱片架、餐桌、椅背。它们躲在床底下,躺进翻开一半的书里。它们钻进电脑机箱后面的电线接口,落在收录机的卡座上,甚至电话机按键和电脑键盘中间的凹槽也有着它们微小的颗粒。空气无处不在,它们就无处不在。它们是空气的伴生物。它们就是空气。

它们聚成蓬松的一团,像个小绒球,坚果那样大小,行走时的气流都能带动它们飞起来。灰尘的主要成分:皮屑、头发、体毛、烟灰、衣服上磨损的纤维。最主要的是皮屑。冬天,我干燥的皮肤好像不断地在掉皮屑。可是掉得再怎么多也不会生长出这么多的灰尘啊。它们又是从哪儿长出来的?难道它们会裂变,会自我复制和增殖?每天下午,阳光射进屋子时就到处都是尘埃,飞扬着,盘旋着。其实它们一直都在,只是斜射的光线把它们彰显了出来。

我被尘埃包围着,被昆虫一样飞舞的尘埃包围着。我抖动衣裤,拍打床单,它们全都飞起来,飞起来。我的屋子就像一个装满了灰尘的大集装箱。总有一天,它们会湮灭我的呼吸。

我一遍遍地擦拭。钟点工走了我就自己干。湿拖把、抹布、吸尘器,全用上了。我伏在地板上,像一只笨拙的树熊,擦呀擦。直到地板像一面镜子能照出我的脸才歇手不干。可是我一转身,它们像雨后树林里的蘑菇一样又长出来了。它们是怎么长出来的,就在我转身的一瞬间里?这微小的过程我从来没有看到。我成天战战兢兢,眼睛像探测器一样在地板上移来移去,发现一星灰尘的颗粒就伏下身子赶紧把它们擦去。我成天干不了别的事,与灰尘的斗争就是我一天的工作。我在屋子里走来走去,从一个房间到另一个房间,从一扇门出来推开另一扇门。我寻找,驱逐,消灭,清剿它们,可它们好像与我玩起了捉迷藏的游戏。只要我一转身,它们就会长出来。我几乎听见了它们在角落处的尖叫,它们促狭的笑:嘿,嘿嘿,嘿嘿嘿。

一个电话打进来,你在干什么?我说,我在擦灰尘。第二个电话打进来,你在干什么?我在擦灰尘。第三个电话,我还是说,我在擦灰尘。再也没有电话了,一整天里,电话就像一个哑巴一样坐着。我也坐着,不说话,不抽烟,不想事。

我的住宅楼的前面是一幢三十层高的写字楼,它顶层的玻璃花房和我房间的窗口构成一个直角,当西天的最后一抹阳光经多次折射后落到我窗前的地上,我感到折叠起来的不仅仅是光线,还有时间。它被折叠,消失到日子的背面,不须寻找,还会重新出现。所有的下午成了同一个下午。在其他的时辰里,我出入过的所有的房间也成了同一个房间。

天色向晚,屋里的光线一点点暗去,桌子下面的脚好像被灰尘埋住了,动一动都很沉。我看着桌子下面我的脚,它们将要被越来越浓重的黑暗截断。我抚摸着它们,就像抚摸消失了的一段生命,死去的一段时光。

临睡前我洗好澡擦干镜子上的雾气时,一句话突然跳了出来:我们的心,都越来越顽固了。一张脸,一张因毛细血管的扩张而显得潮红的脸,从污秽的镜子中探出来,就好像刚刚经历过一场疲惫而又满足的性爱之旅。我打量着这个被我从镜子里擦出来的男人,就像打量一个陌生人。额。眉。眼。鼻。人中。

嘴角的细纹。愈来愈显得粗短的脖子。茂盛的耻毛。肌肉上的皱。这是一张被时间伤害的脸。我打开照相簿对照着看,越来越这么认为:这是一张被时间伤害的脸。

就像刺猬受到刺激和惊吓会蜷缩起身子,是不是一次次的挫败,也让我们的心紧缩了,坚硬了,顽固了?

如果时光可以折叠,那么是不是一切的过去时都成了现在时,所有的文本也成了现在时的文本?发现了这一点,我连着几天都很兴奋。过去的时光不再是散漫无际地铺展着,也不再像一棵树,从低处向着衰老和虚无生长。它收缩成了一本书或者一柄扇子大小,你走到哪里随时都可以带着它。

是的,就是这样,折叠的时光,它是扇形的,它可以无限地铺展,当它折叠拢来,变得坚硬,黑暗,顽强,不可穿透。

我被我的想法迷住了。我说到某一日,它的背后开始叠现出更多的日子。我想到某个事物时,总是跳出它背后的另一个事物。比如一件早晨刚换上的外套,它久违的气息让我好像闻到了那一年早春青草的气息,我穿着这件外套去参加了外祖父的葬礼,回来的时候又淋了一场大雨。比如这本叫《佩德罗·帕拉莫》的书,它的背后是一次不长不短的旅行、五月的长兴县和一个小个子的小说家朋友。因此我可以说了,这个冬天的后面站着另一个冬天,这本书的后面站着的是另一本书。

或许你会怀疑我是不是真的老了 —— 因为看起来我好像是生活在回忆中了 —— 还有一种猜想是,我把记忆的重筑作为了每日的功课,就像那个从一块小茶点里回想起整个贡布雷庄园的伟大的哮喘病人。他就是这样创造世界的:说出一个事物,然后发现这事物背后的另一个事物,发现它们之间的联系 —— 广大的世界不也是这样联系着?然而我并不是这种新美学的学徒。我没有创造一整个世界的雄心。时间已经、正在、还要把我伤害,我把它折叠,只是藏起它的锋刃,就像把刀子送入刀鞘。折叠时光是我的安全保护证。

我想更老一些,我要写这样一本书,这本书可以用一把扇子的形式来结构。日子以几根扇轴为支点繁复地铺展开来,它们是大楼、街道、转角、路线图、对话、欲望、日记片段、梦境笔记,它们一页一页重叠着,写作者的手操纵着扇柄,把它们打开或者折拢。

在这本未来之书里,我要着力描绘的是时间的脸,是那张脸上种种丰富的表情。

我们时代的生活

咖啡馆一瞥

由社会秩序分割开来的人们,需要一个会面、争论和表现他们才智的地方,咖啡馆因此受到青睐,成了他们的工作室和上演情感肥皂剧的歌剧院。人们在这里会碰到他们的知识分子同伙——黑暗中,这批大都会的精英从四面八方赶来。曾经,咖啡馆和一些遍布街巷的低等小酒店是流亡者的自然家园,是城市革命的温床和诗意冲动的摇篮;在今天,"咖啡馆里的知识分子"已是一个温和、过时的蔑视称呼。

作为一种带有西方文化特征的娱乐休闲场所,咖啡馆有过风光也遭受过冷落,这同那些体面、前卫的新名词、新术语一样,如一阵风般刮过又复为寂静。令人欣喜的是,它在它自身引起的冷嘲中丰富了城市的感受性,一批新生的咖啡馆,正日益体现出我们这个时代的特征和个性风格。古典气息浓郁的"塞纳河畔",令人想到"左岸"的狂欢节和西蒙·波伏娃,而无限浪漫的"阳光""Judy's place""米罗艺术咖啡馆"则令人感受到平凡生活的诗情。当然也有一些别样的咖啡馆,蜷缩在影剧院的阁楼和商场的地下室,以暧昧的灯光、音乐撩拨、取悦着他们称之为消费者的人们。

其实咖啡馆与喧闹无关,要喧闹,有舞池,也有KTV,咖啡馆只是闲谈、清议之地,它提供给你论辩的机锋和灵感的契机,它淡淡的烛光和低回的音乐毫无暗示的可能,而只是供你思想的背景。当然在咖啡馆里也有一些可入传奇的故事发生,我也情愿把它们想象成心与心之间碰撞的结果。不像那些心怀叵测进入舞厅的人,一切都是在手与腰肢、手与手的接触后才开始的,散布着那么重的肉的气息。

衡量一个城市有没有自己的文化,就看这城市的知识分子有没有可以主宰的自己的生活方式。因此,在咖啡馆里我十分乐意碰到我的同伙:那些机敏的论辩手、毕生只为写出一行好诗的诗人、自称"文学青年"的社会闲杂人员和未经人世的女孩……而舞池包房,尽管有歌有舞,还有酒,由于每个人来这里的目的几乎如出一辙,它只能是一个娱乐场所,是"文化市场"。歌舞升平中,旋转的灯光在他们脸上、身上打出一圈圈水纹,他们是一群鱼,呼吸着空气中的欲望,为内心的欲望而膨胀。

酒　吧

　　酒吧是一杯浑浊的液体。酒吧是白昼杂乱的仓库。当黄昏像一只猫蹑足走过,酒吧苍白柔弱的灯光和水汽弥漫的音乐,给周围投上了恰到好处、光彩耀人的光芒。酒吧是夜游症患者的群集之地。一个好男人应该下班回家,平安度过一生,"孵"(一个绝妙的词)酒吧的男人不那么安分,他们都怀揣秘密的梦想等待奇迹发生。酒吧里的人们就像攒动其间的灯光一样幽暗、混杂。系领带或吊背裤的"白领"、剪着怪异的"朋克"的前卫男士、失意的官员、调笑的青春女,都埋头扶着酒杯,很投入的样子。他们喜欢或真或假的孤独,但那是稠人广众之下的孤独。屋角唱机里咿咿呀呀的老唱片,一会儿嗓音沙哑,像纷纷下着雨线的老电影中的声音,一会儿汽锤一般的强劲节奏和绝望喊叫,又让人感到一杯洋酒的苦涩。"孵"酒吧的人们喜欢的就是这音乐,他们家里也都有酒,有咖啡,甚至还有吧台,但他们还是喜欢上酒吧买一份时间,然后慢慢消磨,因为在他们看来只有这音乐是无法复制的。

如今漫步城市街头,辨别酒吧的一个显眼标志就是店面门口的那个"BAR"或"PUB",引领时尚的人自然会告诉你"BAR"与"PUB"究竟有什么区别,他们说:"BAR"是只供应软硬饮料的地方,而"PUB"是兼带供应简单餐点的小酒馆。然而急于赶上时髦列车的人们来不及分辨这细致的差别了,应该只是纯粹喝酒的"BAR"店家,其实也还是供应餐点的。字母是次要的,它只是个幌子,重要的是向夜游症患者提供了一个信息:来吧,这里有酒,也有音乐。因此我们曾经进去过的那些小酒吧,都不是那么的"法兰西",不是酒兑得太淡,就是牛排太老。

应该说说的就是酒吧的陈设。它的格局一般都是狭长形的,四方的小桌上铺红白格子图案的台布。进门就是一个异国情调的弧形吧台,裸露着原木曲纹;吧台上有蒸馏式咖啡机、杯子、锃亮的不锈钢托盘,还有就是吧台前的高凳(通常那上面都坐着一两个抚杯的男人)和吧台后满墙的酒。有的酒吧把店堂布置成了旧时城市街头的景象,路灯、马路招贴、消防水龙头煞有介事。还有的标榜欧美风格,顶做成石膏浮雕,满墙的外国风俗画、卡通人,或者悬挂着一幅巨大的火车发明时代的黑白工业场景照片,仿佛一进去就能嗅到空气中飘荡的铁腥味……从这些小物件上,可以发现当今城市中产阶级消费的两个兴奋点:怀旧,异国情调。

丽人行

每个城市都有自己的丽人,她们鲜艳的面容花朵一般照亮了周围的景致,她们贝齿上闪烁的洁光像太阳一样令人晕眩,至少让人感到这世界还没有变得那么糟。在春天,长驱直入的海风吹着丽人们的薄衫和黑发,她们的笑声海浪一般碰撞在城中高大的建筑物上。在这座城中旋转着红蓝白三色圆柱形标志的美容厅里(那真是一个水晶般漂亮的地方),美女们坐在一排排可以自由升降的高凳上,那么的气象万千。她们在大商场明亮灯光的照耀下,一个个明眸皓齿。她们美丽、冷漠而骄傲,像一只只栖身这座港城的孔雀。她们那包裹下的美丽或许在我幼年时曾以另一种形体对我有过暗示,她们轻盈的行走向我的眼睛拂来一阵阵沁凉的风。她们大多从这座城中一些不起眼的小巷小弄中走出,那么琐屑的生活中生长出如此精致的花朵,我只能称之为奇迹。"平民天使"是她们共同的光荣称号。

当城市转入另一面的黑暗,这群与我失之交臂的天使们的生活将如何展开?我无法想象她们生活的环境:她曾经坐过的沙发是华丽还是简朴,她睡的床上有多少层褥子,她卧室的墙上是明星的照片还是现代派绘画……这不着边际的想象让我疼痛,这些秘密构成了我人生的重要缺憾。美女是不会寂寞的,有人对她们动情欲,有人在她们和仕途的选择间苦恼挣扎,也有人早已在不动声色间暗度陈仓。问题是你一旦进入她们的生活,这种秘密便荡然无存,她们也从天使摇身一变为平淡无奇的小妇人。这是一个悖论:失之交臂,人生便成为憾事;一旦迎面相逢、生命相贴,她便成了擦身而过也无遗憾的那种人。

我沉浮在她们浮光掠影的香气和笑声中。惊艳的一瞥,我已中了伤心一箭。

她们都是不实在的。我这样对自己说。我们淡云般的邂逅注定不会有故事发生,不会创造出精彩绝伦的演出。她们更像是一种虚幻,一种精神上的抚慰,我无从选择也不能去选择。缺憾的只好让它永远缺憾了,她们和我擦身而过只是一团美丽虚无的气流。在今天,每座城里的奇迹已经够多了,一个漫游者怎能轻易厕身其中?引导我上升的,不是神秘掠过的风,不是"永恒之女性",那都是年代久远的事了。让想象抚平如火的渴念吧。寂寞是一阵雨,我需要这雨,一次次鞭打我滚烫的身体。

开进商场的书店

不知什么时候起,商场开办书店成了一种时髦。市场法则教导经营者:你想吸引更多的消费者赚取更大的利润吗?那就要提高文化的品位(哪怕这"文化"只是装装门面也好)。正是由于带着这一直截的盈利目的,商场里的书店丧失了文化可贵的特质,它的温情脉脉下盯牢的是你的钱袋。

有能力开办书店的商家,大多是一些财大气粗者,它们是一座城市消费者市场的有力竞争者,经营者也有着较为长远的眼光。这使得他们书店店堂的格局、气派远远胜于那些散落在小街小巷的书铺、书摊。平滑的玫瑰红大理石、整日运转的空调器、天花板上繁星密布的洞灯、整齐划一的淡青色书架,饭店侍应生一般彬彬有礼的服务……整个店堂散布着一种华贵的气派,这种气派会让人很不愉快地联想到某些发迹者的顾盼自得和他们钱囊饱满的优越感。

作为一种现象的批评,我这个题目并不确切。书店开进商场,商场开办书店,这两种行为无论从动机、操作方法、结果上来看都有着根本的区别。前者是文化在日常生活领域主动的渗透、扩展,表明了大众发自内心深处对文化的认同和需求;而后者,正如我前面所说,它只是聪明的店家为获取更大的商业利润抛下的一枚金色鱼钩。这一点从书的种类上就可以清楚地看出来。分散在城市角落的小书店,它们要生存,靠的是人情味,靠的是特色经营方式,虽然通俗书籍占的是大部,但陈旧的书架上也不时会跳出一两个闪光的书名吸引真正的读书人的视线。购买兴趣刺激了这些小书铺的主人,促使他们谦虚地调整经营方式,向知识人的品位靠近。一座城市那么多的文化场所,也只有这些不起眼的小书店是知识分子尚能影响、左右的,事实上很多小书店的经营者本身就是知识中人。

一些商场开的书店,虽然书的种类繁多,却是没有个性的。充斥其间的是些俗称"大路货"的书籍，随处都可见到：成套的价格昂贵的名著普及读本，服装、发饰、烹调、居室美化、气功、养生、休闲类的大众文摘……它们更多地与身边这个物的世界相关联，或者干脆说就是物的附庸。上下是海味馆、速冻食品陈列柜，左右是服装城、玩具城，商场里的书店沉浮在物的泡沫中，它不能凭借书籍的人文气息从中超拔，就只能做甘心附庸的角色，像贵妇华服上的一枚胸针。数度进入大商场的书店，我惊奇地发觉，我从来没有在这种地方遭遇过我的同伙——他们都是以发现、阅读一本好书为人生乐趣的人。这就是商场里的书店的尴尬境地：进入其中闲翻新书的都是一些不读书的人，真正的读书人却不屑，也不愿在里面浪费时光。

快餐店方式

这座城市的奢华之风是由来已久的。三百年前是歌台舞榭红袖倚阑干的风流,三百年后,还是在迷你裙、橙汁和小号声中不知忧乐地旋转。他们有着那么出色的消化能力,一切外来的时尚,都能迅速转换为生活中实用的东西,并运用得得心应手。快餐店的出现就是其中一例。

今天林立城中的快餐店,既有闹市区里一块弹丸之地的午餐小摊,也有面积有高尔夫球场大小的豪华餐厅。名为快餐(或工作餐),但实际上它没有西方工业社会的节俭和速度,小吃、点心和一杯绿茶只是前奏,真正的好戏是后面十八道大菜的盛宴。你尽可以在快餐店里慢腾腾地泡上大半天,喝累了唱唱歌,唱腻了再接着喝,而不用害怕侍应生会给你看眼色。因为你已经付足了钱。走进这些快餐店,有时可以看到几乎占一面墙的玻璃鱼缸,一些叫不出名字的热带鱼吐着水泡,悠闲地游弋其间。据说这些珍奇的鱼都是从南方城市空运来的。

知识分子喜欢去咖啡馆,因为那儿多少还残留着一点非尘世的气息,或者说精神性。但富起来的人们管不了那么多了,他们首先要满足的是口腹之欲,同时,他们也不愿错过时尚的列车。听起来新鲜,吃起来还是老骨子里的浮华和奢侈,这就是我们城市的快餐店方式。在时尚的新衣(别致的店名和考究的装潢)下,包裹的还是传统的朽骨。这看起来是创新,实则是不折不扣的生活的惰性。

这座城市天天都在过节,几乎每天都响起新的快餐店开张的鞭炮声。开快餐店的不是某个功成名就的私营业主,就是某个财大气粗的期货经纪人,还有就是把梦想和所有积蓄凑在一起的城市游民和下岗工人。因此在灯红酒绿下,掩盖的还是残酷的生存竞争。老板和侍者的一张张笑脸下隐藏着的是许多无奈。快餐店老板如是说,即便是最好的快餐店,也只能维持两三年的好时光,以后不是厨师跑了就是顾客跑了——或者两者都跑了。

决定经济的是效益原则,决定文化的则是自我发展的原则。然而在我们居住的这个年代,这两者是错位的。快餐店方式已经无所不在地渗透进了文化的领域,文化已经没有了自己的空间,在这里起作用的已不再是知识分子精英,最后的归结点也不再落在人的身上。效益原则主宰了一切,流动的、不确定的市场,分裂、吞噬着文化的独立精神。人们已经迅速学会了抹杀艺术和生活的界限,把艺术物化为生活中优雅的点缀。一边是由工厂法则制作出的大批廉价的文化快餐供饕餮者享用,一边是恶劣的趣味和喂不饱的市场机器加剧着精神的堕落,我们居住的年代是一个最大的快餐馆,熙熙攘攘的人群在这里庆祝物质的胜利。

眼睛所见,到处是用钢铁、玻璃和大理石铸就的金钱的力量,是不知疲惫的翻新和繁忙。我们时代的城市生活无疑还不健全。我们就像当年的哥伦布在一片未知的海域上航行,要驶向一块还不知晓的陆地。真的有一块新大陆在等着我们吗?

电视人

我们看电影是在正式的场合里,电影出现在一块被巨人占领的银幕上。在这种近乎仪式的观瞻中,我们清楚地知晓电影是一个梦,不太会混淆电影和现实。相比之下,电视机只是摆在房间里的一个小盒子,它与我们的生活的距离要近得多。从最初的9寸黑白电视机到34寸的大屏幕彩电,都能成为室内家具的一部分,这样就容易给人一个错觉,以为电视描绘的图像就是我们置身其中的生活世界。

把电视称作"大众情人"已丝毫不过分,因为它已空气一般渗进了我们的日常生活,成了观察当代世界最直接的一个窗口,它还毫不客气地担当起了公众舆论的职责,并进而影响着我们这个时代的精神。电视对生活入侵的直接后果,是制造了一批当今城市的电视人,他们的普遍精神特征表现为:酷好声色,没有耐心,焦躁,喜新厌旧。那些游荡在黄昏的大街,脸色苍白、神情恍惚的人,有可能就是一个电视人。被电视这个有着魔鬼身材的女子蛊惑,他们已成了一群没有深度的平面人。电视炫目、流动的画面成了他们生活中不可或缺的部分,日常生活中,他们回家后的第一件事,就是打开电视频道,哪怕有时候实际的观众只是一只猫。

一般说来,走进电影院只有两种可能,去,或者留,然而电视还提供了第三种选择:换频道。在频道的不断更迭变换中消磨时光,已成了电视人的一种生活方式。今天,几乎每个电视人都学会了以迅速变换的蒙太奇和图像并置的方式来假想地游历世界、体验人生。他们以为一个频道代表了一种时空的维度,但事实上,一切都是在一个平面上展开的,就像对着一面镜子,那里面无穷的转折和层次都是幻象。因此,电视并没有把他们引向现实的本质,相反,却把他们同生活世界隔离了开来,使他们在不知不觉中与之疏远。"不知不觉",这是电视对心灵坚韧的蚀刻,它有那么大的魔力,真是一朵美丽而有毒的花。在频道无序的转换中,事物的幻影不断地爬上屏幕,又不断地破碎成点子、条子或莫名其妙的声音,各种各样形象的喧嚣造成的是一张怪谲的拼贴画,一张现代生活的存货清单。由各种信号组成的咆哮的暴风雪,一点点地掠走了他们的好奇心和思想的能力,在这种环境中成长起来的一代人,还能回到真正宁静的自然中去吗?瓦尔特·本雅明在二十世纪中叶担心的事情,今天随着电视人的出现终于成为事实了。

今　昔

　　阅读经验告诉我,"世纪末"指称的是笼罩十九世纪末叶欧洲的悲观情绪。那时的文化圈乃至整个社会,普遍呈现着被称之为"颓废"的那种色调:非理性、强调本能、反道德、怪僻、唯美倾向、神秘主义、梦呓、过分精雕细琢的雅致,等等。与其说这是一个时代的风习,倒不如说这是一种风格 —— 如果颓废也能成为一种文化风格的话。

　　因此我更为关心的是这种风格的特色和为什么会生成这种风格。非理性是因为心灵隐于怀疑、孤独,或禁锢于对不可知的忧惧之中。梦呓、朦胧、暧昧,如果这是一种文化空气的话,我不觉得有什么不好。主张为艺术而艺术的唯美主义难免有过于精雕细刻的雅致,但总比粗鄙少文要好得多,何况它实质上已成了狭隘、贪婪的有产阶级的冤家对头。当魏尔伦说出"我喜欢颓废这个字眼,它闪耀着姹紫澄金的微光,它表明了最高的文明的种种精细思想",装在道德框子里的十九世纪,怕也只能苦笑着摇摇头。我这样来理解"世纪末"一词的时候,它是飘浮在许多年月和书页之上的玫瑰色的空气,饱含湿意和冲动,有一种渗透、扩张的力度。因此我要说那是一个感伤的年代,而感伤的土壤最宜于生长艺术的花朵。

历史还会重演吗?进化论者瞪大了兴奋的双眼。然而在我们居住的这个年代,甚至连谈论艺术都成了一种奢侈,一种不知进取的堕落。今天站在世纪之交门槛上的人们头顶着钱币行走,空气中比任何时候都涌动着更多的物的气息。没有物就没有世界,他们都变得多么实在啊。可是这一切并没有深刻的内在动机的驱使,只是盲目的占有和攫取。至于说到人际之间赤裸裸的非理性,我在下面会说到树的譬喻 —— 它们都相互推搡着,竭力扩大自己的地盘,直至把对方挤落悬崖。还有一个譬喻 —— 焦躁的火油桶,满盛着牢骚、不安、私欲和刻骨的诅咒,它散发着的危险气息提醒你绕道远走。

什么样的人是自由的

　　自由的人不在铺满落叶的小径上散步,不在星光下思索。自由的人从来不想自己到底是自由的还是被禁锢的。张楚这样唱,"孤独的人是可耻的"——接下去一句忘了,大意是这是一个恋爱的季节,大家应该相互交好 —— 自由的人从来不会感到孤独。大街上涌动着那么浓那么重的物的气息、肉的气息,打捞欲望还来不及呢,谁还有闲心去弄懂什么叫"活着",什么叫"生活"。在今天,自由就像一枚掉落地上的金币,只要低下头、弯下腰,谁都可以得到(我差点儿就要说出堕落的人是自由的了)。你看那么多自由人的脸上写着那么多廉价的欢乐。通往自由之路上的各站,不是磨炼感觉和意志,不是受难,不是死亡,现世的欢乐和自由只需敛取,敛取,敛取!而那些努力想看清远处是什么的人是不自由的,那些在长夜的灯下服着苦役的人是不自由的,那些思想着什么是自由的人是不自由的。

站在窗前的男人

在一座落雨的城里,总有一些人站在窗前。他们刚从雨中回来,像一只只被淋湿的鸟。现在他们看起来似乎悠闲了,但他们的心情仍是一把皱巴巴的纸币。

这群神情忧郁的男人,一定有过什么迫使他们匆匆行走。他们到了家仍感到不安全,像躲雨的鸟茫然地在阳台上踱着步。他们的心上压着大石头,没有谁把石头移开。他们是一封封弃置多年的信,没有地址,也没有收信人。

冬天的树

一棵落净了叶子的树,风穿过它疏朗的枝干,弄出声声尖利的呼哨。这是棵冬天的树。你以为可以随意挪动它吗?它的根和地表紧紧连在了一起。但你也应该看到,那仅仅是个表象。

我们都是雪地里的一棵树。你看到那么多又熟悉又陌生的脸,你把他们看成一棵棵树。你无法走近他们,你也不愿他们走近你。

你以为这树有多坚强吗?一点点创伤,就会惹怒它,把绿色的汁液喷你一脸。都浮躁,都不太沉得住气。就这样。一个小小的闪失,肢体上一处极微的差池,都可以让它一命呜呼。这也不是这个时代才有的事。

空的房间

　　下大雨的时候,一个陌生人走进我的房间,给我带来了离我远去的女友的消息。他以一个知情人的身份告诉我,这个女人在跟我信誓旦旦的时候,就已经在准备跟另一个男人的婚礼。她的嫁衣的熏香在村外十里的地方都可以闻到。他的意思是说,这样每天带着伤感去怀念一个离去的女人是荒唐的。他的面容忽隐忽现,一串串声音像受惊的鸟从他的口里飞出。

　　我醒来,农历七月十五的月光像一层镀银。我想起了白天里的一支歌:大雨就要不停地下,我的心已没有主张,快带我到没有爱情的地方……大雨欲来,我感受到了远处风暴的声息,一个声音传来:记忆是遗忘的又一种形式。把自己的身体腾出来吧,成为一个空空的房间,因为有什么要来把你充满。

家庭景象

一

他翻箱倒柜,拉开大衣柜的橱门找一件方格子衬衣。他身材矮小,一脸的孩子气。他蹲着身翻底层的一排抽屉。看起来要高大得多的她俯身在他上方。背景中是一张堆得乱七八糟的床,几乎占去了半个房间。一只不锈钢热水瓶,一张铁架子小方桌。门后还有一只猫。后来他们一起出门,去参加他一个同学的生日宴会。经过楼梯转角时,她突然紧紧地挤靠着他。

二

他紧紧地抓着她。他不在乎如何抓住她或者抓到了她身上的哪一部分。重要的是他已经抓着了她。

这是他内心深处的欲求和渴望。如果有可能,他也会同样喜悦地抓住她的鞋带不放的。

三

她将双臂置于脑后,腿分得很开。一个把自己交出去的动作。他踞坐着,动作有点儿僵硬,有点儿紧张。对疲惫的他来说,她的身体有点遥不可及。皱纹和毛发,旋涡和隆起,罅隙和褶子。他弯着腰,看似努力,但他僵持的姿态中暴露出某种沮丧和无精打采的表情。

四

现在是在一个旅馆的房间里。他们并排躺着,靠得很近,但是并不触及对方的肌肤,好像两块各有其风俗和历史的大陆,中间没有桥梁连接。他们背对背躺着,似乎两人的手上都握着一把匕首,正在等待适当的时机扎向对方。

五

他越来越感到婚姻生活就像一只不停旋转的洗

衣筒。有一个晚上,他想起了以前的女友。前女友穿着一条黄颜色的裙子,像一只醒目的蝴蝶。她的一辆摩托车倒在了地上。她使尽力气也扶不起来,只好把求助的目光投向他。真实地发生在这年夏天的情形是这样的:在他单位的门口,她那辆满是铁锈的自行车掉链了,她弄得满手油污,通红的脸渗出了细小的汗珠子。他帮她整好了车子。后来他才知道,那些天她正与新婚不久的丈夫闹别扭。她给他打电话,好半天不说话,只是一个劲地抱着儿子哭。后来他们约了一个时间在一家茶馆里见了面,他的第一句话蹩脚得像是一部国产电影里的台词。他是这么说的:你的额头还像过去一样光洁。

一封旧信

　　这日子曾经是那么的安静,像阳光下的水仙临波照影。魏晋的风在我耳边吹,我可以闻到那个年代的酒香。是什么力量让我远离往昔的生活?一次不经意的谈话,还是一个人生命中裸露的柔软的部位?世界继续丰富着,像大水过后的城。没有谁再把日子一页页装订,也没有比爱情更让人绝望的东西了。几封旧信,仿佛是把旧日的我寄到了1997年7月。天空有鸟飞过,多么曼妙的姿势。可是我已经丢弃了我的弓——我的语言。它被锁在陈旧的工具箱里,只有一滴雨还让我想起从前。

去往收发室的路上

有段日子,我经常梦见七岁那年的那片田野,很大很阔的一片田野。梦里的时间好像是在夜里,我和村里的老人、妇女一起割稻,星光下的稻草垛堆得山一样高。广大、无边的黑色中,人的表情就像米勒画中的人物,麻木的、隐忍的,又是知足的。我挽着裤管,站在田埂上,用绳子量一块块水田。水田反射着天光,像明亮的镜子。一辆大车远远驶来,上面的干草散发着浓烈的香气。

我在想我是不是老了,因为老了的人才会经常沉浸在记忆中。我今年三十岁了,这对一个男人来说实在是百感交集的年龄。人到了这个年龄,冲动、野心没有了,憧憬也没有了,而许多原以为在三十岁前会出现的东西还像天边的马车一样遥远,像马车上的鲜花一样虚幻。从今以后,我就是一个中年人了。这真可笑。因为中年人这个概念,在我的印象中一直是很暧昧的。他是温文尔雅的、含情脉脉的、事业有成的,同时他也是精明人、失意者、"家庭妇男""受气包"和"马屁精"的同义词,我算沾着哪一边呢?

每天下午三点,这个中年人准时走在去收发室的路上,收取书报或是给远方的朋友发信。旁边是一个荷花池,夏天时满池都是阔大的荷叶,风一吹,就像裙裾飘动发出窸窣的碎响。随着季节渐换,他去收发室的时间提早为下午两点。那时,满池的绿像是经了一场大火消失了,只剩下荷梗,像铅丝一样,伶仃地在水里照自己的影子。现在是落冻雨的下午,他刚从池边回来,他看见雨砸在池面上,绽开了一个个铜钱大的涡纹,池心里倒映着官僚主义的十二层高的大厦。他回到大厦的心脏,给杭州的朋友打电话,给泰宁的朋友写信,读一个朋友在报纸第三版上登的小品文,无所事事地看远处岛屿一样的楼群,听爆竹在不远处的酒店门口毫无心肝地炸响。这就是冬天里的他,游手好闲(他希望自己能生活得像彼得堡那个最伟大的游手好闲者一样)。办公室的抽屉里收藏着他的秘密,这是他三十年来人生的证明:通信录、烟盒、旧信件、过时的情书和一叠80年代的日记、一张杂志上剪下的新闻照片、一本诗集……他告诉自己,在这幢大楼内部,我是一个异数,一个入侵的火星人。我们是害虫,我们是害虫,我们要做勇敢的害虫。大厦的心脏总有一天会老得走不动的。我等着。火星人终将占领地球,我等着……他之所以不从这里逃开,是期望从大厦里面获得自由的手段来对付大厦本身。现在,他坐下,在窗口读一首诗,作为对过去时光的一种挽留:三十岁就像一条地下通道,光线幽暗,路面毫无表情,只是如冰冻过似的浮滑,危险已渗透到分秒。

人人都生活在幻觉中

我向领导汇报工作,领导很忙,一会儿电话响,一会儿手机响,我留也不是,走也不是。终于领导的电话不再响了,我一看时间,十分钟可以讲完的事,坐了一个小时也没讲完。不是我不会讲,不是我不想讲,实在是领导太忙,我的话挤不进去。我的话就像可怜的小羊一样站在门口,都要冻僵了。后来领导同一个企业家朋友通了一个长达十分钟的电话,从领导的嘴里依次飞出了书记、副书记的名字,还有一个部长的名字。领导好像在竭力说服对方参与一件什么事,开始态度坚决,后来迂回了些,再后来,看看那些大人物的名字也没起作用,就找个台阶下了,以免让自己更难堪。领导不愧是领导,是个聪明人,但聪明人也有盲点。这个不去说它,我要说的是,领导,我的领导,他快要不做领导了,可还是生活在权力的幻觉中。在这种幻觉中看人和事,难免走样,看到他犯那么低级的错误,有时我不免怀疑起了领导的智力。可是领导的智力绝对正常,种种迹象还表明,他的智商不会比我们低。可是智力是一回事,看错人办错事又是一回事,智力并不能保证他不犯更低级一些的错误,原因前面说了,他生活在权力的幻觉中了。你会说,一个清汤水一样的单位能有多少权力呢?这当然没错,可是权力的大小也是相对的,在你的眼里,此领导的权力是毫末之光,可在另一些人的眼里,那权力可以致命,也可以让你快活得找不到方向。怎么越说越远了?说幻觉的,怎么跟着"权力"跑了?我想说的是,可悲的不只是我说的领导可悲,我们都可悲,因为我们每个人都生活在幻觉中。我近两天发现了我生活于其中的幻觉:一本书,一个小说的片段,一些词语,几张影碟,一个熟悉的房间,一些赞美我的人(同时还是暗中诋毁我的人)和一些我喜欢的去处。我一直以来都以为是它们构成了日常生活,可是隔一段距离看,才会发现也是幻觉。我已经发现了好多种幻觉,除了上面说的领导的权力幻觉,还有名利幻觉、性幻觉、思想幻觉、小说幻觉、自我幻觉。我们每个人都生活在幻觉中,或者说,人的一生都在构筑幻觉的城堡——幻觉消失,人生就直通无碍了。

成熟的男子

我去菜场买菜,我把四根银色的带鱼装入编织袋;我在一大堆秋天的白菜中寻找没有烂叶的那种,一边寻找时机讨价还价,一大把碎币在我的掌心早就带上了我的体温。不管我心里多么的不情愿,在某个大人物不着边际的谈吐中,我还是得挂上谄媚的笑容,对着他一开一合的厚嘴唇不住地点头,这种机械性的动作使我几乎忘了我还有摇头的权利。还有一次,我对着一个年轻的税务专管员跳脚大骂,我激动不平的样子就像一个粗鲁的乡下人。我是多么卑贱地活着啊,市民的生活就是这个样子。这时候我就想到用《麦田里的守望者》中那个老牧师的话来安慰自己,为某种事业勇敢死去的是不成熟的男子,成熟的男子为了事业卑贱地活着。大街上更多的成熟男子只是为活着而卑贱地活着,这就是我同他们的区别。

我想我得承认,我是非常世俗的。我想如果真有一个上帝的话,他也不希望我们太过压抑自己成为笼子里的动物。我安于做一个俗人,因为世俗意味着力量。请相信我说的,请给我一条尘世的欢娱之路和一条通向哲学的王者之路,看我会走哪一条;请给我两个房间,一个里面有十万册藏书,一个里面是醇酒美妇,看我会敲哪一个房间的门;看我在荣誉、名声和一根点石成金的手指中间会取走哪一样。一个彻底的、无可救药的物欲主义者是坚强的。他懂得隐忍,他有一个明确的捕猎的目标,他要攫取,要锻炼自己的体魄,磨砺自己的意志。他有明亮的笑声,有一个粗糙的、什么都可以消化的胃,他喜欢植物的纤维,他也有肉食者锐利的牙齿。他是一个乐天派、可信的朋友和合格的情人。他的心智不会引他走入盲目和黑暗。

新瓦尔登湖

一个人扛着一柄斧子来到树林里,花二十八块钱建起一间小屋,以此表明他对现代文明的挑战,对物质生活的放弃,这个隐居的神话总是一再唤起现代人的幻觉。一个人只要不是矫情,他的所求就不会只是"白色的世界和雪花的香气",或者是"简单、简单、再简单"。就像梭罗,这个瓦尔登湖小木屋的主人,总是在晚餐钟声响起时飞快地跃过篱笆,坐在爱默生夫人的餐桌前,现代人有谁愿意在一场场盛宴中缺席?华莱士·斯蒂文斯想把日子简化为一杯清凉的水,"冰凉的瓷碗,只盛着一枝康乃馨",以期这简化能摆脱在世者的痛苦,掩饰自我的罪恶。但问题在于人不是乡野孤独的生灵,而是城市的、社会的动物,他无法彻底拒绝文明,对"简洁、浑圆"的理想国的追求便也只成了一个姿态。何况在今天,对尚存原始情调的别处的向往,已成为一种新的奢侈。他或许能在蛙声与鸟鸣中获得欢愉,在太阳落入群山的一刻得到心灵片刻的宁静,但那都是不长久的,他的家不在这里。这就是瓦尔登湖边那个家伙做的,一边品味着爱默生夫人做的精致的糕点,一边对着我们沉着地说谎。或许这一切的根源,就在于人自身不那么完美。"不完美,是我们的天堂。"

一次迷路经历

在一个该转弯的地方没有转弯,这就是我那次迷路的直接原因。本来我是想在10点之前赶到江东的一个水厂参加一次诗歌讲座,但现在看来是不可能了。春日的大街,我成了一只被丢弃后无人认领的黑色皮包。这不是在哥尼斯堡,一次富有哲学意义的散步,也不是在寒夜的雪野林中,总有一盏灯为我亮起。我心忧如焚,我是确确实实迷路了。向前十步,向后十步,十步半径的圆圈晕眩着我的意志。工厂、政府大楼、商场、宾馆……我笨拙的手指在八毛钱一张的城区交通图上爬行。一百幢高楼就是一百根栅栏,我是栅栏内一只盲目踱步的豹……这当然只是一个不那么恰当的譬喻。事实上我做了一个迷路的异乡人所做的一切:打探目标的方位,修正道路,还在一个自行车后座上搁了箱K牌啤酒的中年人的提示下,穿过积满水洼的立交桥,来到一个简易的工棚。两个北方口音的泥瓦匠,告诉我方向是没有错,道路却没有一条。那一刻我感到自己走入了一个迷宫。这个城市总是这样对待一个冒冒失失撞进来的异乡人,我感到恐惧,还有愤怒。事情在我没有料想到的时候出现了转机,不知什么时候,前面出现了一个女中学生,她纯真的声音,就像她那辆安琪儿赛车的铃铛,招呼我:跟上,跟上。她说她是李惠利中学的学生,今年高一。她脸上布满了孕育幻想的青春痘。我不失时机地告诉她我是一个诗人。诗人?看得出她感到了惊讶,她打量我就像打量一只逃出动物园的珍稀动物。接下来的路程,她的脸上布满了愚蠢的幸福。她是我道路的引领者,就像那么多高贵的女性曾经做过的一样……我这话当然是在自言自语,我这么说也无意与大师们比肩,净界太远,魔界易入,我只好在心里恳求她的原谅。不管怎么说,她在这次迷路的中途出现,还是让我领受了形式的完美。分手时的一声再见,我完全出自真心。

教堂顶楼的雨燕

左边是银行,右边是商场,这就是教堂所处的真实位置。1993年7月18日,一个闷热的星期天,我走过县城小教堂的门口。微阖的黑色木门背后,唱诗班少女们的歌声在潮湿的空气里发芽。我好奇地探头张望——这是一个前倾与后仰的复合姿态,头颅伸进了天国的大门,双脚还站在世俗的大街上——看见了那个圣像下领唱的白衣少女。她抬手拭汗的动作我十分熟悉,这个动作,把她从歌唱上帝的光荣拉回到了日常生活。她去年刚跨出幼师大门,前些天,我还看见她像一只母鸡般带着一群孩子走过儿童公园门口。她叫小琴,或者小芹,我想这并不重要,你只要记住一星期中她有六天生活在孩子们中间(第七天她和休息了的上帝共处)。教堂不远是一个叫"桐江"的十字路口,站在计时牌下,我看到黑云压城,北风疾走,不用说,这是下雨的征兆。一道黑色的抛物线,从我头顶供销大厦的最高层落下,在我想象不到的低处,它又冲天而起。这是一只黑色的雨燕,夏天的绅士,它那时的模样更像是从某本蒙着旧尘的19世纪小说中走下的牧师。它垂着双翼,停在教堂顶楼上,俯瞰着行人,向他们布道。它徒劳的叫声很快就被雨水淹没了。它只好再次飞了起来。我想走了,我穿上了蓝色雨披。我在它眼里肯定是一个怪模怪样的同类,只是体型过于庞大,不太地道。但它还是友好地瞪着我,所有雨水,注入了它张开的双翼。

乡村生活图景

Z,我的朋友,一个医学专科学校的毕业生,酷好与靡菲斯陀订约的诗歌爱好者,住在古老的河姆渡边,一幅乡村生活的图景里,透明而朴素。在他每月给我一封的长信里,有一种混合着河流、泥土、芦苇的微涩的气息。他告诉我,他写下这些信件的时候,这个地区唯一一条著名的大河正流经他的窗外。在我的印象中,一条河总与一个沉思的老人的形象连在一起,但他出奇的年轻。有一个漂亮的女友。生活在一群不怎么友善的人群中。更多的时候,他写给我的文字像是阳光下不断晃动的水纹,他的面容是模糊不定的(我们迄今还未见面)。而河流,总与时间的流逝有关。

在地图上，从我生活的县城到他所在的乡村卫生院有一条铁路。铁路蜿蜒着，像一条随意置放的长绳，我们各执首尾一个结，谁也没有想到要把它们解开。有时，火车寂寞地穿过我的梦境，半小时后，他也会被一阵同样的火车汽笛惊醒。在火车的奔驰和河流的不断更新中，我们都是单数。我更愿意把他想象成某本翻开的书中的一个人物，他的身份也同样是一个乡村医生。

他喜欢乡村的夜晚，对此几乎有了一种酷好。他曾在今年春天的一封长信中用六大张稿纸向我细致地描绘了夜晚在乡村上空的降临：夜不是铺盖下来的，它更像是一株黑色的植物，一点点地从大地、河流向上生长，遮住了天光。我知道夜晚适于梦想，与一些神秘精灵的传说有关，由此断定他的身上有一种神秘主义的因素。前面已经说过，他在这幅乡村图景里的生活透明而朴素，那是一种十分美好的生活质地。他年轻的生活像一张白纸铺展着，他是能画出好画来的。他以写作（包括信件）为说话的方式，也把它当成冥冥之中的一种赐予，他常说的一句话是:我要珍惜能写的天赋。而这一切,更是包含在一种被他修饰得十分诗意的生活方式之中:夜晚的河流,灯光与书籍,内心的高远,还有他桌上的烟盒,绘画和写作的过程。

梅墟：现实一种

梅墟，一个真实的地名，带给你寒梅点点碾落成泥的古典的诗意，一种残缺、感伤的美丽，但事实上，这是一个距海10公里的工业小区，充满着创业初期的速度、嘈杂和无序，像一个乱哄哄的蜂窝。市区的一些工厂主纷纷赶来这里置买田产发展，因此这里有许多资金堆垒的别墅和创造更多资金的厂区。走在梅墟的大街上，高大的建筑和装扮得富丽堂皇的商店前是成堆的泥沙和垃圾。稻蚊在黄昏的街道上四处飞舞。可以断定，这儿不久前还是一片滨海的稻作区。

这里展示的是一种生活开始时的真貌：首先是关心物的拥有和创造，然后才是剧院、花坛、咖啡馆，交谈的需要和窗口飞出的琴声。而且我还颇为惊讶地发现,梅墟的街上没有一个少女——少女的芬芳更多地属于另一个世界,而不是物的附庸。

梅墟的夜晚,生活转向它另一面的宁静。完美的月光照着这个曾经的田野和村落。梅墟上空蔓延的寂静中,谁在渴望?又在渴望什么?电视画面上出现了梅墟的街景和一些不为人注意的角落,这种新时代的文化方式正在对这里不健全的生活提出批评。但不能绝望,绝望无济于事,生活正在流变中转向成熟和完善。当一切的假饰在白天的边缘消失之后,当梅墟的四野开满鲜花的时候,梅墟的白天就会从它原有的轨道进入一个崭新的世界。这一切不是虚构,梅墟的大街上将出现少女们的身影。

穿城而过的河流

我最初写下有关这条河的文字,人们都以为我是一个老人。一条河的影子总是与一个沉思的老人的形象联结在一起。我在河边坐久了,站起身,也会陡然发觉自己变老,脸上的皱纹很深很深了。

在十万分之一的县区地图上,它是静止的,像皮肤下一条隐约可见的蓝色血脉,但事实上,它又时刻都在流动。河面上掠过剪翅低飞的鸟,水流带来了上游的水草,还有泥土的气息,它苍老的面容里流动的是年轻的梦幻。多年来,我已熟识了它的脾性,我们近得可以握手相拥,可以听见彼此的呼吸。一次次,我枕着它入梦,又一次次地被它粗重的呼吸从梦中惊醒。白天,我看着河水的反光,投在桥洞拱顶,投在老屋斑驳的墙上,我一动不动,却已经有了呛水

我们时代的生活

的感觉。它正在遗弃我和我的声音！我的存在就是被遗忘。我望着它的深邃,其实就是看着自己无底的沉溺。

去河边散步成了我例行的功课。这习惯是我搬到城西的这一年才有的,它当然够得上是一份奢侈了。我望着江边铁锅厂的自来水塔和塔在河中的倒影,一个实在,一个虚幻。我还看到三两个垂钓的人,叼着纸烟,出神地望着它不可究诘的深处。成团的水花生草昼夜不停地赶着路。河面上散布着船家生火做饭的气息。拍岸的波涛无声无息,像默片中的镜头。它在流动 —— 我是说河流 —— 并将流经在世的一切,这种噬心的绝望,就如同我沉溺一个梦境无力脱身。那一刻,我深深感到了生活的无序和不可说。

它是令人怅惘的。它的气息,像一个成熟女性的胴体发出的。一条河的气息让我想到女性,这多少让我感到惊讶。是不是我曾在河边散落过不可俯拾的往事？1991年春天,我一个人在黑暗中顺河走了百里山路,而后又在清晨的北风中渡河,去看望住在举世闻名的河姆渡遗址边的一个姑娘。这一疯狂的举动使我成了一个传说中的爱情英雄。

在我近 10 年的写作生涯中,河水怅惘的气息一直笼罩着我。我曾经那么骄傲地说过,如果你在我的文字中看到水纹晃动,那是它的灵气所致。你可以看出,我在这里玩弄了一个小小的花招。肉体沿着灵魂的踪迹前进,就像水浪依附在摇荡的大河上。但我看不清它久远的源头,那儿时间的杂草丛生。

岸。流水。这两者合成一条河,一个第三人称的单数。我也是一个单数。河水流着,也流在我空空的体内。或许有一天,我的名字会被河水擦亮,挂上城门。我怀疑在我居住的这座城里,是否还有人意识到它的存在,是否还有人从生命的深处渴求它、认同它。是河流使这座城著名,但我无法听清它们在说什么。"从我这里眺望永恒的居处,从我这里走进痛苦之城",我想应该是这样的。一条河,我感受着它的流动,它的神秘,一个下午就这样流去了。一个无可争辩的事实是:黄昏过去,夜晚就要来临。夜晚,意味着沉默,意味着聒噪者将永无发言的机会,他们将出走、被流放,在河的幻影中消亡了名字。

大地风景无语

大地的景象令我深深着迷。每天,太阳带着它伤感的表情从城东龙泉山的背后升起,它直接照耀到我,雾气氤氲中,它像是悬在我们城市上空的一瓣湿润的嘴唇,吐露着神秘的话语。而周遭的风景也一点点地虚幻起来,像来自多少岁月前的一张明信片上的画。我意识到:在我的脚下,大地在呼吸,它有嗅觉,有听觉,并能感知其内部所有的细胞和变化,只要我愿意去思考,愿意在阳光和空气间获得巨大的满足,大地就是无数的生灵,它的部分已经死去,正在死去,但它正从残骸中再生,从废墟中重建。

那一刻我感到多么富有。空旷的太空、无垠的地平线、一马平川的浙东平原……这虚空的一切深深打动了我并留存在我的心里,它们是我创造的直接资源,我可以据此去描绘,去叙述,去探险和发现新的事物。大地风景无语,却蕴含着巨大的力量,它们留存在我心中如一场熊熊大火,其焰犹如永恒的思想之光,照亮这庞大得近乎虚无的世界。

我的写作就是在这种强烈的感受驱动下开始的,它的最初缘由可以是我在大地上的一次散步,草叶上的一滴露水,或是我在春天的一次远足……这种感受使我远离实在,向往在神秘中倾听,在神秘中写作。这个时代根本无视那些面临神秘生活而敬畏颤抖的灵魂,当我一再地说起神秘,人们却把它当作虚假,然而那恰恰就是最接近真实的东西。

我想起我居住的这座城,不止一次,我把它想象成风雨飘摇的世界中的一叶小舟。当我在1991年看到70年前这座城的一张旧照片,我曾为时间坚韧的蚀刻力量所震惊。我觉得我无力描摹出它两千年沧桑的脸庞。我像一个梦游的少年,在它的城堞、钟楼、石桥上游荡,我发觉,两千年间它看来几乎都是静止的,而眼下却动态万千。我发现自己也像它,在经历着不断升华的死亡与生存。风不断撞在城墙上,又不时回旋过来,卷起废旧的报纸在空中纷扬。我对这座城,这个世界重新进行着一种认识。

我还想起这大地上曾经有过的人和事。唐朝的马。唐朝的月亮。唐朝的诗……它曾经是浙东"唐诗之路"上的一个驿站。800年前,宋朝的船只曾载着陆游在这个地区唯一的一条大河上漂流。王阳明、黄宗羲就是从这里一脚跨进了一部中国思想史。那么多人和事匆匆走过,大地如此亘古静寂着。这种静打动着我,它使我想到产生运动的巨大空间,这种运动没有时间来静止,没有终极。

在我国考古学史上占重要地位的河姆渡遗址,就在陆游曾经漂流的大河的大弯口(顺便说一句,它离我生活的这座城大约35公里)。从它1973年首次被发掘以来,已经改变了中华民族历史的写法——长江流域同样是华夏文明的摇篮。20年前,当我顺水而下坐船经过那个渡口,它还沉寂着,是一片普通的江南稻作区,那地方盛产蔺草、杨梅和光滑的苇席,还有快嘴利舌的女人,那里的人们安静而又实在地一代代栖息着。几年后发掘成功,与其说是这片土地的神秘震撼了我,还不如说是它那么多岁月掩盖之下的一个简单事实打动了我。数千年前这片文明已经荡然无存,也从不见典籍上有片言只语的记载,但今天我们的营造、栖居,我们生活的种种细节,还是跟7000年前有着惊人的契合之处,这大地上的事情谁能说个明白呢?

我有一个梦想,为一个小地方写一本大书,写出我们这座城的、这片大地的过去、现在,以完成一个时代在文明上的粗线条勾勒。当然我不像博尔赫斯一直生活在国家图书馆里,我在大地上行走、倾听、思想,用我最大胆的想象来抵达真实。我还有那么多的回忆,它们有的来自阅读,有的来自我成长岁月中内心的隐秘体验。我很清楚,生活是神秘的,而写作应该明晰,我想我能够在我的写作里清楚、明白地达到表达的目的,像7000年前象牙圆雕图腾里的那对鸟驮着太阳飞升。世界之极将注视着这片土地,更遥远的生灵将注视这片土地。

这到底是纯属梦想还是一次可能的行动?风景倏忽,大地无言。我多么富有啊!我必须奉献。

世界的碎片

雪

雪是冬天这棵大树散佚的花瓣,也是放逐到人间忘了回家的路的孩子。在穿越长街的西风的击打下,我听到的是雪绝望的哭声。我相信每一片雪都有一颗灵魂,这颗灵魂对这个世界而言是太过纯洁了。

没有雪的冬天暗示的只是一种教科书上的文化,要获得斯蒂文斯所说的"冬天的心境",必须见到雪,还有乌鸦。用十三种眼光看乌鸦还是乌鸦,用十三种眼光看雪也还是雪。当风雪的窗口一鸟掠过,洁白,一点点地缩回墙根,有什么比美的流逝更令人惊心?

有谁听到过雪的步履?那么高蹈,那么神秘,仿佛猫爪踩过一垛棉花,仿佛门与门之间花朵一样平静的呼吸,简直不是来自这世界的声响。在一盏灯下,它翻动书卷纸张而来,穿越你悠长的呼吸而去,渐渐地,它挂上了冬天的树梢。它留给这世界最后的惊鸿一瞥,化作了镜框中一帧凝固的风景。

桥

钢筋、混凝土,几块年代久远的巨石,是桥冰冷而僵硬的身躯。在我的心目中,桥曾经是个落落寡合的思想者,一个隐士。他的脚趾牢牢抓住无限的碎土,他的头颅搁在迢遥的彼岸,他是白天和黑夜的中介。他拱身而立,令人肃然起敬。黄昏过桥,看到逝水、鸟群和钟声荡起的空气的旋涡,我总觉得是横跨在思想者们的肩膀上。

卡夫卡曾在有天晚上梦见自己成了一座桥,一座在任何地图上也找不到的桥。他跨卧在冰冷的渊水上,等待一个信托他的人走过。终于他来了,一个旅人?一个自杀者?总之他毫无顾忌地跨了上去,手杖的尖端东划西刺,桥终于被疼痛撕裂,坠落了。凡是高尚者,也是敏感、易受这个世界伤害的。在卡夫卡的"断桥"上,记录了所有的痛苦,所有的疾病,所有经受过的打击和最终挺不过去的那场风暴。

当不幸降临,我再也无法忍受的时候,我听见那桥说:挺住,挺住!活着需要耐心,需要韧性。看着我,像我一样自信而有风范。在这艰难世界的苍茫暮色中,信念最终会燃点起你活下去的篝火,去找吧,找你自己的上帝,他有一个更为具体的名字——精神。变成一条蛇吧,游向你自己内心的湖,他就在那儿等着你。

在我生活的城市,我每天经过两座桥,一座与二十年前一次死亡的记忆有关,一座是我初恋舞台上一件小小的布景。我是什么?我也是一座桥,自然和精神之间一座狭窄而危险的桥。走向精神,找回自己的上帝,是我最内在的命运的驱使,在世俗中像市民一样生活,则是热诚的渴望所拉回——我的生命就是在这两岸之间飘摆。我一生的道路,就这样被规定了。

河

漂荡着油污的河面,远处自来水塔的倒影仿佛游动的蛇。云层中漏下的阳光,不断改变着河水的颜色。阳光还照亮了后景中一片灰色的楼群和老树 —— 它像一幅画,上升,在秋天清峻的空气中上升。

它是污脏的,这污脏里又有着炫目的光和色。这真令人称奇,就像波德莱尔的恶之花,真实的、污浊的生活可以用美妙的幻象来表现。

豹

那只豹顺着山间的小路走过来。我躲在木房子里,听着它的鼻息如雷鸣一般。然后它坐上了泊在湖边的一只船。我看着它的脸。那是一张女人的脸。它也看着我。它不是里尔克的一百根栅栏里的那只豹,不在乞力马扎罗山。它是在中国南方,迷宫一样的九月之夜。

雨

雨打在脸上像小虫子在爬。我骑着车,不管是向东还是向西,雨都打在我的脸上。雨那么大,那么大。下了那么久,那么久。一整个下午,我都坐在办公室,雨的气息从窗缝进来,像烂木头的气味。"是的,上帝,我的头上没有屋顶,滴滴雨水落进我的眼里。"是的,我们居住的城市是马孔多。是的,我们要去的地方叫科马拉,或者叫乌有乡。

天　使

一本叫《巨翅老人》的小说里说,天使化身为一个捡破烂的老头来到人间,可人们唾弃他,嘲笑他,他最终不得不离开人间。这让我想起旧作中的一句诗:上帝就在我们身边,而我们不知道。《圣经》里说:"上帝之国是这样的:一个人在地上撒种,晚上回去睡觉,第二天早上起来,种子已经发芽和成长。为什么会这样,他不知道。"(见《马可福音》第四章)上帝之国并非超自然的力量,而是人们的一种内在的精神状态,就像谷物神奇地长大成熟而不依赖人类的插手一样,上帝之国的来临也同样奇妙。在奥古斯汀的《忏悔录》里,信仰上帝并不在于是否存在一个真正的上帝,而在于对上帝的虔敬中。思想也同样,它是一粒芥菜种子,是世界上最小的种子,可是有人把它种在地里，它长大起来，比任何植物都大，它长出大枝，以至于众多的飞鸟都可以飞来在它上面筑巢。

天　鹅

1927年6月,芥川龙之介独自在日落后的街上走着,在一家旧家具店的橱窗里,他看到了一只被剥制的天鹅。被制成了标本的天鹅伸长了颈立着,连发黄的羽毛也被蛀蚀了。芥川龙之介回想自己的一生,不禁热泪盈眶,他已发觉自己的命运无处遁逃:不是发疯就是自杀。在这个看见天鹅的黄昏后,他决心等待了,等待慢慢地把他毁灭的命运的到来。

在某种意义上,天鹅和贝多芬、尼采、芥川龙之介属于同一类族,他们都是伟大的孤独者。世界在身外喧嚣,而天鹅静静地遨游在天蓝色的梦幻的湖面,他们敏感、骄傲、落落寡合。在创世纪的神话中,传说众神之王宙斯化作一只天鹅与丽达交欢,生下海伦和克莱提纳斯,于是——"于是那里产生了／

残破的墙垣、燃烧的屋顶和塔巅／阿伽门农死去。"因此天鹅是初始,是混沌,是人神之间的桌子,也是梦中花园的梯子。

芥川龙之介是他那个瘦削的年代一只患病的天鹅,他走到了理智的边界,还没来得及实现另一半,就一脚跨进了死亡虚无的栅栏。他是自己上帝的仆人,一个半人半神者,他所有的文字是一个现代寻梦者的精神笔记。

有着五十九只天鹅的柯尔庄园曾是梦想者的天堂,如今,天鹅颀长的颈已折向草地,但大地还会环绕着这最后的梦想转动,这梦想就是天鹅看到的真实世界。循着天鹅的梦痕,我们的真实世界有待于我们自己去梦想。

玫 瑰

相对于享乐主义之花牡丹,玫瑰的芳香冷凝,使她无愧为精神之花。几个世纪以来,她不可言传的芳香给我们唤来最美好事物的回忆:有关爱情、信仰以及纯洁的灵魂。我们不会忘记在《浮士德》中,当摩菲斯陀正要攫取浮士德的灵魂时,是天界仙使撒下玫瑰,化为火焰,把浮士德的灵魂拯救上了天堂。在古代的西方,玫瑰只是一种简单的 Eglantine(野生玫瑰),红的和黄的,像火焰的颜色。"玫瑰,你端居首位……"在里尔克的《致奥尔弗斯的十四行诗》中,玫瑰作为一种高贵精神的象征,暗示着人类灵魂和日常生活的永远矛盾:她层层的衣裳好像掩盖着世界的真实,同时,她多层的花瓣又在摒弃每件衣裳。同样在博尔赫斯那里,玫瑰和他沉思中柔软、灵敏的部分有关,在《埃德加·爱伦·坡》中,"蒙住他双眼的不是闪亮的金属／也不是墓穴的大理石,而是玫瑰",死亡的柔情胜过了凉夜的月光。

　　玫瑰和夜莺、小夜曲是十九世纪文学常常玩弄的一个浅薄的意象,"我的爱人像一朵红红的玫瑰"(彭斯),玫瑰沦落为庸俗的情爱场面的无聊点缀,她的高贵消解在符号之中。在我国南方的一些城市里,人们常常把玫瑰种植在铁路边小站的花坛里,与剑麻、紫葳、刺柏为伍,她的绝代风华在日渐粗糙的生活中蒙上重重尘埃。是否苦难的日子一直笼罩着我们,是否,玫瑰的芳香一直与我们无缘?那"遥远的、秘密的、不可言说的玫瑰",呵,什么时候,当我在燃烧的露水中走向远方,而星星在天空中被风吹得四散 —— 就像铁匠铺里溅出的火星 —— 你的时刻真正来到?一切就如同我意念中的那朵玫瑰,我为她洒上甘露,献上谷物、阳光和崇高的诗篇,她抿嘴一笑,便转身而去,不见踪影。

瞬　间

"瞬间",既在时间之中,又在时间之外。在普鲁斯特的小说时空中,它是七岁那年母亲印在马赛尔脸上的吻痕,是从旅馆房间的窗口看到的大海变幻万千的景象,是暖气管道的哼哼,是不可言说的玛德莱娜小点心的味道。而在松尾芭蕉的俳句中,"瞬间"就是那只跳进庭园古池塘的青蛙,"扑通"一声清响打破了百年沉寂,也带来了百年忧愁。

和世人认为时间是有顺序地连续不断流逝的观念相反,我们时时需要确立一种停滞的中断的时间的瞬间感;运动着的万事万物,时不时地在这里或那里停顿下来,飞翔的鸟儿在某处落下筑巢,漫游者随意在某个客栈住下(印第安人甚至认为神也可以停下)……在过去的时间和将来的时间中,这样的瞬间,只容许我们有一点点的意识,因为意识到了,它便不在时间之中。但T.S.艾略特在《四个四重奏》中,还是为我们描绘了那么多的"那一刻":"玫瑰园中的那一刻／风雨摧打下的凉棚中的那一刻／烟雾弥漫中通风教堂中的那一刻"……他甚至暗示在时间的长河中,"那一刻"才能被我们永远抓住,就像鸟儿抓住趾下的枝丫一样。

憧憬着"自由的人民生活在自由的土地上"的那一刻,浮士德倒地死去,和魔鬼订有赌约的如果换成我们,我们的灵魂不知被拘去多少回了。我们的记忆中有太多需要停留的时刻,它镌刻在废寺青草丛中的古碑上,遗落在雨簌击打下微漾的池面上。钟表上的指针停滞的时候,时间像奔马跑过广漠的时空,正把我们湮没。从一到无穷,从个体到万有,通过时间而征服时间,这正是知识和情感赋予我们的骄傲,如今的世界纷纷扰扰,这样的骄傲已经不多了。

阳 光

阳光从枝叶间漏下,多像你掬起一捧沙时,冰凉的沙粒从你的指缝间滑落,你想起我们的古人计量时间的两种方法:日晷和沙漏。阳光、沙子和树,你默念着,心中突地有了种透明的了悟。

沿着异乡城市的行道树,不断往前走,阳光在你身上投下了一个个陆离的光斑,它们多慷慨呵,像金币或者勋章,挂满了你的身上,叮当作响,你的内心充满了生活在别处的喜悦。

现在你随着一束光进入一幢百年老屋,你看见阳光是斜斜地射进去的,你还看见一些飞舞的灰尘正攀缘这根光柱而上,你惊讶这么阴湿的老屋里竟然还有那么多小小的灰尘。然后你渐渐看清了屋角摆设的一只蓝瓷花瓶,一尊无锡泥塑和一些红漆剥蚀的旧家具,你对自己说,阳光并不能抵达每一个角落啊。

每年冬天,我的父亲总坐在乡村的墙角下晒太阳。他老了,再也无力握持一把锄头,陪伴他晚年的,是一群比小鸟大不了多少的雏鸡。我非常仔细地注意到,雏鸡黄茸茸的羽毛竟有着阳光的那种质感。

春 天

假如我是十年前背着行囊去寻找河流源头的旅人，我会看到春天最早是坐着一辆大车来到的。她还年轻，还在长大，像花骨朵儿还没有懂得绽放自己的美丽。她给浅浅的轮辙打上了好看的花纹，那花纹瘦瘦的，像她的身体。

或者，我是住在山下，一个湖边的小木屋里，我会在小鸟张开的嘴里听见她的声音，也会在流水中看见她的形体。我也想象过，我是一个画家，住在博里纳日（或者别的地方）的农舍。村场里女人们亮亮的笑声会告诉我：春天来了！我会在画布上画一个土豆，金灿灿的，我会满怀喜悦地把它挂在通风的窗口。土豆是穷人生活中的亮点。

当我老了，我会在炉火旁打着盹，一边读一本书,一边打捞酒杯中沉淀的青春。我会虚构一两个少女,玛丽、黛米或者张小茉什么的,让她们陪我度过一个个春风沉醉的夜晚。"咖啡煮干啦!"——"啊这不好,我们一起来加点水。"不,我知道,我知道为什么你的心会跳得这么急……但我现在什么也不能说,我是在1995年初冬的夜里。我走在一个古称"句余"的县城的马路上。发白的马路延展过去,远远的,像挂在天上。要是愿意,我一脚就可以跨上去。我闻到了烤土豆的香气。我用袋角的几个硬币换取了我独自走下去的热量。吃着烤土豆,水汽模糊了我的眼镜片,我对自己说,春天到来也不过是平凡的日子。

石　头

西西弗斯推石头上山至少有三种传说：

一种传说是西西弗斯把石头推上山巅，那石头又会滚落下来，所以他不得不终生服着苦役去推石头上山。

一种传说是西西弗斯如果不去推那块石头，石头本不会滚落下来，就像一只大鸟鼓张着翅悬在半空。西西弗斯推石头上山，是因为他一生中总要干点儿什么。

在第三种传说里，西西弗斯消失了，天空布满石头，世界是一个滚石的世界，人间的峡谷满是石头摔落的轰响，继而归于亘古的沉寂。

神话如同神启，它的出现以人类的生存境况为根据，那么它终将一次次以莫名其妙而告终。

在这里我还想说说另一块石头。褐色凝重的石头,在旅途的车窗外,它映衬着窗口一个女孩光洁的额头,古老而年轻。我第一次发现,女孩在高峻的石头下,像一流清水,石头使女孩美丽。后来,车子驶入一片平原,我转头再去看邻座的女孩,天啊,她只是一个普普通通的女孩,一个脸上长着雀斑、普普通通的女孩。

栅　栏

　　如果把人生看作一个竞技场,栅栏外无疑是这个世界安静的本质的所在。在这座城市,一到春天,大群候鸟齐集郊外树林和附近小教堂的尖顶。如果你是个有心人,循着那个融进浅黛暮色去的修女的背影,你会发现小教堂近旁的栅栏内外是两个完全不同的世界。一边是来郊外休闲的人们新鲜的裙裾和明亮的笑声,一边则通向陵园、墓碑和青草下看不见的骨骸。在这里,如果我把栅栏称作形而上的生死之门,大概没有人会有异议。诚然,这道生死之门因时因人而异,它可能是夜色中一管毛茸茸的双筒猎枪,也可能是时间一张暴戾的脸。

　　这个世界无疑是不公正的,你必须一边和人生搏斗,一边学习搏斗的技巧。如果对这种无聊的比赛忍不住气愤的人,尽可以打开栅栏,走出人生的竞技场,这样,你就不必再去理会时间暴戾的胁迫,不会再听到一粒灰尘绝望的哭声,尘世的一切悲欢、沉沦与你无涉,巴赫的十二圣咏像十二只舞蹈的天鹅让你狂躁的心渐趋平静。事实上,许许多多的自杀者正是从这种想法中汲取生活的力量。死亡之路的永远畅通,在他们不是忧郁的幻想游戏,他们正是从中找到慰藉和活着的信心。这是一个悖论:表面的软弱产生了非凡的力量。

茨维塔耶娃在1840年写道:"我掂量着死亡已整整一年了……"终于那一天来到了,两年后,在鞑靼自治共和国叶拉布加镇的一间屋子里,她盯着天花板上的钩子,平静地签署了托孤信,给唯一的儿子写下一封告别信。她拿了一根很结实的细绳,为了不让人们从过道向储藏室透过玻璃看到挂起来的身体,她用布把玻璃也遮了起来。一切过程进行得周密、冷静,也许还不乏灵感,最后她把头颅伸进了亲手织好的绳套。那道高不可攀的栅栏她轻轻一跃就过去了。在美国画家阿什利·高尔基的传记中,我读到他在年近五十的时候就为自己生命的结束做准备了。他在山坡上、山谷里,选择了七八个地点挂起了绳索,但一直迟迟未决,有关他自杀时的描述是这样的 —— 他战战兢兢地爬过房子的墙壁。对,就这样,战战兢兢,他战战兢兢地爬过了生死栅栏。

一　滴

那本暗蓝封面的小说,就像一个旧日的城堡,我一离开就再也找不着回去的路。和它们一起消失的,还有伏身在上面的无数个黄昏和夜晚。

就像一个风华渐逝的男子,暗数曾经有过的情人,可到了紧要处,面目总是模糊着。

是的。一本书……是的,一具时光的灵柩,我怎样蹚过时间的积水,把它们轻轻打开?

那些日子会像鸟儿一样从里面飞出来吗?

雨声里会浮现出一整个花园吗?

时间会越来越收缩,趋集于一个点,比如一棵树,一张纸,或者一个记忆中的火车站,到了那一天,或许就是这滴雨,这——被风迅速拉长,又迟迟没有落下的——一滴。

信天翁

在柯尔律治那首名为《古舟子咏》的诗中,信天翁是大海和水手的保护神,所以当老水手用弓箭射死了那头大鸟后,水手们就难逃厄运了:正午时分,血红的太阳高悬在灼热的铜黄色的天上,船停滞在海上无法动弹,大海在腐烂,到处都是水,却没有一滴可以解渴,而到了晚上,磷火在船的四周旋舞飞扬,海水"好似女巫的毒油",燃着青、白、碧绿的幽光……不吉利的时刻降临了,那些船员来不及呻吟、呼救,就一个个在甲板上倒毙……

《古舟子咏》最初有副标题"诗人之梦"。说起来简直不可思议,1797年8月,柯尔律治写作这首诗,仅仅是希望赚到支付翌年去威灵顿远足旅游的5镑费用。整首诗像一座哥特式建筑,给人以恐惧、恍惚之感和异国情调的怪谲。信天翁、天使、魔船……柯尔律治借由对这些超自然之物的描绘,触及了某些只可暗示不可言说的事物的本质。古典时代对宗教的沉迷由此可见端倪:射杀普度众生的信天翁,意味着对上帝和自然犯下了罪孽,老水手在海上的种种磨难也就成了他(柯尔律治自己)在炼狱中的洗礼、涤罪。这只大鸟的尸体是原罪的物化,它沉重地坠挂在老水手的脖子上,当他重新获得了对生命的怜悯之心,恢复了向上帝祈祷的能力,它便"自己掉了下来,像沉重的铅块落入海中"(《古舟子咏》,第四章)。G.S. 弗雷泽据此细节断言,柯尔律治的信天翁,就像班扬在《天路历程》中的咒符一样,是某种内心状态——恐惧、罪愆——的隐喻。

稀罕、不可见之物,往往有可能引发人们迷茫恍惚的意绪,成为超自然之物,譬如信天翁。在今天,大多数人都无缘见到信天翁,在动物园和水族馆里也找不到它们的影踪,因为这种巨禽一生都在远离陆地的海洋上生活。它们在水面觅食和栖居,只有繁殖时才到海洋中的岛屿上。这种鸟的翼展一般都达到 3 米,在海上借助风力,它们一个月就能扶摇滑翔数千公里。更令人难以置信的是这种鸟的寿命竟与人相仿。在人的视野所不及的地方,它们度过了和人的生命长度差不多等长的日子,这不能不令人惊叹世界的奇妙。如果你是在海上航行,看到一只长着粉色嘴巴、翼尾乌黑的白色大鸟贴着水面从你的船边滑翔而过,那么请记住:你见到了一只漂泊的信天翁。

1841年秋天,诗人波德莱尔航海至毛里求斯岛时,就看到了这样一只漂泊的信天翁。不过这只巨大的海禽不是高翔在天空,而是被海员们捕猎了。这种海禽是航海人忠实的旅伴,总是不即不离跟在漂过苦海的航船后面飞行,这样就不幸成了水手们排遣孤独和无聊的玩偶。诗人波德莱尔看到,这"云霄里的王者",一旦落到甲板上,显得那么的丑陋和滑稽,它又大又白的翅膀,像双桨一样垂在身侧,显得那样的羞怯和笨拙。一个水手用烟斗戏弄它的大嘴,另一个,则故意跷着脚,模仿会飞的跛子,引起围观的水手们粗野的大笑。波德莱尔在那一刻想到了自己作为一个诗人的命运,与信天翁是何等的相似。"你出没于暴风雨中,嘲笑弓手／一旦放逐到地上,陷于嘲骂声中／巨人似的翅膀反而妨碍行走。"这种不为世人理解的诗人的孤独感,正是浪漫派和巴那斯派诗人喜爱的主题。

高蹈的思想并不能保证人在这世界上生活得更好,落在甲板上的信天翁正是波德莱尔自身的写照:精神的独立高蹈与在世俗生活中的被揶揄、嘲弄。这个因出版《恶之花》而开罪公众的诗人,一直到死都是在愤怒之中,当他晚年瘫痪在床,他曾经怀着激情爱过的黑女人又来向他要钱,他因失语症含混不清吐出的几个字句,也仍然是在骂人。"凡人的肉眼,不过是昏暗的镜子",这个曾经的"碧空王子",到死都是那么的骄傲和愤怒。

信天翁——这稀世的神鸟,死去的已经死去,受伤的还将在大地上笨拙地行走,是否神圣的事物一直远离着我们?是否在澄明的天宇高翔便不能在人间生活?

帽子:一个寓言

他是一个听到门前落叶的声音都会大吃一惊的人。当他一个人待在一间屋子里,看到桌上有一顶帽子,不把它藏起来或是上面压件东西,一整天他是不得安宁的。他总觉得那些帽子被孤单地丢在那里,一定包含着什么寓意。他甚至想到,在某个时刻——或许他那时已经入睡,会有什么东西跑来把它们充满的。

现在他大睁着眼,躺在黑暗中,看着写字台上镇纸石压着的一顶灰色帽子(那是一个夜访的朋友忘了带走的)。他看见十年前已经故去的父亲悄悄推门进来,拈起那顶帽子,吹了吹上面的灰尘,转身就要离去。哦,爸爸,不要!他喊了一声,醒来,双眼不知什么时候已满是泪水。

自画像

一个被各种证件、履历表、公文、议论一次次认定的人,囚禁在一大堆数字、图表和人事部门积满灰尘的档案箱里。思想汇报、考察鉴定、决心书、申请书、人民来电、群众意见和一个个图章,把他内心的真实意愿一次次否定,最后只剩下一张被办公室的文牍挤扁的小公务员的脸。

二十世纪八十年代中期以来的一系列黑白照片,暴露出他是一个容易害羞的人:平视的(或者向下的)目光,含着惊恐和忧郁,时或还有谦卑。

呼吸着档案馆霉味的空气,他曾经无声地呼喊。恳求老鼠把自己吞噬,恳求水渍和灰尘把自己抹去。他还想象过一场大火、一场地震或者洪水。

现在,他已倦于无声的叫喊,只是在无数个隐秘的梦里,他还会把自己化装成一个侠客,像一只鸟儿一样轻捷地飞过壁垒森严的档案馆大厅,窃走写有自己名字的那卷案宗。

三十岁是一条幽暗的通道,凭着内心深处渗出的一点光亮,他像一只土拨鼠,在黑暗中挖呀挖。向深处挖。他的努力,使被各种证件、密码、履历表、公文、议论一次次认定的那个人的形象得以更正。现在他明白,那个人——只是一个没有分量的名称的影子。于是他把头埋进那个幽暗国度,从深处,打捞三十年来那些梦的碎片。

大 风

我听着风的奔跑。在十一楼上听着风的奔跑。这么大的风声。呼呼呼。呼呼呼。呼呼呼呼呼呼。呼呼呼。呼呼呼。呼呼呼呼呼呼。吹过来。又吹过去。像少年人的口哨。像是古人所说的啸,长啸。像一只巨兽的喘息。我现在发现风声也是有着它的心情的。它很暴躁。它很不安。它很焦急。它好像要挤进我的窗子来。冬天了还有这么大的风吗?印象中,应该是在早春才有这么大的风。可偏偏是冬天刮了这么大的风。我一侧过脸就可以看到姚江。日光下,它不再是舒展着的女体,倒像是一面镜子。我看着一片云在镜子上飞快跑过,又一片云在镜子上飞快跑过。现在我的桌上摊着一本《佩德罗·帕拉莫》。半天了,我的眼睛还在它的开头一页:我来到科马拉是因为母亲死之前对我说,我的父亲在科马拉,我的名字叫佩德罗·帕拉莫。第一次看这小说是七年前吧,一辆长途车上。从余姚去长兴的长途车。现在我看着每个句子,都是那么熟悉的朋友。在长兴我认识了小说家H。他背着一只巨大的包去宜兴买陶壶。他和我在湖州的大街上游荡。1999年国庆,我去舟山看他。2001年,听说他肝脏有病,进了医院。后来是他结婚的消息。再后来没有了消息。现在我看着这个句子想起了他。"我来到科马拉是因为母亲死之前对我说,我的父亲在科马拉,我的名字叫佩德罗·帕拉莫。"现在我听着风的奔跑想起了他。

流　星

秋夜,流星向西,奔驰的步态如同一匹御风而行的红马。铁蹄起落,空气紧绷如鼓。火焰在它眼中闪烁,腹下一线群山愈加淡蓝。

从它绝尘西去的背上俯瞰人间,整个的情形是一张网。今夜我看见苦难发生。今夜我是唯一把头探出网眼的那个孩子。

仿佛风把火舌吹向盛放的花朵,这跋涉注定要挥霍一生。西去的星,简捷有力的飞行,掠过秋天的云和树,谁也不知道今夜会落在哪一个伤口,覆盖哪一张贫穷的面容。星体的燃烧和滑翔中,山川涌动,一切像田纳西州那只坛子周围的景物得以重新安置。

镜　子

中世纪的镜子是钢和水晶石做的,十四世纪发展为银或铅镀在玻璃上。十五世纪发明了锡汞漆,镀在镜子背面可以反光。到十六世纪,"镜子"这个词还含有"假象"的意思。猎人用来猎捕那些被光线迷惑的鸟。镜子能给人以美的享受,它是个虚荣品,可以给注意容貌的妇女带来动人的外貌。镜子具有魔力,能射出魔鬼的目光。要当心向镜子出卖灵魂的人,因为他的影子将被收掉。镜子的魔力能照射出梦寐以求的财产和死去的生灵,以上就是画家画镜子的原因。而他们则出现在一个小圆镜里,或者以一张变形的脸出现在一个酒杯的底部。

整个下午我都在看那本关于法国卢浮宫藏品的画册。那一页上全是有关镜子的画。关于镜子,我写下了上面这段话。接下来的阅读,是一个咖啡馆里的场景,就像上面说到的,一个男人和一位女士,他们坐在临街的位置上。"你身上散发着多种气味,酒味、烟味,还有喝过果茶后丝丝的甜味。""你的手老是出汗,汗津津的,在灯光下闪着亮晶晶的光,很细微地动着,像有灵性似的,流露着一个人内心的秘密。"这段关于镜子的句子便又重新回来 —— 于对方,他们或许都是一面镜子,照见了自己想成为而没有成为的那种人。

男　孩

那个七八岁的男孩大声哭泣着穿过公园中间的小路。他仰着一张被泥土和汗水弄得污脏的脸。他的裤管上也满是碎草和泥点。他哭得那么大声,完全不顾及旁人。他哭并不是为了引起别人的注意。是什么巨大的悲伤攫住了他?他为什么是孤零零的一个人在公园里?男孩穿过小路,再沿着幼儿园的木栅栏墙走远了,他的身子被大楼挡住了,他的哭声还是那么顽强地传来。

菖 蒲

　　一个男人坐在树荫下的藤椅里抽烟。另一个男人一只脚站立着,一只脚搁在货运三轮车的平板上。三个女孩坐在石凳上等车。一个女人拿着一束菖蒲走过大街。好多人手里都拿着菖蒲。公交车站广告牌上的黄铜饰框,反射着太阳光如同一朵跳动的火焰。这些天,每天下午四点整,对面那幢大楼顶层的玻璃房折射过来的光线正好落在我的桌上,我抬头看它,有一种日当正午的错觉。

潮　润

真实如同一封信,一封寄给我们的信,可是我们常常置之一旁,不去打开。因为要从现实中辨认出真相,我们必须动用想象力。但——"谁有眼睛,去看,他就会看到!"事物是应该可以透视的,我们也理应去穿透这些事物。一双好的眼睛,是我工作的必备的工具:有好的、足够的视力,可以让我看到光学范围之外的事物。海因里希·伯尔这样说狄更斯,"他有一双很好的眼睛,一双人的眼睛,平时不太干,也不太湿,而是有点潮润"。译注中说,"潮润",这个词用拉丁文写为"humor",这个词在德语中意为"幽默"。看喜剧时观众很少流泪,所以眼睛不会湿,看悲剧时会流泪,所以眼睛会湿,只有看幽默的戏,眼睛不太干也不太湿,而是有点"潮润"。如果相信这种说法,K拥有的就是这样一双眼睛,潮润的眼睛。

飞往月亮的飞机

这架二十年前的飞机,模样就像一只大脑袋的蜻蜓。它低低地盘旋在村庄上空,金属的外壳在阳光下闪闪发光。它肥胖的机翼几乎擦着了村口乌桕树的树梢。有人说它降落了。我们在春天的田野上狂奔,豆秸、麦苗和吐着紫红花簇的苜蓿在我们杂乱的脚下纷纷夭折。有摔倒的,沾了一身的草汁,有跑丢了鞋的,蹲在田埂边呜呜地哭。每个人心里都默念着:飞机,飞机。

终于看到了这来自另一个世界的神物。但它正一点点地升高,努力脱离我们的视线。它巨大的螺旋桨越转越快,旋动的气流压倒了成片的庄稼,也鼓起了我们单薄的春衫。它就这样吝啬,不容我们更长时间地注视,就像一只羞怯的鸟儿。但它又是那

世界的碎片

么大,那么大,在我们虔敬的仰视中,它几乎升到了太阳的高度。

时间深处的那架飞机,在忽隐忽现的云层中穿梭,又小又寂寞,好像轻轻一碰就会再次飞走。是的,我喜欢。我选择了这样一种生活,我喜欢这样的生活,让记忆一直不停地说下去,说下去……现在我把音响开得足够大,我一边听一边吼:马车运着春天跑过没人的工厂大门,工人在加班工作,赶制一架飞机,准备在夜间飞往月亮……

八千米

此时,天空宁静得像一个水族箱。正午的空气中无形的旋涡正柔和地敲打着机身。飞机似乎在一个震颤的水晶上钻孔。

旁边的一个男人在大口地喝着啤酒。走廊另一边,一个男人捧着一个女人的手在讨论掌纹与命运。还有一群是在为登机前结束的一局牌争执……一耳朵的喧闹。

我看见了右舷窗上方天空的深蓝。那么纯粹的蓝。深得像梦境,耀眼得如同刚磨利的刀子。下方,瘦瘦的山脊在阳光下半明半暗。

我看见了掠过机翼的风的形状,看见了道路、河流和城市,它们如同纠结在一张巨大的叶片上——叶脉和污垢都清晰可见——又像是一面布满裂痕的镜子。

现在,当我在八千米的高处飞临这面镜子,我还是感到这个世界紧紧系连着我。不管我能做些什么,他们都需要我。

阳光在机翼上闪烁,远方升起的大地正在像雾一样扩散、铺展。出现了几颗星,像在清水里颤动。几个小时后,它们会变成灿烂的钻石嵌在天幕上。

黑夜将要、正在、已经降临,我似乎感觉到群星之间正刮着大风。我有了一种置身于庙宇中的宁静。鄙俗的世界正在隐退。我打开头上的阅读灯,看着满身雾气的陀思妥耶夫斯基像一个侦探走在彼得堡的大街上。

小说家

我看着一片树叶,里面响起了血的流声。我画出一个太阳,火光灼伤了握笔的手。我说马儿远去,我要闻见尘埃的气息,像暴雨将至时的飞扬。

我写一个人走在夜色笼罩的田野,星光跳跃在手掌上就像在河面上。故事里的人半夜三更来敲我的门,一条虚拟的河溺死三个赶路的人。一些人死去,一些人相爱,还有一些不恨不爱苟活。

这就是令我疯狂着迷的工作——把梦刻画得像钟表一样精细。我曾经把它看作世界的镜像,现在它还是向着真实的通道。

我们的过去就是这么贫乏

　　一张白纸沿中线对折,再对折,底下叠起两个三角,再把白纸上面多余的部分翻下。这时,一张薄薄的纸片由于不断的重叠变厚了。现在要做的只是沿对角线三次对折,然后再抽出其中的一只角……你知道出现在眼前的会是什么吗？一只船,一只纸折的轮船！它有着高高扬起的舰首,有中间隆起的锅炉房,有船舷(对于熟练的手指来说,要给它安上炮塔和烟囱也不是什么难事)。把它放在水上 —— 池塘、盛水的脸盆、门前的小水洼 —— 船尾粘上一支原珠笔杆或是一小块肥皂,它就会非常神奇地在水面上滑行。我有一只大纸箱,专门盛放这些船。它们睡在箱子里,扁平的,有着尖尖的头和粗大的尾巴,模样就像一支支飞镖。把它们一一打开,就是一支庞大的舰队。我把最大的一只马粪纸船当作旗舰,那些舰身上涂满了词语和算术题的都是护卫舰。我,舰队的最高长官,不断地扩大这支舰队的建制。我一遍遍地抚摸它们,把它们编成各种战斗队形。我还无师自通地发明了折小舢板的方法。这只需要把一张纸连续不断地对折下去,然后把它整个儿翻过来。这使我麾下的这支队伍空前壮大起来。我从未见过大海。我想象着大海,想象着大海的蓝色和无底的深邃,那么的激动人心又气象万千。那时我心中的英雄是邓世昌。我看了不下七遍《甲午海战》。我还对照着连环画,给我的所有纸船都取了那次著名的海战中的战舰的名字。每次电影放到邓世昌的船被鱼雷击中,银幕上出现在一大排礁石上撞得粉碎的海浪,这个小小的爱国者的胸膛就会剧烈地起伏。我们的过去就是这么贫乏。

手之语

她吃力地把旅行箱往汽车后备厢里放,他下车跑过去说,我来吧。箱子已被她提溜起来,他伸手把箱子下沿托住。从地面到后备厢大约八十厘米的高度,只需零点零几秒时间,现在有两双手提着这只十来斤重的旅行箱,那里面是她女儿的换洗衣服、课本和零食。当箱子从重力中挣脱出来,换了一个方向将要平移进入汽车后备厢时,他的右手背突然感觉到一阵异样的柔软。大脑里某个点突然轰一声响,他明白过来,右手背不经意间拂过的是她的乳房。在这之前的零点零几秒,手已先于大脑做出反应。这是下意识的反应。他的手像一条鱼一样在呼吸。它敞开了神经末梢所有的感知的毛孔,在吸引,在吐纳,在祈求时间停留。它感受到了温度、体积,还有包裹在乳房外面的羊毛衫的细小纤维。汽车后备厢重重地合上了,他跑向驾驶室,在余下的三五秒钟里,她没有看他一眼,就好像他是不存在的。他不知道那一会儿她在看什么,好像整个世界对她来说都不存在了。他踩了一脚油门,汽车加速驶上了立交桥。他系好安全带,在下一个红灯到来前的余暇时间里,他亲吻了右手的手背。他感到,那久违的、动人的暖意还停留在手背上。

梦境穿越者

她说打这个电话给他是因为梦见了他。梦境是在新疆,他拉着她的手去一个地方,在一条河边,树很绿。然后他抱了她。她说太奇怪了,居然会梦见一个没见过几面的男人,唯一的单独交往就只是晚上她开车送他回酒店,而且那天他喝醉了。第二天她发短信来说:以后不要再穿越到我的梦里来,这么怪异的梦会吓死人,门神守护,各自相安吧。他想,是谁穿越到谁的梦里呢?再说我怎么管得住在梦里撒野呢。

马路上的孩子

我走在一条陌生的马路上,路面泛着惨白如盐的光,像一条冰河。马路上车来车往。一些孩子手拉着手,他们说着傻瓜的故事。

他们跳来跳去,像一个个精灵。

他们跳上一个开着车的年轻人的肩膀。他们从他的眼睛进去,又从他的耳朵里出来。他们跳到马路中央唱:傻瓜,一个傻瓜。

他们奔跑的脚丫飞快地一闪而过。

闻到了死亡气息的麻雀像阵雨一样漫天飞起。

他们在车来车往中跳跃,追逐,唱着:

傻瓜,一个傻瓜!

那个著名的傻瓜故事是这样的:

——"你在哪儿会发现一些怪人!想想吧,他们从来不睡觉!"

——"为什么不睡觉呢?"

——"因为他们从来不疲倦。"

——"为什么不疲倦呢?"

——"因为他们都是傻瓜。"

——"傻瓜就不疲倦吗?"

——"傻瓜怎么会疲倦呢!"

他们在说的是一个没有睡眠也不再有快乐、困苦的遥远的地方。那儿叫乌有乡,也可能叫海乌姆。

这马路上的天空蓝得太深了,星星也太过繁密。孩子们不知疲倦地跑啊,唱啊。他们的影子跟在后面一跳一跳。

生者的道路在死者中间,所有人都是影子的河流。

夜色中的河流

孩子们跑远了。穿着泳装的少女们走远了。夜色四合如严实的帐幔,正适于梦想。

我在河里舒展开肢体,像一具残骸在那儿休息。

水在流,把我像一块石子一样细细研磨。我像一个婴孩一样蜷缩起身子。

这时,我清楚地认识到我只是宇宙间一根最柔弱的纤维。

水在流,浮载着我的生命经过的年代和我的生命之前的年代:

它看到了我的出世与生长,它看到过两千年前我的同胞。我融合在它的一片浑浊里,然后我认识了我自己。

我的怀念通过夜色中的河流闪现。

暗蓝的天空,我的生活,层层黑暗包裹着的一片花瓣。

西藏旅行计划

我要去西藏,吹着喜马拉雅的风喝青稞酒
我要买把上好的藏刀,最好有漂亮花纹的刀鞘
我要去八角街、布达拉宫、日喀则和天葬台
关于西藏,还有好多名词等待我说出
我的旅行计划就是把它们排列成愿望的次序
在词语的连接处预先填上:天气、航班、车次
阿司匹林、缺氧、旅伴和失眠
我把我正在做的叫作愿望的考古学

许晖告诉我:青稞酒青海互助的最好;藏刀帕廓街到处都是,小心砍价;布达拉宫每礼拜固定时间开放,而且不能乱走,跟着路标;天葬台不去也罢,尊重藏族文化;天气可以忽略,航班取消,坐长途车才能

深入风景;阿司匹林完全不需要,缺氧的是胖子,旅伴最好是小小的美女,失眠嘛,想谁呢?考古学,古不必考,去学就行了。他打算12月中旬上路,去河西走廊,再西去哈密,向北翻越天山到达伊吾古城。回途经敦煌、当金山口、格尔木到西宁,转道甘南、川西北,从成都回京。"又可以顶着脸盆大的月亮上路了,真好。"

与梦境斗争到底

落 下

雪落下。雪自北向南落下。雪自西向东落下。2004年的第一场雪落下。亲爱的,雪在落下。雪落在公园。路上的化了,草尖和矮树上积了薄薄一层。路是黑的。草树是白的。修剪成各种弧度的草坪。各种弧度的白。亲爱的,雪在落下。落下。落下。雪落在街上。雪落进河里。雪落在竹福园。雪落在天一家园。雪落在万安社区。雪落在文化家园。雪落在柳西新村。雪落在柳东新村。雪落在外潜龙巷。雪落在黄鹂新村、白鹤新村、朱雀新村。雪落在盐仓小区。雪落在中山西路。落在长春路、苍松路、翠柏路、公园路、槐树路、环城西路、环城北路、镇明路。落在白杨街、马衙街、天一街、药行街、三支街、大梁街、大闸街、白沙街、樱花街。雪落在会展中心、文昌大酒店、新时代、老外滩。雪落在闪亮的铁轨上。雪落在长城皮卡辗动的车轮下。雪落在桑塔那2000辗动的车轮下。雪落在奥拓辗动的车轮下。雪落在十吨加长的一汽大卡辗动的车轮下。雪落在它们喷出的尾烟里了。雪落在效实中学门口的大理石雕像上。雪落在烟囱里。雪落在垃圾桶盖上。雪落在菜市场的玻璃钢瓦屋顶上。雪落在正午十二点的钟声里了。雪落进南塘河、中塘河、西塘河、北斗河。雪落在水上腐朽的船体上。雪落进窗口。雪落进大海。雪落着,落着,落。雪落在一年级的小朋友黄晓易的脸上。雪落进了她的眼里。黄晓易哭了。一大群孩子从教室出来,在走廊上哄抢雪花。黄晓易的哭声被淹没了,也可能她早就停止了哭泣。张本群一大早坐中巴车冒雪去了余姚,去打点她在华联商场里的服装专柜。童含烟早上起来看到雪压着草尖和树枝。张海云一整个上午都在透过元祖蛋糕店的玻璃拉门看着雪落下。娄素珍在公交二公司财会室的窗口看着雪落下。更多的人在雪中走。吕元海在雪中走。凌可在雪中走。李亮在雪中走。郑勇在雪中走。小东在雪中走。楼松华在雪中走。严芳在雪中走。

晓路在雪中走。雪落在他们脸上了。雪落进他们眼里了。

  一整天我都坐在窗口看着雪落下。一小时。两小时。三小时。我看着雪落下。看着雪后面铅色的天空和黑黑的屋脊。雪开始落下是斜着的。风把它们的身子吹斜了。雪下大了,是缓缓的、直直的,落下。细小的雪比大片的雪落势要快。细雪,雨夹雪,看着它们时间是这样走动的:嘀嗒,嘀嗒,嘀嗒。大片的雪落下来把时钟的脚步滞住了,它走动的声音变得缓慢:嘀 — 嗒,嘀 — 嗒,嘀 —— 嗒。越来越慢。慢。慢下来。慢。更慢。睡眠一样的慢。我坐着。多久了?一小时?两小时?三小时?雪还在落。雪明天还会不会落?雪落下。一整个世界都在落下。亲爱的。雪落下。落下。落。

旧房间

床很旧了。坐上去,席梦思床垫的弹簧吱嘎吱嘎地叫。外面的布罩也磨损得起了毛。一点五米宽的双人床,它再小,也是这个房间的主体。吊灯。灯架和灯泡都积了很厚的尘。光几乎穿不过它。墙布,床头的几张起了翘,大多还都是平整的。看得出这套房子装修时,贴墙布的手艺不错,还干得很细心。只是墙布的花纹过大,使得整面墙看上去有些偏暗。地板的颜色暗红,一种凝滞、沉闷的红。材质是樱桃木,比杉木硬,但还是留下了一处处凹痕和划痕。房门口一大块地板的漆色呈扇形磨蚀了,由于不住地开门、关门,磨蚀了。这是我住过一年的房间,一套带家具出售的屋子。孝闻街。白衣巷。75号。我常常这样对人介绍它的方位:中央花园对面,中山公园后面,广仁街前面,斜对着第八中学大门。我现在还能记起的房间里的家具有这些:两只床头柜、电视机柜、一排书架、两只矮柜,都是水曲柳板材的;两盏台灯,底座是青瓷的;门后的嵌入式鞋柜;一台21寸松下彩电,增频器(它放在电视机上),遥控器(碎裂的后盖板面扎满了黑胶带);一对音箱。万利达VCD碟机(三碟,已坏);功率放大器。这幢楼高六层,第一层从一个大平台算起,所以它的实际高度应该是七层。我的房间在四楼,实际的高度应该算是五楼。楼道里有十二户人家。水表一月一抄,我住一年,十二个月,正好轮上一次。这样,至少有一个晚上,至少一次,我敲响过这些人家的防盗门。我的房门,也被十一双甚至更多双手敲开过。一般是在晚上七点过后,楼道空空的腔体内回响着字正腔圆的《新闻联播》,一个人的脚步声开始在楼梯里无休止地响。上去。下来。上去。下来。再上去。再下来。开门。关门。然后安静降临了,疲惫灌满四肢,爬上眼睑,《焦点访谈》还没开始,楼道就提前进入了黑暗和睡眠(而这时,对面的汉通大酒店和24层高的中央花园的灯火像圣诞夜的城堡一样闪亮)。有一家,一个男人,他睡着时的鼾声极具穿透力,午夜时分穿过几重墙就像只隔了一层纸。呼。呼呼。呼噜,呼噜呼噜——吭!呼。呼呼。呼噜,呼噜呼噜——吭!呼。呼呼。呼噜,呼噜呼噜——吭!呼。呼呼。呼噜,呼噜呼噜——吭!他的床,是在这一边的隔壁,还是在那一边的隔壁,还是隔壁的隔壁的隔壁?他的呼噜声让我的睡眠像一个球总也按不到水底下。按下去,浮上来。按下去,浮上来,溅出更大的水花。午夜听着这声音真让人绝望。白天,我和他们中的一些在楼道上遇见。点头。微笑。"好。""好。""吃了?""吃了。"我还能记起我的这些邻居们。一楼,一个长年坐在残疾车上的瘦小的中年男人,脸白得没有血色。照顾他起居的是和他同样瘦小的父亲。两个男人。两个瘦小的男人。一个没有女人的家。二楼,公务员丈夫和他的护士妻子,他们的儿子就在小区后面的第八中学念初中。那个瘦得很骨感的女人一在楼道上出现,总会扇起一阵药水的气味。对门:男,下岗;女,不详。三楼的老太太,每天三次,按时把她180斤重的笨重的身体在楼梯上搬上搬下:早锻炼,上菜场,午后散步。她总是一手拉扶梯一手拄着杖,走三级,喘会儿气,再走三级,喘会儿气。四楼,我的对门,男的是一家商业银行的电工,女的是酒店服务员,因为她穿的基本上都是酒店的蓝色工作服。有一次她被关在门外,我听见她这样叫她丈夫:老刘!老刘!于是我知道那个男的姓刘。他们的儿子小刘,十三岁,或者十五岁,上下楼梯总抱着一只足球,头都在腾腾地冒着热气。还有一天,一个漂亮的女人提着一只唐狮的购物袋唱着歌从楼上走下来。"纤绳荡悠悠,小妹妹我坐船头。"五楼的?六楼的?她站在四楼的楼梯口停住,一笑,递给我一张名片,自我介绍说在房产中介公司工作。"纤绳荡悠悠,小妹妹我坐船头。"我发现她下楼梯的脚步声把这支歌的速度加快了两倍。整整一年,我和他们,生活着,在一起。呼吸混合着呼吸。梦重叠着梦。这套房子的房龄11年,以前的主人是一个警察,他和他的妻子、儿子在这里住了六年。警察以前的主人呢?我住了一年还差五天,接着搬来住的是一对退休的老夫妻。以后的主人会是谁?以前的主人和以后的主人我都不会知道。我只知道,有一年差五天的时间,我和我这里的邻居们生活着,在一起,呼吸混合着呼吸,梦重叠着梦。我搬走的时候,把那些旧家具和家电都处理了。我迫不得已使用了别人使用过的东西,现在我不想再让我的气味进入别人的生活。拉走它们的是一个东阳口音的中年男人。他把这些东西堆在三轮车上,上面还坐着他的女人。车子颤颤巍巍地开出小区大门。我陪着他们下楼是因为我必须在小区保安那里签字证明是我让他们拉走这些东西的。这一屋子的旧家具经讨价还价后我记得是这样成交的:双人床,120元;床头柜,20元;电视机柜,30元;书架,10元;矮柜10元;松下彩电,50元;一对音箱加万利达 VCD 碟机加功率放大器,50元;两盏台灯,附带赠送。但在搬动的时候,一盏台灯的青瓷底座从那个男人的手上滑落,碎裂了。

在茶馆

这家茶馆的门不是正对着大街的,它藏在另一道门内。我好几次从这里经过都没有发现这隐藏的另一道门。第一道门正对大街,门口的一面墙挤满了大大小小的铜牌。"安利直销""体育彩票销售点""海事培训学校""零点书报"……进了这门,左拐,才会看到茶馆黄铜把手的两扇对开大门。门开了。我刚伸出手去摸着黄铜把手,门就开了。黑暗向我涌来。黑暗雾一样向我涌来。被茶色玻璃滤过的光线在人造的花岗石地面上爬着,在转角的凤尾竹和龟背竹上爬着,在深褐色的茶桌上爬着,在烟缸里爬着,爬着爬着,它让厅堂里的空气有了重量,让空间变得幽深、曲折、暧昧、迷乱。穿着藏青色背心的服务生躬身问好,把我引到靠窗的一张桌子前。"先生要点什么？茶？咖啡？如果要用套餐,我们这儿有煲仔饭、海鲜焗饭、咖喱牛肉饭、红烧牛肉饭。"

我要了绿茶,最便宜的一种,25元。我依次从口袋里掏出这些物件:烟盒、打火机、手机、DC、牙签、通讯录、半张《环球时报》、折小了的《东南商报》。我开始打量茶馆内部:中间是小方桌、圆桌;边上是火车座;上了跃层是包厢,那里的光线更幽暗。我看着散落在厅堂里的七八个人,漫漶的光线使他们的脸像一张张被雨水浸染的皱纸。我坐在这里。我的办公室离这里只有五分钟。可我和一群陌生人坐在这里。坐在这里我是多么陌生。陌生。就好像,在异乡。进门右转第一桌,两个女人在说话。她们不停地说话。她们飞快地说话。她们大笑,会心地,张扬地,大笑。交换了秘密的女人才会这样大笑。再过去,那个男人在一杯接一杯地喝水。他喝呀,喝呀,像一个渴极了的农夫喝呀喝。服务生盯着他的杯子不敢离开须臾,一看到杯子空了就赶紧续上。邻近的一张桌子的男人,对面的一张椅子空着。他拿着一把细柄调匙,不住地在一只咖啡杯里搅拌。搅拌,搅拌,杯子空了,调匙还在机械地旋转。搅拌。时间在他身上的走动,要慢十倍。等待中的男人,都会这样,都会觉得时间被抻得又细又长。难道只有男人才等待吗?斜对面火车座里的那个年轻女人,已经在抽她的第三根烟了。大红鹰。加长烟嘴。磨砂烟盒。桌上小碟子里的烛光照着她的脸,那么的白。贼白。她把手斜搭在靠背上。她把脚交叉。放下。再交叉。放松的体姿。越来越揪紧的心。她在等谁?一个伙伴?生意合伙人?同事?同学?情夫?只有男人女人在等待吗?下午的茶馆,幽深的腔体,它等待着什么来把它充满。两点钟,透过茶色玻璃的光线明亮了些。一个女人进来,坐在两个说话的女人对面。不住喝水的男人上了洗手间,桌上的水渍被服务生擦拭干净。火车座里的女人掐灭了刚点上的第四根烟,烛光后面多了一张男人的脸。她终于停止了等待。她的等待是三支烟的长度。邻近一张桌的男人停止了搅拌。他出去了。他又回来了。他从公文包里取出一本书。我没有来得及看清书的封面,但我看清了封底的一幅画:一条河,河的上空飞着一条鱼;一只老式座钟,钟摆是斜的;河边的小尖顶屋子,男人和女人,他在抚摸。她的乳房。这幅画非常有名,非常非常有名,但我一下子想不起来了,思路短暂地休克。不断有人进来。不断有人出去。茶馆里总是不多不少七八个人。两点三刻。我看完了半张《环球时报》和24版《东南商报》。我在想是不是从头开始再看一遍。一个高个子女人进来了。她站在服务台前询问着什么。她向我坐着的方向走来。她有1.75米。她也可能有1.78米。她的上身穿的是黑色的风衣,里面是黑色的羊毛衫,脖子上系着一根碎花的丝巾,显得她的身子更加高,走在她前面的服务生比她都要低一个头。她坐在那个停止了搅拌、正在阅读的男人对面。她坐下,又站起来,脱去外面的风衣。刚脱去风衣,她两手紧张地护着胸前,身体绷得紧紧的,好像空气中有无数双手伸向她的胸前。男人合上了书。男人的目光也和我一样,丈量着她。他的目光好像是丈量。他的丈量好像是抚摸。他的神情是惊愕的。她的高把他吓着了吗?他的目光像是丈量,像是迷失,像是在丈量中迷失。女人的坐姿有些僵硬,两手绞着,用力绞着,在胸前,绞着。后来她靠在椅背上,绞着的手放下来,按在了小腹前。她好像是在用意念控制着让自己不要紧张,可是身体好像游离在意念之外了。我听见她好像在说肚子有些痛。男人对她说了句什么,她起身向洗手间的方向走去。她回来的时候身子不那么僵强了。她的脸上甚至有了笑意。她笑起来的时候脸上有两个酒窝。她笑起来真的很好看,不笑的时候脸相有些苦,一种缺少性爱滋润的苦相。她现在不紧张了,起码看上去不那么紧张了。我松了一口气。我莫名其妙地松了一口气。他们开始说话。他们脸挨得很近说话。他们说些什么我听不见。我第二遍看《环球时报》和《东南商报》,看报缝的广告。起风了,茶色玻璃外面的树叶在摇动。我听不见树叶摇动的声音,但我知道风很大。我听不到风声,但我知道满大街都是灰尘的气味。风追赶着车子。风追赶着人群。风追赶着老人和孩子。风追赶着扬起的纸片和塑料袋。风把一只吹落的单体广告箱追赶得满街跑。天变得惨白。茶馆幽暗的腔体像沉入了水底。茶色玻璃外面的树叶整个都往上翻了。我看到了霰弹一样射在茶色玻璃上的雨滴。我看到了雨滴溅起的尘土。我决定顶着《环球时报》和《东南商报》跑回到办公室。我起身经过时听到了男人和女人秘密的交谈。他捧着她的手。他举到了嘴边,像捧着一只杯子,喝呀,喝。我拉开茶馆黄铜拉手的门。雨声猛地灌满了耳朵。哗啦哗啦,哗啦哗啦哗啦哗啦,哗啦哗啦哗啦哗啦,哗啦哗啦哗啦哗啦哗啦哗啦,哗啦哗啦哗啦哗啦,哗啦哗啦,哗啦哗啦哗啦哗啦,哗啦哗啦,哗啦哗啦。我从茶馆的这道门走向外面的一道门。我站着,看雨垂直落下,又横着流走。我的办公室在五分钟途程外的地方等着我,可我就是过不去。我站着,看着街道如河。我现在记起那幅画叫什么了:一条河,河的上空飞着一条鱼;一只老式座钟,钟摆是斜的;河边的小尖顶屋子,男人和女人,他在抚摸。她的乳房,她光洁的身体。这幅画非常有名,非常非常有名。我现在记起来了,它叫《时间是一条没有岸的河》,是夏加尔画的。更多的时候,我这样叫它:时光无涯。

微暗的火

早晨一坐上火车他就在看这本叫《迈克尔·K的生活与时代》的小说。K推着一辆自制的小车,送他生病的母亲回出生地去。途中K的母亲死了,K背着一只骨灰盒来到一处废弃的农场里,为了果腹,K在一个月夜杀死了一只羊。一个个白天和黑夜,K听着死寂和宁静,希望母亲的灵魂因为靠近了故乡而得到解脱。他想到昨晚上看塔可夫斯基,说到电影给人心痛的感觉,那么小说给人的这种心痛呢?这种心痛的感觉应该就是生活的感受。看到书的70页,火车到站了,他折了一只猫耳朵下车。午后的缱绻时光,他躺在床上打开的是一本叫《菲亚尔塔的春天》的小说,只是阅读的场景从火车移到了房间。时间那么长,又无所事事,除了看几本带来的小说,他都不知道做什么了。他躺了会儿,他突然觉得口渴得厉害,起来烧了壶开水,喝了杯热茶,从十二楼的高处看出去,刚下过雨,地还是湿的。从早上到现在,天色都是这样灰蒙蒙的。灰蒙蒙的天空下的邮政大楼、化棉厂的烟囱、泛着白亮的天光的候青门河,这一切又陌生又熟悉。"波斯猫踮着它的脚尖",S.H.E在电视里不住地唱着这首歌。是什么踮着它的脚尖在大街上走过?雾,雨,街角那群小鹿一样蹦跳的女人?他还带来了《黑暗中的笑声》。这本邪恶的小说他是第二次看了。他忘不了这样一个场景:在一个大房子里,一个妖艳的女人和光着身子的情人一起,捉弄她失明的丈夫。

下午的茶馆很安静,穿着蓝印花布的女侍应不时进来加水,透过没合实的布帘可以看到不远处的包厢里坐着一对男女,不知在私语着什么。小茶壶里的水在一豆大的火苗下冒着热气,发出轻微的沸声。茶一倒在陶瓷小杯里,顷刻就凉了。她穿着丝光棉短袖,一条灰色衬里的黑裙子;眉细细地描过,显得眼睛格外的大。她来之前肯定刚做过头发,定型的发胶硬硬的。她告诉他,她家都是基督徒,他问她是不是,她说,"总有一天我会是主的女儿"。但她一直没有受洗,她母亲说她太贪,贪世间的繁华。她从事过很多种职业,开过摩托车配件店,做过房产公司的经理,用她自己的话说是在社会上混的。现在房市萧条,她失了业,她说自己是在休整。她用了"休整"这个很书面的词。她的声音和电话里一样,听起来有些沙,很性感的那种沙,那语气却是活泼的。

站在浴缸哗哗的水龙头下让人感到快要窒息了。他把水温调高了些,让背部有烫灼的感觉,好不让自己太兴奋。可是抵达的战栗还是让他紧紧抓住了浴帘的不锈钢杆。他觉得自己正变得像一只气球,轻飘飘地向天花板升去。就像夏加尔《生日》里画的。她成了一团火,一团微暗的火。她的腰拧转过去,像在同虚空中一个无形的身体迎合着,如同一条鱼跃动着要努力跳离水面。他能感觉到她在抑制着自己,又在抑制中享受着。她迷乱的眼神里好像有一种她自己也无法控制的力量。当浪尖把她抛到高处,她的叫喊满屋子飞了起来。躺下时漾满了整个胸的乳房,轻轻一碰就像盛满了水的容器动荡不止,她承载着,像一具容器那样承载着。生活中的欲望有着多个出口,其中之一就是转化为艺术中的情色。当欲望消退,她长着的一对乳房,却是扁平的,没有型的那种。他觉得这对乳房并不像我想象中那样好,甚至不如从衣服外面看好。一个叫罗兰·巴特的法国人说:"间断最具情色。女人的性感不是在她裸体时,而是在衣服的连接处。"他坐着,点起一支烟,翻开刚刚买的一本诗集。他发现自己买了本一个同性恋诗人的诗集。他喜欢这诗集月光一样的语调:

那间房廉价又污秽/隐藏在那家可疑的旅馆上/你可以从窗口看到那条/又脏又窄的小巷,从下面/不时传来工人们/打牌作乐的声音/窗边的那张床/阳光照到一半。

室内乐:冬季

雾涌着,从东街到西街,从世纪城、荷兰村的中产阶级居住区到尹江岸的老住宅小区。不不,雾并没有一个方向,它无边无际地铺展着,就像你不知道这个早晨风向哪个方向吹。它更像是从地面生长出来的,大地的一层膜。楼群沉灭了,城市沉没了,周遭的世界像一个衰弱的老人,缓慢地醒来,缓慢地下地、行走。雾,这史前的巨兽,它让时间行进的速度变得迟缓、笨重、没有方向。它还有着强大的腐蚀性,它经过的地方,树木像汗毛惊恐地竖立。你看着一张脸像鱼一样从雾中浮上来,看着又一张脸从雾中浮上来,像鱼一样张大嘴呼吸。"可是,可是,你想象过人像鱼一样做爱吗?"这是风情的米兰达在湖边对参议员情夫说的话。那些肌肤相贴的男人一点痕迹也不留,像水波一样一纹纹地远去、消失……总是这样,十二月之初,多雾的季节就来了,雾在大街上,涌过来,又涌过去。

暖冬生活一日的开始:这现代工业烟雾和尘土颗粒的混合物,扁着身子从没有合实的窗户硬挤进来。墙壁、衣橱、餐桌、毛巾、地板、抽水马桶、书籍、碟片……室内什么都是潮湿的。镜子是污秽的,早晨的镜子尤其污秽,边沿部分尚显清楚,镜子中央就像一张出了麻疹的脸。凌乱的家具,床单上的毛发;换洗的内衣裤;植物溽烂般的体味;翻开一半的《阿尔特米奥·克罗斯之死》;镜中的脸,疲惫、灰暗、慵懒,那么重的梦的痕迹。

把词语擦亮!譬如说到雾,十年前我会这样说:"拍打我的白色手掌,是安慰世界的谎言。"雾是一只白色的手掌吗?雾是一场谎言吗?说到雨:"一场雨蛰伏农谚背后已经好久了。"雨为什么要躲到习俗的背后去呢?说出它为什么就不能从天空到大地的直线般直接?星星是这样:"我的花园布满了星星的碎片。"索德格朗,她在这里作了一个人描写练习的引语。我二十世纪九十年代的写作被这些臆想式的句子充满着,被文化、习俗、引语、成见等各种各样的紧身衣束缚着。回头看去就像是另一个人写下的。在我陶醉于它们小小的机巧时,物被蒙蔽了,就像我说出雾、雨、星星,这些词与它们的本相也越来越远了。如此,这个早晨我没有走出屋子的必要了,我要做的,就是看着雾在街上奔跑,看着它在阳光下变得稀薄,最终消散。气象专家在电台里说:雾是接近地面的水蒸气,遇冷凝结后飘浮在空气中的小水点;霾,是空气中微小的可吸入颗粒物累积过多而形成的一种薄薄的"灰幕"。雾中的脸,雾中的车,雾中的楼群,雾中的树。世事一无可知,我们总是有那么多的"知"。

在工体路酒吧

那天晚上去东三环工体路那个酒吧喝第二场酒时,余华的脸色已很疲惫。他坐了一会儿就好像要走的样子,后来还是没有提前离开。酒席也就十来人,除了我们,一个从纽约来的航空机械制造商,一个财政部官员,一个某部的文化官员,一个美国大陆航空的小姐。谁也不知道对方到底是什么来路,他们甚至也没有听说过余华。谈谈纽约与北京的天气?要不谈谈国航?开始的气氛是艰难而生分的,不像刚才在铁道大厦,一个个喝得脸都红了——红柯额头上都冒热气了,都坐不稳了——我走路都觉得像跳舞了。然后我们发现,在时间和空间的某一点上,我们都曾交会过。不谈文学和生意,大家也不陌生,于是这一晚的酒也变得柔和起来。说好下一站去三里屯的"一千零一夜"喝,却没有力气去了。余华先上了车。车子很快消失在车子中。这时我想起了肖全给他拍过的一张照片。那是九几年?他站在一个公交车站牌下,天下着雪。来的路上我们还回忆起了2001年,在"皇朝天伦"第一次见面,他从住所过来,我们从北五环外的一个酒店过来,一个双方的中间地带。这些天在北京,几乎天天在一起,吃饭,看剧,说话,他还是智慧的、有力的,却觉得他的身上似乎新增了一些什么,一种通脱和一种豁达。这是时间的刻痕。时间会沉淀一些什么。时间会让先锋的表情更加坚毅。我没有告诉他,他是我心目中在世的中国作家里唯一一个接近"伟大"这一标杆的。第二天去机场的路上,我只是发短信对他说"走了"。如果明年五月有机会,应该是在杭州见了。

梦境的房间

> 梦境的房间里,物与形的时光川流不息。
>
> —— 本雅明

我们的单位是一幢数十层高的大楼,站在底下仰头看,这幢大楼常常会让人头晕。每天,为了进入办公室,我都要走非常复杂的路线。先是上电梯到第四层。然后你跨出电梯门朝前走,就会发现来到一个黑暗的田野,闻到了植物和露水的气息。你要小心脚下的水洼,因为一不小心你的鞋子就会搞脏。十来分钟后,你重新看到了大楼,它在一百米开外的地方静静蹲伏着。黑暗的天幕下,唯独它灯火辉煌,就像一艘正在沉没的巨轮。你感到奇怪的是,本来以为一直在大楼内部打着转的,怎么一下子到了外面？你重新进入大楼,当旋转玻璃门把你卷进去后,你要一口气往下跑十四层。想想看,十四层!那要跑过多少个转角多少级台阶!但一天又一天,你就这么过来了。你甚至喜欢上了这种烦琐的上班线路并心生感谢,感谢它让你在容易生出赘肉的中年还能保持年轻人的活力。你身轻如燕,脚底抹油,跑过一个个转角,居然气也不喘。你在这种生活中会感受到集体主义的温暖,因为奔跑中你的面前会闪过一张张同事和上司的脸。

这一天,我正飞快地转过一个楼道,差点儿撞到一个人身上。这人是我多年前的一个朋友。他正排在长长的队伍中参观一个展览。那是他们单位组织的一项主题教育活动。他的两个弟弟也在,隔着一片人头我们遥遥点头致意。从前,他的两个兄弟,一个在政府部门工作,一个在商业系统工作,不知道什么时候起他们在一个单位了。多年不见,我们有多少的话要说啊,但排成长龙的队伍缓缓前进着,我的朋友被一种无法操纵的力量推着,只好身不由己地往前移着脚步。我与他道别。我刚转过身来打算继续奔跑,过来一人把我抱住了。他大声哭着,如丧考她。一个人如果不是绝望悲伤到了极致不会发出这样的哭声。我好不容易挣脱开来,才发现那是十多年未见的一个朋友,一个小学同学。他告诉我,他的一生让一个女人给毁了。因为那个女人在快要和他结婚的时候突然后悔了。他怀疑女人不爱他了,但女人却愿意和他一同去死。"你敢不敢?你要敢的话我们现在就一同跳下去。"女人在他们装饰一新的婚房里向他喊,眼睛像黑暗中的猫眼一样闪着疯狂而可怕的光。她变得多么陌生,多么粗野啊。而他又不明白是什么力量造成了这些改变。我的朋友被彻底搞糊涂了,他觉得自己从来没有搞懂过这个女人,从来没有搞懂过生活。他希望大醉一场,如果醉酒能让他更加清醒些……然而当我明白过来,我清楚地意识到这个绝望的男人带给我的只是对一个死者的想象。晚上,我在租住的公寓楼里回想着这一天里在大楼里遭遇的这些奇奇怪怪的事。和我合租这套公寓楼的是一对中年夫妻。那个男的出门了,妇人打扮停当也要出去了。我让她在出门之前帮个忙,把一盏台灯帮我递过来。不知是她心不在焉还是没听清,她递给我的却是一把电茶壶。意识到自己犯了个小小的错误,妇人笑了笑,重新去桌角拿了台灯,还特意拧亮了递给我。白亮的灯光一下子照亮了妇人的脸,那张脸一下子让我想到了盛开的桃花……

我习惯于从梦境的一个房间走入另一个房间。当我在一个房间与另一个房间的转换中,肉体会有片刻的清醒。这时候我会有一种强烈的冲动,把我刚到过一个房间的什物记下来,还有那些咒语般的句子——它们的语气和语法结构迥异于现实世界——就像柯勒律治半夜起来记下他梦中在蒙古皇宫的游历一样。我接受过的文学传统历来赞赏这种做法。但我知道,尽管我以为自己已经醒来,但还是处于梦的余波中。如果在这时起身,那种昼夜之间的断裂会把我自己吓着。这种惊吓中的梦境叙述会带来灾难。因此我继续把笨拙的双手交给床单,把自己完全交给梦境,继续从一个房间走到另一个房间。换言之,在梦中,我需要梦的保护。现在当我坐在宽广的白昼里,在喧嚣的市声中回忆起黑夜的历险,好多梦的碎片再也不可俯拾,那些咒语般的句子也想不起来,但周围明亮的事物让我感到了安全。这让我确信,日光之下对梦境的叙述才不会带来惩罚。现在我就是那个站在高处的人,看着幽暗的逝水打着旋涡远去,消失。

命　令

我接到一项命令,要我去一所中学任事,做某个副校长的秘书。那个副校长据说仕途行情看涨,不久将要去局里出任副局长一职。接到这个荒唐的命令,我的第一反应是不去。领导和同志们都跑来做我工作。照他们的说法,如果我不服从上级的决定,肯定是没有好果子吃的,甚至有被审判的可能。这让我为自己的后半生感到了担忧。同时,我的软弱更让我感到了耻辱。一个人要屈服于权力的淫威是多么容易啊。据说那所中学就在我家的后门,但我家的后门只有一个幼儿园,并没有命令里说的那所中学。那么,这所中学是在我原先白衣巷的居所后面了?我记得那里对着小区的大门的确是有一所中学的,只是我想不起来到底是八中还是九中了。忽然好像明白过来,我住在白衣巷最迟也是两年前的事。那么,这道今天才送达我手中的命令是两年前就发出的吗?它为什么迟至今日才送达我的手上?这两年七百多个日夜,它被哪些手传递又曾经在哪些地方停留?尽管这是一道两年前的命令,但在我收到它之前并没有收到任何有关取消该命令的命令,那么也就是说它还是一道有效的命令。我还是要不折不扣地执行它。费了些周折,我还是找到了那所中学,见到了将要成为我的上司的副校长。我发现这个副校长我是认识的,好多年前还采访过他。但他装出一副不认识我的样子,我也不好意思与他相认。作为一个下属是不好这么随便造次的。接下来副校长交给我今天的第一项任务,陪同他的夫人穿过菜市场回家。我的耳中一下子塞满了嘈杂的市声,菜市场里喧腾着的牲畜粪便和腐烂食物的气息几乎让我晕头转向。接下来我看到让我吃惊的一幕:副校长夫人提起一只公鸡和两条银色的带鱼飞跑起来。身材臃肿如同一只母鸭的夫人跑得如此迅疾,只能让我目瞪口呆。她和无数死去的牲畜的影子一道在我眼前升了起来。

写 下

写下春天的一次葬礼,写下夏天的一场恋爱。写下夜晚驰过的载重货车,半夜醒来巨大的虚空。写下一个男人,一生不停地撒谎却只骗过了自己。写下一个放荡的女人,她的悲剧在于她过分的爱。写下一个爱做梦的人,梦中制造了一个人,这个人又反过来给他制造梦。写下两个女孩,相互爱,相互怜悯,又相互伤害和忌妒。写下一个农场饲养员,一个出租车司机,一个小号手。写下他们脸上的粉刺,每日的早餐,他们的悲伤和情欲。

我今天写下的明天就要消失,甚至我一边写下一边消失:名词消失,动词消失,我消失。它们消失的时候我学习遗忘。

这个春天的后面站着另一个春天

如今我说到某个事物的时候总是想到它背后的另一个事物,比如一件早晨刚换上的外套,它久违的气息让我好像闻到了那一年早春青草的气息,我穿着这件外套去参加了外祖父的葬礼,回来的时候又淋了一场大雨。比如这本叫《佩德罗·帕拉莫》的书,它的背后是一次不长不短的旅行、五月的长兴县和一个小个子的小说家朋友。或许有人会怀疑我是不是老了 —— 因为看起来我好像是生活在回忆中了 —— 还有一种猜想是,我把记忆的重筑作为每日的功课。只有我自己知道这样说时我内心的宁静与忧伤,就像那个从一块小茶点里回想起整个贡布雷庄园的伟大的哮喘病人,有谁能领会他凭此创造出一个世界的喜悦?说出一个事物,然后发现这事物背后的另一个事物,发现它们之间的联系——广大的世界不也是这样联系着——这就是他创造的一种新美学。我是什么时候成了这新美学的信徒?因此我可以说了,这个春天的后面站着另一个春天——是1988年的春天还是1989年的春天?——这本书的后面是另一本书。

各种各样的罪

如果你看,如果你听,如果你被刀子割了手你说痛,那你就触犯了感觉。如果你大笑、流泪,如果你看画、听歌、吹口哨、在炉火边阅读,那你就触犯了情感。如果你拒绝,如果你爱,如果你仇恨,如果你梦见,那你就触犯了思想。那么你就是一个罪犯:感觉犯、情感犯、思想犯。可是,没有那么多如果,你的呼吸也不过是机械的钟摆。

疾病解说者

　　一个疾病解说者,周一到周五,他卖力干着的事是,翻译描摹各种各样疾病的症状:无数肿痛的骨头、痉挛的肠胃,还有掌上改变颜色、尺寸和形态的痣。周六和周日,他兼职做一份导游的工作。一个不忠实的妻子,个头不高,身材略丰,穿一条长不及膝的红白格子短裙,贴身外套上饰着草莓形的花布拼贴。一个大男孩般的丈夫。一个女孩,两个男孩——其中一个在这次短途旅行中受了惊吓——一个愚蠢的艳遇的念头……他虽然是一个疾病解说者,但这个红白花格裙子和草莓短袖衫包裹着的女人告诉他的那个秘密还是让他无以言说。他只好在心里说,天啊,她连三十岁都不到,就已经不爱丈夫和孩子了,已经失去对生活的眷恋和热爱了。这让他感到心情沉重。疾病都是要通过他者的解说，自己的病都是浑然不知，知了也不一定说得清楚。在旅途的终结处，他只是无助地看着一张交给女人的写有自己住址的纸片——这张纸片一路上带给他多少梦想与快乐啊——在山岗上高高飘起，被风吹入丛林。

一抹黑暗

那个女人骑着一辆大功率的黑色摩托车,从法国边境的一个小城去国境线另一边的海德堡去见她的情人。她的黑色连裤赛车服里什么也没有穿。她把车开到一百六十码——甚至更快——双腿紧紧夹住摩托车油箱就像骑手夹紧胯下的马。当她为了减少阻力弯下腰,乳房紧贴着仪表板,这样她的身体就和摩托车交接在了一起,车子似乎成了她身体的延伸,而摩托车的前大灯则成了跨越障碍物时前伸的马头。速度和往事的回忆——这两者都与情欲有关——在这个凉风吹拂的早晨带给她快感。

最后,死神的千百把尖刀向着她捅来,她只感到这些刀会在她身上刺出一个伤口,即她的情人深入她身体的那个伤口,而我们则从这个伤口得以窥见世界深处的一抹黑暗。

痛

——人生非病即愁,念头纷飞

1999年初夏,一天下午,母亲去地里收菜回来,她蹬着的农用三轮车翻落路边的水沟。侧翻的车压住了她。满地奔跑、叫喊着的土豆、莴苣、茄子和青瓜压住了她。她费了好大劲才从车身下爬出来。揉着手臂,她听到了里面骨头碎裂的声音。碎裂的骨头隔了一层皮肤在她的指头下滑动,像是要支棱到外面来。她奇怪的是怎么没有了痛,就好像她在揉着的是一节枯枝,或者一截锄柄。母亲坐在翻转的农用三轮车旁边,要把她的痛找回来。然而,痛,突然地,不期而至时,她连站起来迈出一脚的力气也没有了。她坐着,坐着,不知坐了多久。下午就要过去了。一个被巨大的痛包围着的妇人,坐在暗下来的田野中央,坐在痛的中央。这些痛,是成片被晚风压倒的青草的忧伤。这些痛。哦,这些痛。我们在夜色中找回她,她的半边脸还是歪的。一张痛歪的脸。

连夜送到第一医院。急诊。拍片。送检。从一楼跑到四楼,又从四楼跑到一楼。长久的等待。排队。张望。才芽表哥(他在这家医院做骨伤科医生)拿着X光底片说:"三嬷,全碎了。"父亲看着穿着白大褂的外甥,目光里闪动着畏怯。"全碎了?""是的,全碎了。""哪儿碎了?""是肘关节第三根小骨与第四根小骨的连接处,就是我们平常说的'饭撬骨'。"才芽表哥绾袖,屈肘,在自己手臂上演示着他所说的部位。"哦,是"饭撬骨"碎了。"母亲说。"哦,是'饭撬骨'碎了。"父亲说着好像还舒了一口气。才芽表哥拿出了两套医治方案:1.在肘关节第三根小骨与第四根小骨的连接处揳进钢钉,一枚,甚至三枚、四枚;2.石膏加夹板,使之固定。母亲坚决不用钢钉,于是采用第二套方案。但才芽表哥后来发现,母亲肘部的骨头摔得太碎了,实在太碎了,都碎成骨头渣了,再上石膏夹板也没有意义了。于是配了些消炎的氟派酸、头孢拉定和活血化瘀的云南白药之类回了家。母亲右手的痼疾就是这样落下的。它再也不能举高,不能提重物、抱孩子。这只残疾的手,不能伸展、曲拢。前臂与后臂之间,永远的130度角,或者140度角。到了雨天,它就痛,在130度角和140度角之间,喊着痛。痛。痛。

之前的半年,也是在这家医院,在妇科手术室的一张铁床上,母亲割去了她腹内重达1.5千克的肌瘤,同时她还失去了她的子宫。手术是在冬天,术后,母亲陈年的支气管炎又犯了,可又不能咳,一咳,腹内鼓动的气流就会撕裂缝好的刀口。她憋着,狠命地憋着。脸涨得通红。后来用了120元一小时的化痰机,一种雾状的药剂顺着长长的管子,从面罩处喷向她张开的嘴,才止住了咳。出院那天,我们扶她躺在父亲拉来的平板车上,平板车的下面垫着新鲜的干草。她说,痛。她还说,小腹下面空空荡荡的。这巨大的虚空。这空空荡荡的痛。我知道是身体的,更是内心的。一个女人的痛,将要和她一起走过余生,就像她的影子。

接下来是牙痛。不不,这痛,寄生的时间更早,只是它一直潜藏着,像黑暗中的兽,猛一下拧紧你面部的某根神经。母亲张开她的嘴说,啊啊啊。她说,啊啊啊。她发出这样的音节是向她的儿子展示她黑暗的口腔。里面的牙,没一颗好的了。她说完,就会嘶嘶地吸气。风穿过她空空的牙缝,那声音是多么的冷,冷入骨髓。病牙让她的梦境也透着吹过瓦楞般的细风。嘶——嘶嘶——嘶嘶,嘶嘶嘶嘶,嘶嘶嘶嘶嘶嘶嘶嘶,嘶——嘶——嘶嘶,嘶嘶嘶嘶,嘶嘶嘶嘶嘶嘶嘶,嘶嘶嘶嘶嘶嘶嘶嘶。她睡不着了就会起来,坐在灶膛前烧水。有时凌晨,有时半夜,起来就烧水。直到把所有的热水瓶、水壶、水罐、水坛里都装上开水。她生火,添柴,倒水,再倒水。她注视着火焰舔着铁锅,她拨拉着柴火的余烬,以期把痛移走。她一个人在黑暗中做着这些动作,就像堂哥才生,以前半夜里头痛得厉害了,就走到院子里,搬石头,这边的搬到那边,那边的搬到这边。冬天了,我总避着她。她又在咳了,从早到晚地咳。咳咳咳咳,咳咳咳咳咳咳咳,咳咳,咳咳,咳咳咳咳咳,咳咳咳,咳咳咳咳咳咳,咳咳咳咳,咳咳咳咳咳咳,咳咳咳咳,咳咳咳咳咳咳。我就是不在她身边也能听到这样的咳嗽声。她说喉咙痛,痛得就像支着两块干燥的大石头。她说,咳得胸都透不过气了。她还会说,总有一天,我就这样,一口气咳不好,死了。她总是这样说。我就怕听这样的话,避着不见她。我打定了主意,下次她再这样说,我就打断她:妈妈,不要!我们都不说那个字。不说。不说。

瘤

一个瘤,它生长在腰与臀之间,缓慢地生长了三年。肌肤上一个轻微的隆起,手指触去,它会轻微地滑动,像皮肤下一只奔跑的幼鼠。它是怎样像种子一样生长的?我不知道。我知道它的时候已经大如一颗豌豆。再后来,长成一颗鹌鹑蛋大小。我想象它最初的生长,就像一滴雨的形成,开始是一粒毒素的尘埃——生活将在我身上积淀多少毒素!——一天天的,周围集结了越来越多的纤维和脂肪。它在我睡眠时生长。在我谈话时生长。在我写字时生长。它生长。生长。缓慢地生长。直至有一天,我无意中隔着裤子摸到了它。有点点麻。痒。还有点儿——恐惧。当然这恐惧很快被打消了。在第二人民医院工作的三皮告诉我,这个叫瘤的体表突起,在医学上叫囊肿,皮脂腺囊肿,你可以不必理会它,它基本上是无害的。这又让它在我的身体上成长了三年。这三年,我与它相安无事。尤其开始一段时间,我几乎忘记了它的存在。按理说,我们可以长期友好相处,犯不着上医院挨上一刀去切除它。可我最终还是上了医院。因为不管怎样说,平滑的肌肤上长出这么一个凸起之物毕竟不是好事。它让我好长时间不敢进公共浴室(在我们这个南方小城,冬天洗澡只能上这样的公共浴室),夏天不敢上游泳场,大热天气里不敢赤膊。我怕听到这样的惊叹语气:啊,一个瘤!还受不了一次次这样的关心:哦,没事吧?不会再大了吧?当他们用这样的语气跟我说话的时候,我就意识到自己成了一个病人。我就恨不得有一把闪亮的手术刀切除它,也切断他们杂乱的视线。自觉远离他们,成了我唯一能做的。可是我还是受不了,受不了他们关于此疾病的种种的揣测。这些揣测不外乎以下这些:1.尚无证据表明它会传染,但还是不能掉以轻心;2.这种疾病或许是遗传的,或许是器质性病变,如果是后者,此人的生理和心理都有问题;3.不排除以下种种心理问题的可能:这是一个心理时常受挫的人,一个不能发泄自己的人,一个遭受压抑的人,更有可能是一个经常压抑自己的肝火和性欲的人;4、5、6……我终于挑选了冬日里晴朗的一天上医院去切除它。我必须去切除它。CT拍照显示:1.60×1.30。这是它在我体内所占的空间。微小。椭圆。可是我感觉它几乎占去了我全部的生活天空。光标在底片上滑动,在晦暗不明的身体内部滑动。骨骼。体液。脂肪。纤维。三皮说,你看,它是透明的,肯定是脂肪瘤,对对,就是囊肿,没大问题,其实你不必急着在冬天切除它,冬天气候干燥,刀伤愈合起来慢得多。可是我已经等不及了。我几乎是逼着三皮立即给我找一个外科大夫。十分钟后,我躺在了外科诊疗室的一张简易病床上。腰臀之间的这一圈皮肤裸露在了空气中。两分钟后,皮肤感到了酒精棉花擦拭的沁凉。局部的麻药针让我感到身体的这一部分不再是我的。五分钟后,我听到了皮肤割开的嗖嗖声。手术刀。镊子。小剪刀的咔嚓声。酒精棉花。金属托盘的叮当声。再过十来分钟,围着我的医生走开了。整个过程就这样不到二十分钟。我被嘱咐再在这张小床上躺半小时,待麻药的药性过了再起来。可是他们一走,我就迫不及待站起身,拉上裤子,整好衣服走出了诊疗室。一会儿我就来到医院门外的和义路上。我看着姚江公园里像哲学家一样散步沉思的病人。看着河水。靛青的河水像冻住了。我看着河对岸的槐树路。那里没有车,也没有人,只有靛青色的天空,压着江岸细弱的柳树。真是个寒冷的冬天。

上坡·下坡·单车

解放桥开始整修了，施工队在烧电焊，焊花落进了桥下的河里。桥的两端用天蓝色的玻璃钢瓦设置了路障，车辆不能通行，行人也不能通行。每天清早，我都要为怎样去河对岸的银行大楼犯愁。那里有我办公的一张桌子。隔着河，土灰色的银行大楼看上去是那么近，可是要进入这个城堡却大费周折。去银行大楼有两种走法，每一种走法都要绕大半个圈，费时30到40分钟不等。第一种走法是向东。骑着单车，穿过解放北路上的十字路口，依次经过苍水街、中山东路、新江桥，再沿江岸的槐树公园骑行。路上要经过市政府、中山食苑、出版社、新华书店、雅戈尔大楼、意卡菲、长发商厦、新世纪百货、第二百货、新华联商厦、培罗成大楼、东门口邮局、新江桥、老外滩、金港大酒店。吹着江风上了新江桥(这里的风咸壳壳的,有了海水的气味),不远处是江厦桥、灵桥。这三座桥横跨着三条江——姚江、奉化江、甬江。这就是三江口,三条江汇流在一处的地方。很多人喜欢把它作为这个城市的一个标志。但除了江宽,除了风大,除了停泊的船,我看不到别的什么。在这条路上,我遇见过无数步履匆忙的公务员、店员、公司白领和成群结队逛街的妇女。走这条路的好处是新江桥不陡,不用费劲上坡下坡。不好之处是人挤,车挤,红绿灯多。第二种走法,从我白衣巷的住处,沿西河街向西,到翠柏路折向北,经新芝路、永丰桥、槐树路。这样走路远些,人、车少些。路上会经过第二医院门诊大楼,中医院,高塘二村、三村、四村,高塘菜市场,槐树小区,槐树公寓。在永丰桥上还可以看到似乎永远都在施工的大剧院工地。永丰桥是这座城里我见过的最长的桥了。桥下是姚江和永丰路,再加两端的引桥,总长度1000米到1500米之间。我骑着单车晃晃悠悠上了桥面。大风好像要把我吹走。我弓身,猫腰,双脚用力蹬踏。蹬。蹬。蹬。随着蹬踏,身子起伏,就像踩着一辆水车。蹬踏得厉害了,屁股抬起来离开了坐垫,人几乎站立在了单车上。上坡。下坡。单车滑行、转弯、直行。在桥上吹着大风想着我在老家的父母我总是想哭。走完这座桥我总是大汗淋漓。几乎每天都是这样,上坡,下坡,蹬着单车。像追赶着什么,又像被什么追赶。我36岁了。我几乎还什么都没有过。我刚刚开始学习观看,学习爱,学习谦逊,学习承受广大的寂寞。每天就这样,上坡,下坡,像一个少年一样蹬着单车,再把自己像一枚硬币塞进老虎机一样送进大楼。握手,点头,寒暄,表格,公文,方案,政治学习,流言。一个人可以忍受多少失败?上坡,下坡,多么无聊。上坡,下坡,多么失败。下一场雪吧。下一场遮没这个世界的大雪,让我像马可瓦多一样,早晨醒来发现我居住的这个城市消失了,我要赶往的单位消失了。至少是今天,城市、单位、晃动的脸,今天都找不到。

彼此相通的房间

我来到江边的一所中学里,那幢土黄色的大楼有三四层高,我站在任何一个位置看过去,都有好几道门。那些门涂着绿漆,上面有两扇玻璃气窗。我住的房间看起来是独立的,但进去后我发现,过了一道门是一个放着钢琴的房间,再过一道门,是一间画室。也就是说,这里所有的房间都是打通的,随便进入一间房间,就可以进入别的房间。

最近的梦境里经常会出现集体的场景,一般是会场,一大堆人挤在一起开会学习。这个梦里是他们在集体吃药,吃一种淡黄色的药片。我不知道他们吃的是什么药。我想一定是让他们发出同一种声音的那种药。

稻草垛

我清楚地意识到我在做梦。我看到一个个人走来,又消失。我告诉自己,要把这一切都记下来。有一刻我感到了轻快,因为这些来来去去的人我再也不用担心他们消失,文字会泄露他们的踪迹。我甚至梦见了自己用笔在记录他们。可是我怎么也记不住我记录的文字,我的记忆力在梦境中减退到了一个智障者的地步。直到早晨起来,我所记得的也只是这唯一的一句:我创造了他,却从没有看到。这让我颇费思量,我创造的是什么?首先我会想到,那是一件艺术品,一件手工制作的艺术品,但梦境里它好像指涉某个具体的人。一个女人,一个朋友,还是我事实上并未出生的儿子?接下来,我是在老家,南方的一个普通村庄。我和我妻子回到那里补办一场婚礼。当我走在村中心的晒场,无数灰白的稻草垛向我发动了攻击,它们沾在皮肤上又凉又湿,让人有不洁之感。我好不容易挣脱了稻草垛的包围,去找我新婚的妻子,我担心胆小的她也遭到了攻击。父亲告诉我,她在灶间哭泣。这时,梦境已渐渐上浮,我越来越意识到比大脑更先的身体的苏醒。它变得坚硬、灼热。身体里越来越大的空洞使我侧过身去,抱住了床上的另一个身体。

雨打在脸上

每个人的过去都是一座城,记忆的大鸟不时拍打着翅膀穿梭在这座城中的车站、电杆和街角之间。有时我听到这座城中麻石路面上橐橐的脚步声遥遥传来,又渐渐远去。谛听中,旧事物的气息弥漫而至,那数不清的季节和眼泪,如今是在哪一个大风的隘口流浪,像一群失踪多年的山羊?

我把中年的脸隐在一片午夜的灯影里,我的案上除了文稿,还有一杯苦咖、两只苹果。我比老巴尔扎克幸运多了,他老人家独闭斗室奋笔跃进的时候,桌上只有一杯清咖、几只李子。我想象我头上没有一片瓦,天下着雨,我没有撑伞。雨打在我的脸上,雨落进了我的眼里,我是一个南方的少年情人。我还想象这一夜,有一个叫雪的女子将从某本暗蓝封面的小说中走下来,而现在,她正在这本书的第72页上对着商业大厦的玻璃拉门打量自己。看不清她的脸,她转过身来的时候,脸上也是一片空白。这是因为我在阅读描写她的肖像的那一章节时疏忽了的缘故。她坐上往南方的火车,火车在广袤的田野上像一根蠕动的长绳。她是绳中的一个结,美丽的结。同时我看见在南方一个小站的铁道边上,一个男人不时地看着腕上的欧米茄手表,焦躁不安地走动,像一只孤独的林中兽。雨打在他的脸上,雨落进了他的眼里。10点30分,他走进一家花店躲雨,给一个叫雪的女子拍了一封措辞绝情的电报,并用一支拴着链条的钢笔在电报纸上签下了自己的名字。10点40分,他回到住处,就着烛光,重新翻开那本暗蓝封面的小说。又过了10分钟,一个叫雪的女子在这座遗忘之城四处打探一个男人的住址。她飘忽不定的笑容几乎让这座城的每一个男人都相信:她要找的就是自己。然后,女人就蹲在街角哭了,她哭的时候突然发觉再也回不到那本暗蓝封面的小说里了。书中的一句话符咒般神秘应验:一个女子哭泣是因为她再也找不着回家的路。

这座虚无的城突然消失了，雨不再打在我的脸上。我走进这座城的时候，周围的生活——桌子、苹果和灯光——都成了幻觉，真实的只有面前的一沓文稿。现在我终于走出这座城了，我打算吃掉两个苹果中大的一个。

迷途者

从故事第一页传来的钟声像一朵落去的花,在水洼上摇荡出细细的水纹。季节已行进到了深秋,他听见冷雨敲窗,像男人的指节在桌子上漫不经心地起落。这是一个冗长的下午,他喝了一点儿酒,开始整理抽屉中的旧物。他是在寻找春天时在这座城市的广场上拍摄的一张照片。他清楚地记得,拍照那天阳光很好,他穿的是一件灯芯绒夹克衫。那时,这种双排纽的夹克在城中曾风行一时。

照片上,他的背后是仪表大厦高高的钟楼,他站在钟楼的阴影里。早几个年头,钟楼附近发生过一桩离奇的凶杀案:一个小胡子的电影放映员被人杀死在他的寓所里,令人惊异的是,电影放映员身上无伤,脸上还滞留着某种神秘莫测的笑容。他照这张相片，是在完成了一部有关钟楼事件的小说后，看得出，他的脸上还残留着激情写作之后的倦怠。

他走出公寓，完全是不由自主，仿佛有一阵神秘的风在推着他走，他不知道自己的脚要把自己带到哪里去。茫然之中，他就要一脚踏入河里了，河面上突然升起了一座桥。他走上桥，感到背后有眼光射来，像两粒子弹把他洞穿——说真的，自从他来到这个世上，无论他写作、散步、做爱，他都摆脱不了这股目光。现在他看到，秋日的河水平静而渊深，雨落进河里，轻轻地细语，像在商量着什么。这场雨似乎自他记事起就一直在下了，他不知道什么时候雨才停止。他想一定是有谁恶作剧，让他老是像一只软木塞一般浮在一场大雨中。

他想起了昨夜的一个梦：他和前妻一起读一本他刚出版的小说。他在小说中写到了他们苦涩的初恋。他的妻子哭了，她潮湿的呼吸像一阵雾包围了他……在不该醒的时候他醒来了，他听见走廊里没关紧的玻璃窗发出鸟叫一般咕咕的声响。他大睁着眼，时间在床底下如一群活泼的鱼。"我醒着。"他告诉自己。可一切更像是一个梦境——不真实的桌子、床架和玻璃窗上的反光。透过没有关紧的门缝,他看到了窥探他的梦境的眼睛,这双眼睛长在一张没有表情的苍白扁平的脸上。

街上空无一人。没有风,可他的脚步越走越快,像急着赶赴一个约会。经过一个灯火微明的咖啡馆,他刚想进去喝一杯,可他的脚步又把持不住向前滑。他不知道这双要命的脚要把自己带到哪里去。在十字路口,他看见了前妻的背影,她偎着一个棕色西服的高个儿男人,还是那么的有风情。他痛楚地喊了一声,可声音只是闷在身体里久久回旋。他陡然发觉,一切很像是五年前他刚和前妻分手的那个夜晚。仿佛有一双神秘的手,把流年推到了从前,或者说,把他推进了一个循环往复的巨大旋涡。

一切都是不真实的,街道、商店,甚至婚姻,甚至午夜的写作。他发觉自己迷途了。他告诉自己:"我要让生活停下来,我要好好想想。"他回头了 —— 那一刻,他看到了那双手,那双一直在翻动他的生活日历的手;看到了那双眼睛,那双由于熬夜而显得无比倦怠的眼睛。他终于明白,自己一直只是一个词语。那个忧郁的年轻男子马上就要睡过去了。他绝望了,黑暗就要来临,迷途者将永无复返的机会。他听见了书页重重合下来的声音,世界消亡了。他可以想象,夹着自己的那本书一插上书架,就是一具灵柩。

夏天的采石场

夏天的采石场像一巨大的环形火山,荒凉,燠热,不见一棵树。光在膨胀,在乱石堆中跳跃、流淌。在充满阳光和苦艾的空气中,你无法睁开眼,你只能从睫毛上淌下的咸津津的汗水中捕捉到炫目的光亮和色彩。极远处,蝉的穿透力极强的嘶鸣像一架老朽的纺车的咿呀。

在梦中,我无数次站在这个采石场的入口处,那是在穿过桑林小径,走过一大片红薯地之后,我目光被峭壁上的一个身影牵引着。他的腰系在一根粗长的纤绳上,远望去,像一只网中的蜘蛛,我知道,这张网有一个更为具体的名字:生活。看不清他的脸,他抡动钢钎的动作我无比熟稔。我是在梦中和三十年前的父亲遭遇。

我踩着滚烫的砾石走向他。我的心情是观瞻罗丹的雕塑作品的心情。石隙间,蜥蜴转瞬即逝,群峰之上回响着风的轰鸣。我说:爸爸。我想我应该懂了,生活着劳动着是这世界最高的美德。

起风了,夜一般轻。阳光像薄薄的金箔,游移不定。我发觉我的声音被风掠走了,风潜入到更远的草丛里。或许我从一开始就只在跟自己讲话,就像有些人,从不在人群中表露什么,只把声音在心里哭出来。

在梦境的深入中,牵引我目光的桑林中的一个红衣女子,她总在我前面四五步的地方,仿佛触手可及的爱情,但我总无法逾越她,只能在她身后不即不离像一个情欲鼓胀的少年。她的行走寸尘不生,那是因为她的赤足起落在青草丛中。多么纯净的两支藕啊,玉一般的光泽向我的眼睛扇来阵阵沁凉的风。在一个叫鹿亭的山坳里,她开始唱一支动听而稀奇的歌。这时太阳已完全看不见了,她的歌里有一种日暮倚修竹的唐诗的古典。我无端地想起山鬼的传说,但我已在所不惜。我隐隐地有一种祈盼,祈盼我是走进《聊斋》的青衫书生。我不再想去看清她的脸,她的喜嗔,她的背影撩拨着我,我从来不知道一个女子的背影能有这样的万般风情。

但路的尽头只有夏云变幻着奇峰,变幻着莲花、老僧,仿佛是佛的幻化。那么,她是死亡的影子?多美的精神的憩园啊,这个夏天,我是不是曾经钟情于她?常常是这样,在烛红摇影的夜晚,在深黑的墙影里,清风吹梦,吹不散的还是她的背影。

生与死就像一枚银币的两面……当我的精神自我放逐的时候,采石场的凿石声响起,叮叮咚咚,多么贫乏、单调的声响啊。这个时代还有别的奇迹没有?除了梦想,除了让大地围绕梦想转动,我还能干些什么呢?桑林中的红衣女子,我要把你藏在一支大橹里远泅,我要为你锻打一朵精致的玫瑰,用我经受的全部苦难和梦想。你是我众里寻觅的最后归宿,你还要我说什么?

现在大地已经沉寂了下去,夏天远逝,鸟雀站满了黑暗的枝头,采石场像一只被人丢弃的孤零零的旧雨靴。一切的声音,我爱着的人和世界的声音呢?夜晚的神祇降临,那无比的黑暗比光更亮。世人啊,我迈开脚步,悄悄走在通往永恒的老家的路上。

从深处

我梦见时间斑斑驳驳的脸。

我梦见两个草莓一样的女孩,她们的头发分成两绺,像一扇窗户的两片窗帘。

我梦见记忆像一枚冬天的干果爆裂开来,梦见冬天的太阳像一阵雨,梦见精美多汁的书籍挂上了音乐的树丛。

我梦见死去的人们为一场恒久的秋雨所唤醒,向我坐近,他们的脸色疲惫且昏暝。

我梦见坐上地铁,地铁奔驰在一场大雨中。我梦见火车的鸣叫穿越月光下的满地花枝……寂寞的火车挥动它小小的蒸汽手绢。

我梦见一个欲望充沛的女人走进房间,她的手掌是白色透明的,她的嘴唇像一粒红红的纽扣。

我梦见了鱼,真的,那么多鱼,活泼泼的,在床底下游。有水,也有阳光,阳光把鱼的影子投在水底。我醒来的时候,窗外有一辆洒水车驶过,消防中队晨跑的口号声准时从街角传来:一,二,三,四……

我梦见一个死去的写小说的朋友,他在大日头底下向我微笑。他戴着阔边太阳帽,携着一卷小说手稿。我向他走去,他突然像一片蒸汽消失了。

我梦见在山间行走,穿过一个幽暗的竹林长廊,走进一个山洞,洞里全是书,书装在套盒里,像一具具灵柩。

我梦见故去多年的祖父坐在向阳的坡地上,他的颏下长出了一把五颜六色的胡须。

我梦见从高处坠落,就像一块滚石。

我梦见黑暗中有什么把我紧紧追赶,谋杀者?凶猛的动物?我自己的影子?

我梦见躺在湖畔的林中,我和岸上的古树们友好地生活在一起,和水中的鱼心心相印。我孤零零地躺着,等待一个人从我这里走过,一只小鸟跳上我的胸脯,它说:"你等来的是你自己。"

聒噪者言

"时间的一滴坠落了,"弗吉尼亚·伍尔芙在《海浪》里写道,"在我心灵的屋檐上形成的一滴坠落了。在我心灵的屋檐上,时间一边形成,一边又在坠落。"我读着的时候,窗外正飘着长秋的冷雨,疏雨震瓦,如鸟雀细碎的脚步声。窗前挡雨板上一滴圆润的水珠,悬而未决。我长久地凝视着这个折射着天光的亮点。静穆中,我似乎看清了习惯遮蔽下的某种东西,看清了这世界赤裸裸的底蕴。我再也分不清到底我是小说中的伯纳德,还是那根本就是一个虚幻的影子,但我相信,这种坠落意味着时间正愈来愈收缩集中,趋向一个目标、一个点,这一事件就是真正的循环。我想,那个言称他跟超现实主义者的区别在于他是一个超现实主义者的画家达利说得真好——他说这世界还没有一只蝴蝶大,且从未停止过收缩!——对达利来说,这世界汇集成了一点:皮尼昂火车站。在我(在这个秋雨绵绵的下午),这世界就是面前的一本书和窗外那高悬未决的一滴水珠。

我时常登上这座城中的一座土丘(传说中的大禹曾把治水秘图藏于此处,因此它叫秘图山)。我眺望着脚下这座城市的时候,世界正从我身边急速逝去,就像火车启动时两旁逝去的树和低矮的房屋。过往的时间如大雪纷扬遮断归路,这座城两千年前的市井生活正在我站着的土丘下喧嚣,和眼前的情境汇集成一册今古传奇。我还知道,我静穆的此刻,生命中已有什么悄然发生了变化。树丛中,蛛丝在秋阳下熠熠闪亮,被风扯出老远,像总断不了根的往事。然后我下山,和饱食终日、无所事事的少年们擦肩而过,走进满脸情欲的焦虑的男人们中间。从此我将遁入黑暗。夜梦中,不再会有星星迷人地坠落。我开始梦见窗帘,梦见枝形吊灯,梦见剧场里的一束灯光和跳舞的女人。

那些天,我老是在自己脸上画十字(天知道为什么),我想象自己站在通风教堂的门口,神情肃穆,像一个中世纪的牧师。我一盏一盏去点亮教堂的一百零八盏风灯,灯影中,我的背影被风吹向人间。我甚至喜欢上了霍夫曼笔下的雄猫穆尔,在一部又一部蒙满尘埃的旧籍中出入,然后向另一只猫(当然是异性)吹嘘生活观,然后求爱,成婚,再然后,悄悄地敛迹藏身在一本十九世纪的旧小说中。我就要这样平凡地过完一生,谁也不知道我内心狂澜深潜。我在街上一转悠,就能编出一个故事来。我至少编成了上百个故事。我曾在许多页拆散的笔记簿上记满了辞藻,那都是些美好的形容词和潇洒的动词,我准备以后用在我真正的故事中。奥登说判别一个人是不是真正的诗人,只要看他的写作是为了说出什么还是为词语而感动,我想这么说我就是诗人了——一个词语的游戏者。

从现实和书本的交接处寻找真实,这是我喜欢干的。但我越来越看不懂身边这个世界。我这么说并非我不满意这个世界,它本来就是如此,即使把它置换成另一个星球,那又怎样呢?生活总是与我们最初的愿望背道而驰。我希望这世界过两千年就重新更迭一次。由此我想到,这世界萎缩到最后有可能就是一把火,这把火带走了在世者一切的荣耀、耻辱与梦想,又从这一面的消歇走向另一面的新生。当你在一缕轻烟中回首往事,总有些什么要对上帝说吧?但达利说了:"你不能对上帝说话。"不说就不说吧,起码你现在可以在上帝的背后聒噪。

蝉声穿石

立秋那天早晨,我照例在河边散步。一阵悄无声息的风过后,天与地倏地分开,空气也不再那么黏滞混沌,平静的河水像一面被少妇的手细心擦亮了的镜子,薄薄的阳光在上面轻盈地跳跃。我望着我们城中那座著名的拱桥,它像一张弓紧绷着,横跨江上,有一种隐秘的力量。它完美的造型让我想到了气候渐变的弧度,一种平静的欢悦浸润了我的全身心。在这个立秋的早晨,我站在这个巨大弧形上的一点,身上每一个张开的细胞都确切地感受到了充盈天地间的节气变化的气息,那水声,冷冷的,也带着些微的凉意了。

"乾坤的变化,乃风雅的种子。"这是十七世纪日本俳人松尾芭蕉说的。在这里提到它,只是因为这些日子我对那种简洁、素净的句子深感兴趣。除了芭蕉,我近日在读的还有与谢芜村和小林一茶。这种参差不一的句子引起的阅读体验是奇特的,它们犹如寺钟的一击,余韵缕缕,在心中一漾二漾地波动着。

前些天,吃晚茶的时候,我跟朋友谈起了松尾芭蕉。在慨叹芭蕉式的竹履芒鞋走遍万水千山的诗人精神的式微后,我们说到了他的俳句。不是"为白罂粟花撕下翅膀作纪念"的那只蝴蝶,也不是扑通一声跳进古池塘打破百年沉寂的小青蛙,我们说的是关于秋蝉的一首:

> 古刹静,秋蝉鸣,
> 声声渗入岩石中。

我揣想那是个秋日的午后,风一动不动,寂静在古刹上空蔓延,寺门紧闭,阒无人迹,突然一声蝉鸣,更增添了静寂的气氛。这蝉声清澈剔透,不知不觉渗入了虚空,全山的岩石也慢慢化为一片巨大的寂静……朋友说,无形的蝉声渗入有形的岩石,穿透心灵,这是一种沉思中的幻象,幻象中的本真,在对自然的体悟中,抵达精神的宁寂与澄澈,蕴含其中的是一种东方式的智慧。

说到东方智慧,我想到了平民诗人陶渊明和他那首著名的《饮酒》(其五):结庐在人境,而无车马喧。问君何能尔?心远地自偏。采菊东篱下,悠然见南山。山气日夕佳,飞鸟相与还。此中有真意,欲辩已忘言。

一个人在车马喧喧的热闹处所怎么能过清静宁寂的生活呢?其实陶渊明早就懂得,宁静,就是心灵的井然有序,因此他饮酒、写诗,生活在本色当中。冯友兰在《中国哲学简史》中说这首诗体现了道家的真髓。真的是这样吗?青山入帘,天空有鸟飞过,在这平和静谧中,凸现出了"真意"——宇宙的真实,这到底是出世之想还是对生命意义的积极探索?

阿克翁的英译中,把"真意"译为"A hint of truth"(事实的暗示),真好。"此中有真意,欲辩已忘言",在这些中间有一种真理的启示,但当我开始诉说,却找不到适当的语言。真理的呈现正是通过那些小小的物象的暗示:林中小径,倏忽来去的小鸟,薄暮时分的群峰……你想把它们带到语言中来吗?嘘,别出声——不出声该有多好。

物的启悟,心的悸动,更多的是来自暗示,而不是明晰得一览无余,这不是东方艺术的理想吗?"言有尽而意无穷",甚至这种理想也反映在东方哲学家表达思想的方式里。

那么,今天我们在城里看到的那群怅惘的鸟,还是启悟过陶潜先生的那群鸟吗?我们每年秋季费心莳弄的那种充满象征意味的黄色小花,还是浔阳柴桑那一朵朵清洁的菊花吗?不能不慨叹,文明在一代代的薪火相传中已渐离初衷,失去了它不该失去的。"心远地自偏",今天该还有怎样的骄傲和自信呢?

我想起了童年时代,在一个叫梁弄的小镇的藏书楼"五桂楼",最初看到门楣上"日夕佳"三字时心灵长久的颤动,还没有被文化浸染的童贞的心,已经从这三字感受到了笼罩我们生命的神秘。"生命中不可言说之欢悦"(克尔凯郭尔语),我是在哪一年真正领悟到的呢?

几年来,我出入在一本本书籍典册中,想寻找到涵养于艺术中的东方智慧和精神的实质。当我坐在书房里,穿行在一个理念的堡垒中时,不可否认的是心灵由于没有了鲜活的滋润渐渐地走向干涸。原来这精神离我是如此的近,那么自然,又那么令人欣慰,它就像立秋早晨的那片阳光,轻轻地照耀到我,就像芭蕉俳句中的那声蝉鸣,一下就穿透了我的心灵。我想这种精神的实质就在对生命感悟的欢悦中,在心灵的彻底舒展中,实现生命无所不能的自由。

那个立秋的早晨,我从江边散步回来,折了一枝紫葳花,插在一只细口瓷瓶里,我做着这一切满心欢喜。粉红的紫葳花瓣打着皱褶,就像少女的裙边,纯洁而又飘逸,把我这感受模仿日本的短歌体写了下来:

紫葳花开,
少女的芳香,
脚步声里。

一位女士的肖像

她喜欢看《上海一周》,每一期都没有错下。这份有关时装、美食、美容、饰品、私家车、娱乐八卦和言情小说的白领读物,她一周一次去报亭购买。从办公室到报亭有好长一段路,这使得每一次购买过程有了一种形式感。从这一点看,她是一个形式主义者。她喜欢事物的形式甚于事物本身。如果没有形式,她也会自己创造一个。现在,春天的一个下午,桌上的一份报纸、一杯冰摩卡和一杯卡布齐诺把她和对面的男人隔开了。天气好像一下子热了起来,街上已经有女孩穿无袖短衫了,她还穿着半高领的黑色羊毛衫。她的嘴唇轻轻颤抖着,胸脯微微起伏着,脸也红了,这是因为她刚刚说出了一个秘密(或者一个她自以为的秘密)。这个秘密在说出口之前已经让她晕眩了。一个女人说出了秘密,是不是就把自己交出去了?有一瞬间,她感到了迷惘,还有——害怕。她这样对坐在对面的男子说,我怕你。从小,她被寄养在亲戚家,无人管束的童年养成了她敏感、内向、固执的心性。她不止一次说,我是个自私的人。对面的男人看着她,好半天没有说话。但即便如此,他还是觉得自己的在场像一阵风,让女人的身子像叶子一样轻轻颤抖着。他又何尝不是一片叶子呢——被欲望的旋涡卷向不可知的深处。他想起有一天,她去上海的路上说的话:托尔斯泰说,我们只剩下灵魂了。

记一次梦中访问

开始的时候,我好像是在看一场电影。后来我在一个建筑群里转来转去。门口的一块牌子写着克洛德·西蒙的名字,我就进去了。他就像照片上那个模样,一个瘦高的老头,高颧骨,眼睛深陷。他裹着一条毛毯,坐在躺椅上。我结结巴巴地向他问好。他说他在睡午觉,每天都要睡一会儿,过一会儿再和我说话。我打量这屋子:长长的松木地板,中式家具,梁上有烟熏的痕迹。正当我出神的时候,一个老妇人的影子在门廊飞快地移过。她的身子只有一个孩子高,像是一个侏儒。后来我知道这个侏儒就是西蒙的母亲。西蒙醒了,他和我说话时很不耐烦地晃动着椅子,发出吱呀吱呀的响声。他养的一只大公狗长得像匹狼一样,把头往我的裤裆里拱,被他喝住了。他自己则轻轻抚摸着跳上他膝头的一只猫。猫全身绿色,没有一点儿杂色,我想这只猫可能是西蒙的一个女人。

世事如烟

江边的瓦板屋里,那人咳嗽了一声,桃花就红了。他听见邻家妇人的梦呓,像远处草坪年轻的呼吸。那人的手触到了日子的肌肤,是一张萎缩的白纸。

那年春天,道路迷失了自己的方向。他从车站出来,看见车玻璃上许多人影,像经冬的荷梗。伤逝的气氛在大街上流淌。

大街像一面又湿又亮的镜子,那个遗失了雨具的男子在哭他内心秘密的事。鼻翼翕动,就像一匹瘦马。后来他走过水塔的阴影,把自己关在一间夜色灌满面的屋子里静静地想些什么。

听着风声,他把灯芯草拨得再长些,好看清夜的面容。他觉得夜就像他一个出走多年的兄弟。他赶了那么多路,大口喘息着。他们挤在一张床上,他睡不着。读一本在枕边放了一年的小说。第一页上暗香浮动,第二页,月亮的背面长满了青草。古典和梦境——这像是他喜爱的。

父性之书

乌纳穆诺

乌纳穆诺是一团沉默的火。有人从中读出现代人几乎与生俱来的忧虑,也有人从中读出心智的悲凉:思考死亡即为了安顿生命。乌纳穆诺首先是一个文体家,文风恣肆汪洋,于纵横捭阖中见出生的信念与执着,哲学家中少有他这样"狂"出真性情的。

1914年问世的《生命的悲剧意识》(又译《生活的悲戚情感》),乌纳穆诺研究了作为灵肉合一的具体的人。乌纳穆诺是一个真诚的人,他的言说源出生命的内在冲动又归结于生命,或许他是在忧虑中创造了他的哲学思想,就像在忧虑中人们创造了上帝,创造了堂·吉诃德和杜尔西内娅。他不是一个伪善者,这一点无可置疑。

悲天悯人。对,就这样,既然乌纳穆诺的悲戚情感我们也在体验,自然,他的思想我们也可分享。如果你的灵魂受到创伤,你不应服食鸦片以求安适,而应在创口上敷散盐粒和酸醋,因为你一旦堕入睡眠而不再感受苦难,那么你就不再是一个人。而乌纳穆诺的书于磨难中的人,就是盐粒,就是火。

我初读乌纳穆诺,是在1991年的初春,剡溪边上。入夜,剡溪水如一面平滑的镜子,间或有零星的雨点打破宁寂。我当时知道,我的灵魂在经历一场大撼、大痛。我想象着西班牙,这个遥远的国度,想象着80年前萨拉曼卡的沧桑日落,我祈望这团"沉默的火"展开卷宗,燃烧我的心灵和大脑。

帕斯卡尔

数学天才、散文大师、一个宗教圣徒式的人,这就是帕斯卡尔。当同时代的笛卡尔提出计算理性的逻辑,上帝仅仅成为一个字眼而不是推动宇宙的最初动力时,帕斯卡尔提出了心灵的逻辑:思想形成人的伟大。

很难再去考证这个300年前的孤独者是否被人爱过,或爱过什么人,我们唯一知道的是他把自己献给了自己的上帝——这上帝已经超出了冉森教派拥护者心目中的上帝而囊括了人类思想的全景。他如一道闪电划破天空,其光亮照出了人间的风景。我们一再说起他在著名的羊皮纸中告诉世人的简单话语:"人的灵魂的伟大。"再就是:"欢乐、欢乐、欢乐、欢乐的眼泪。"这个天才的几何学家,嘲笑的却是物质！在他看来，世上所有人的身体也抵不上人最轻微的思想，如果他来到我们这个"轻、薄、短、快"的物质年代，面对那么多我们引以为傲的机械，我想他也许只会不屑地耸耸肩。

帕斯卡尔指引人的力量就在于他的心灵。他通过一条陡峭的道路，把自己上升到了世上最孤独的几个人里面，在那儿，他等待着所有心力交瘁的人们。他的《思想录》就这样抵达了我们心中的一块敏感地方，并被深深地接纳到我们最隐秘最个人的心灵深处。

蒙 田

由于他写得真挚,对于那些不只用眼睛阅读,而且也用心灵感受的人,这本书是不会没有价值的。我说的是蒙田和他的《随笔集》。你可以把这些文字当作蒙田留给世人的一些痕迹,因而更恳挚而亲切地怀念他。

古希腊毕达哥拉斯学派以奥林匹克运动会为喻,把社会上的人分成三类:一类是做买卖交易的,一类是参与竞赛的,最后一类是"旁观者"。我想,把"旁观者"称为"静观者"更确切些,"静观者"的本义就是哲学家 —— 阐明世界的精神,发现、宣扬新的真理的人。生活在古堡里的蒙田就是这样一个"静观者",他的"存在"就是思想。闲逸使心灵安逸,他因此决意隐居一世,不理旁事,只是做一个"说话的人"。他几乎是有点饶舌地说他的书房,说他的生病,说他所发现的生的乐趣。

哲学的任务是培养我们的智慧,由蒙田,我的心智认识到生活乐趣的大小是随我们对生命的关怀程度而定的。蒙田教会了我,把日子分成好的或不好的。坏日子,我要飞快地去"度";好日子,我要停下来细细品尝。因此我要说,谢谢您,蒙田先生,您的书在我的书架上占据的并不仅仅是一个角落,我的内心写满了您的名字。

克尔凯郭尔

夜静着,钟已经打过十二下,一墙之隔,传来午夜影院《飞越阿拉斯加》的枪声和马嘶。夜静着——那是一只鼓张着翼翅的孤独的大鸟——正掠过荒野冰冷的河流,自然就这样充满征兆吗?鸟儿的啼鸣、远去,鱼在水下的沉潜,风的微语……今夜我读到的真是克尔凯郭尔吗?和我整整坐晤了大半夜的,真的是那个在25岁就体悟到生命中"不可言说之欢悦"的"那个个人"吗?

人是需要交往的,与他人,与自然,与神,抑或自言自语——与自己的心灵交往。我一直很喜欢T.S.艾略特说的"和自己争论产生诗,和别人争论产生思想",但现在我已很少把自己浪费在无谓的争辩和喋喋不休的闲聊中,因为我开始懂得,诗和思想,都是在和自己的交往,在灵魂的独白中产生的。

《勾引家日记》真的是克尔凯郭尔假托约翰尼斯之名对美丽的少女柯黛莉亚的倾心之言吗?他的激情,他的生之欢欣、爱之领悟,就这样终止于一个少女的幻象吗?我是把这本书当作克尔凯郭尔孤独的叹息来读的。柯黛莉亚、约翰尼斯,那都是在他内心的一个隐秘的角落,"在我的灵魂深处忍受着难以言说的痛苦",他就这样向我们述说对爱和美的追求中无言的绝望:爱沦亡了,在对道德的无限反思中,最后传来的是上帝的召唤,"从此,上帝指引我永远向前,而此刻我正站在这样一个交汇点上,愈发真切地看到,有一些人将要做其余人的祭品"。(日记,1848年)

克尔凯郭尔的一生,经历过无数次心灵的地震,最大的一次就是在和哥本哈根一位政要之女蕾琪娜订婚一年后的主动退婚。那完全是他内心深处的孤独感所致,他认为他此生追求的目标不是世俗意义上的幸福,而是做一个真正的思想者,他要为信念而有所作为,注定了要被"献祭"。因而从书页中浮现到我面前的克尔凯郭尔是一个面容忧郁,仿佛害着热病的白日梦患者。他写下了那么多日记,比他出版的所有作品多整整两倍的日记。他的热情、才智与灵感,他的生活,他的幽闭的内心深处每一次细微的悸动,都在里面了,他的日记因此成了他所有著作天然的导论。夜静着,我是凭借着克尔凯郭尔在和自己的内心交谈了。"此刻,我的灵魂已是那拉紧的弓,我的思想已待命于箭袋了"——夜静着,我听见了马鞭的抽击声,那一定是阿拉斯加高原上那个孤独的猎手。克尔凯郭尔的内心图景就像高原,空漠无边,而一个人拥有了自己的内心,也就拥有了整个世界。

阿尔贝·加缪

　　加缪的文字的穿透力,让我联想到他笔下地中海岸蒂巴萨的夏日耀眼的阳光。那是一个用他的文字不断对现实世界做出修正的大师。那风格就是蕴含着人的尊严和骄傲的两个字:反抗。那是阿尔贝·加缪为苦难中的人们开出的一方药剂。有谁敢像他一样说"小说的本质就在于永远纠正现实世界"?加缪那"高贵的风格"我只能高山仰止。那是一种方向,我苍白的文字无力泅渡的境界。生活于一个金钱的抽象象征的社会里,加缪意识到,写作是一种光荣,更是一种理应承担的义务。因此,他没有置艺术于一切之上,而只是听命于"最谦卑、最普通的真理",被一种真正的道德感激励着,全身心地致力于探讨人生最基本的问题,他的文字,"使正义在这个没有正义的世界上成为可能"(授奖词)。

他是一个真正的现实主义者,摒弃了十九世纪文学养育的公众意义上的现实主义理论,加进了自己的选择原则。他选择了"大海、雨、欲望、与死亡的斗争",他认为那就是把我们大家团结起来的东西。"梦幻随人而异,但世界的现实是我们共有的祖国。"他鄙弃唯美主义那种"为艺术而艺术"孤独的艺术家的消遣,斥之为"艺术匠们"的不承担责任。因为他们在推开现实的同时装作不知道这个世界还有罪恶,而成为一个现实主义者首先要有勇气承认人之不幸并勇于承担。他所理解的承担责任就是意味着与社会之间令人疲惫不堪的决裂,尽管他知道这决裂要他付出代价。

加缪喜爱的几个词依次是:阳光、海水、天空、花朵、空气、大地、房屋和人类。他在写到城市、街道和树木时饱含着激情。他是一个独一无二的散文大家。在文学的领域里,他是一个"印象派"。风景带着自身的激情在他的笔下涌现:树在生长,空气在恣意流动,阳光在暴躁地跳跃。这一切都带着不可抑制的生命的力量。

我注意到了加缪笔下的树,它们在纸上横曳着生长的疯狂令我吃惊。我可以感受到树身上生长着的力量,这力量 —— 隐忍地努力,不失去信心 —— 来自加缪自身。阅读中,加缪就与大地上的一棵树合二为一。对,他就是一棵树,站立着,在地中海岸。他憩着,梦着,描绘着我们大地上的事情。

我还注意到加缪对葬礼具有某种兴趣,至少是文学上的兴趣。这种兴趣在《局外人》《鼠疫》《蒂巴萨的夏天》以及《记事》中都可以见到。"今天妈妈去世了",仅这几个字,就定下了《局外人》漫不经心的叙事调子。那是1940年5月,加缪在《记事》中写道:"《局外人》已完成。"那年他26岁,生活在巴黎这个冷漠、灰蒙蒙的城市,从他住的蒙玛特高地拉维尼亚街16号布瓦利耶旅店看出去,巴黎,像是"雨下的一团巨大雾气,大地上鼓起的不成形的灰包"。从这里,他可以感觉到巴黎这座城市心脏的跳动,闻到她可鄙的轻佻气息。他不喜欢巴黎,巴黎也还没有喜欢上他。在一个阴暗的房间里,他于喧闹的市声中突然醒来,内心空无所依,世界仅仅是一片陌生的景物而已,他问自己,我在这里做什么?那些人的动作和笑容有什么意义?这种飘在空中似的心态无疑是写作小说有益的空气。小说从一次葬礼出发,它抵达的是一个年轻人的死亡。这是小说事理上的逻辑。然而小说内在的情感逻辑我们只有依据朴素的阅读方法,即不带先入之见,不去寻求语词下的暗流,而是顺应他的写法,紧贴他的主人公的生活和情感方式才能找到。这种方式,加缪在有关卡夫卡的一则文论中已经提到,即从外表接触情节,从形式接触小说。他后来像说起自己的儿子一样说起默尔索,那个偶然的凶手:"(他)并不是一个穷途潦倒的人,他是穷人,不加掩饰的人。他酷爱不留阴影的阳光。他远不是没有情感的人,他内心深处充满激情,那种追求绝对和真理的深情在激励着他。"出现在他的文字里的情形就是这样——通过日常来表现悲剧,通过逻辑(譬如《局外人》中有着非常严密的情感逻辑)来表现世界的荒谬。

因此我要说,阿尔贝·加缪,他是尼采、兰波、斯特林堡等前驱者真正的传人。他的文字,充满着火和泪水,让我在面对世界惊人的美艳时又忘不了受屈辱的人们。他是一个良心的、人道的作家。

但这颗杰出的大脑,已在二十世纪六十年代的一场车祸中碾得粉碎。人们在烧焦的汽车残骸中发现了一份144页的未完成的小说稿,这就是加缪当时正创作的《第一个男人》。

加缪深知,没有一部天才的作品是建立在仇恨和轻蔑之上的。本着对人类苦难的深切同情,加缪在写作这部带有很强自传色彩的小说时,选择了宽恕而不是谴责。依然是那种加缪式的诗性文字,"太阳在紫色的墙上发威似的怒号,热气噼噼啪啪地冲进教室里来";依然是那种智性的观照——"贫穷是一座没有吊桥的城堡",加缪写下了我们渴望读到的童年和大雪,写了学校生活(成长的岁月)诗意的组成部分:尺子和文具盒的油漆味,书包带着的甘美味道,小小的圆锥形陶瓷瓶中紫墨水那苦涩的气味……他还塑造了一个给世界带来光明的普通人的形象——给孩子们以爱心和希望的小学教员贝尔纳。这部小说里有着加缪毕生主张的"地中海精神",即教导人们对世界的认识不要止步于绝望,要用爱,用辛勤的劳作去融化人们心中的坚冰。从反抗出发,加缪寻找到了爱和宽容来抵御人类世界的冷漠、无知和仇恨。对加缪来说,摆脱暴力和偏见的苦难达到的幸福就如阳光普照下的地中海,蔚蓝而又深不可测。

然而什么都没有了,机械的轮子碾过了加缪孱弱的身体,碾过了小说手稿,也碾过了时代的良心。

小说中的贝尔纳先生在送走孩子时,曾抚摸着孩子的脑袋说:"你不再需要我了。"多么简单而又残酷,一双手轻而易举就可以把人推出生活。这个世界已不再需要加缪,不再需要地中海的阳光的照耀。

我时常在想,如果死亡一定要来临,那也应该让加缪把这部只写了144页的小说写完啊,但这小小的愿望竟也不可能实现了。光明难觅,反抗从徒劳走向绝望,通向黑暗的大门倒时时敞开着。

我珍藏着几帧加缪的照片(当然是印刷品)。那上面,加缪面容瘦削,眼里有着太多的内容。这目光我后来又在契诃夫、索尔仁尼琴的照片上见过。我想,他们都属于人类历史上的同一个种族:先知,或者贤哲。

地中海的太阳早已沉没,但我和加缪一样,相信生活着仍然是这个世界最高的美德。如此,我穿行在铁与火的城市中,敢对着黑夜微笑;如此,我双眼饱含泪水,却又没有停止向着希望呼喊。

朋霍费尔

对于一个热爱自由、珍惜自由的人来说,监狱是自由的坟墓。但正是在绝境中,人才会有对生命本身、人的存在的最内在、最超然的感受和思考,才会有对作为人之为人本质的自由的最真切的渴求和向往。对于即将失去的东西,人常常有更多的眷恋和珍惜,更惨烈的失落之痛惜,何况这说的"东西",乃是个体生命、自身的存在!海德格尔说:"只有面临虚无,才会想起存在。"在这个意义上说,那些在监狱里,在寂寞的单人牢房里写成的著作,在对人生的本质和存在的揭示上,可以说是最接近极致和本相了。

朋霍费尔,这位反纳粹的德国神学家,参与地下抵抗运动,密谋刺杀希特勒的失败者,他当然不会想到,在他囚禁两年多的时间里写下的部分书信和诗歌、杂感断简会在他死后由友人整理出版,并在二十世纪六十年代后期引起神学思想的一次震动。这震动就是所谓"世俗神学"或"上帝之死神学"的出现。《狱中书简》里的这些书信、祈祷词和沉思录,向我们重现了一幅单人囚室里的生活图景。过着这种生活的,是一个非同寻常的敏感的人,他简直是谦逊、亲切、温和的化身,他在生活中的每一件小事上(即便在囚禁之中),总散布着一种幸福、感恩的气氛。在这里,我们可以看到一种个人生活的隐秘细节,这种生活已融汇入正在外面世界上发生的悲惨事件之中。他在牢房中阅读、思索、写作、踱步,从来没有如此清楚地认识到《圣经》和路德所说的"精神考验"指的是什么。这是一个由沉思中的大脑和敏感的心灵构成的统一体,这些狱中写下的文字,是他(也是那个时代的人们)据以生活并承受苦难的精神的见证。

提到"上帝死了",一般人就会想到尼采、萨特,他们不知道,把这句话扩展为一套理论甚至多套理论,乃是以这本残缺的小书为起点的。在这本小书里,朋霍费尔首次提出,"世界已经成年",上帝正越来越被挤出这个世界。大约从十三世纪以来的人类自律运动,在他那个时代已得到了某种完成:人类已学会了对付所有重要的问题,而不求助于一个假设的上帝。他断言,甚至从康德时代以来,上帝就被放逐到了经验之外的领域。在1944年8月3日的一封长信中,朋霍费尔提到了他想写的一本书,并列出了详细纲要。在这本没有问世的书里,他决计要对基督教进行一次清理,并探讨基督徒信仰的真实意义,揭示现代宗教只为维护教会利益,几乎没有对耶稣基督的个人信仰、不愿为人类承担风险的弊端。最终到来的死亡中止了他不倦的思考。

这幅单人囚室里的生活图景——阅读、写作、思考和规定了的散步——在1944年7月21日的短信和一些心智片语中得到了一种凄凉的总结。在此之前,朋霍费尔一直向往着获释的可能。但从那时起,他已经知道自己在世的日子不多了。他怀着更新了的献身精神和承担一切附加痛苦的坚定决心,写下了一系列对自由和生命的思考的短简。其中最著名的,乃是《通往自由之路上的各站》。在这篇箴言式的短章里,朋霍费尔说,如果你要找到自由,首先要磨炼你的感觉和灵魂,然后要去做,要敢于行动,做正义的事情。自由并不在奇想联翩中,而只是在行动之中。 朋霍费尔曾说,狱中生活,从任何一方面说,都使人回到最简单的事情上去(他因此拒绝在思想上同里尔克同道),他深深感到,他所需要的,不过是秋天的几枝花、阳光下可爱的栗树,微风断续吹送的唱诗声和偶尔想到的施多姆的一节诗:"虽然外面这个世界是疯狂的,然而美丽、美丽的世界,却绝对不可毁灭。"这让人想到卢森堡,这个波兰的革命者,在二十世纪初叶寄自茨维考监狱的信中的一句话:"……我觉得全世界,凡是有云、鸟和人的眼泪的地方,都是我的家。"一个基督徒,一个革命家,在对生命的热爱和自由的向往有着惊人的一致。

人生而自由,却又无时不在枷锁之中。(这话大概是卢梭说的)人的生命有短有长,但终有一死,五十年与百年在一个人的主观时间里又有何短长?在这个意义上说,奄忽间去留两茫茫,人时时都在绝境之中。这本拷问灵魂的小书,应该说对每个思考着的生命都是一种参照。朋霍费尔临刑前的话是:"这,就是终点;对我来说,是生命的开端。"他的著作在他死后还有这么深远的影响,倒应了他身体停滞灵魂前进的预言。

福克纳

福克纳的一生,试图寻找到一条途径,一条缓释自身与现实紧张关系的途径。这是一个在内心经常感受到紧张和恐惧的作家,正是因为此,他告诫自己:最卑劣的情操莫过于恐惧,要永远忘掉恐惧。

他的心老是紧绷着,像一根弓弦饱含力度。在接受诺贝尔文学奖的演说中,他这样强调他的"约克纳帕塔法"世系小说的主题:人类内心的冲突问题。他认为,只有这种内心冲突才值得写,值得为之痛苦和烦恼,才能孕育出佳作来。

福克纳眼里的短篇小说,是一个任意选定的瞬间的结晶。在这一时刻,"一个人物与另一个人物,与他的周围环境或与他自己发生冲突"。在著名的打猎故事《熊》里,福克纳让我们看到了那只在荒野上修炼成精的大熊"老班"和追逐它的印第安老猎手山姆·法泽斯之间的冲突,那其实是人与自然的冲突。福克纳笔下的森林和猎人有着神奇的魅力:少年艾克和山姆一起走在荒野里,"方才暂时对他开放的荒野又在他身后合拢了","森林在他前进之前开放,在他前进之后关闭",而那只烟色的公鹿,"由于飞奔身子变长了"。

山姆·法泽斯矢志不渝地追逐着"老班",每年11月,他和猎手们一起走进大森林等候大熊的到来。在少年艾克看来,狩猎注定是无望的、徒劳的,与其说他们是去猎熊和鹿,倒不如说他们是去拜访,"去参加一年一度向顽强的、不死的老熊表示敬意的仪式"。而大熊也一年一次来到荒野,它来是要把别的小熊赶走,告诉它们快快躲开,是要看看新到营地的都是些谁,这人打枪的本事行不行,能不能适应这里的生活。在这个远离文明世界的荒野里,大熊简直成了"森林之神"的化身。这是体力、智力和耐性的较量。无休止的等候、追逐和对峙中,人,变得高贵了,有了大自然所要求的怜悯、勇气、谦逊、仁爱和牺牲精神。于是我们看到,少年艾克在山姆的指点下,孤身一人走进森林,把来自文明世界的枪、表和指南针挂在了一棵树上,"把自己的一切都舍弃给荒野",然后,在一棵大树底下,他和大熊相遇了,他看着熊,熊也看着他("森林之神"默认了他已成为一个真正的猎人)。熊消失了,"一动不动地重新隐灭到荒野里去",艾克发现,熊就像他见过的一条鱼,一条硕大的老鲈鱼,连鳍都不摇一摇就悄然没入了池塘幽暗的深处。

这个打猎故事的结局,是猎手和猎物同归于尽。大熊死了,它血肉模糊的尸体旁是那只叫"狮子"的猎狗;失去了可以较量的对手,山姆·法泽斯也很快离开了人世。小说的结束,是成年后的艾克进入森林为他的精神上的导师山姆扫墓。这时的大自然已面目全非:伐木场修起来了,小火车也开进了森林深处,它仿佛是"用爬行速度前进的一架发狂的玩具","把一口一口复仇的、费了好大劲才吐出的废气,喷到亘古以来就存在的林木的脸面上去"。机械时代的铁臂把人类昔日的荣耀一下子就抹去了。

在极为出色的短篇小说《殉葬》里,福克纳给我们讲述了这么一个故事:故事发生在十九世纪初一个古老的印第安人部落，在为死去的头人举行安葬仪式前，为头人殉葬的黑奴逃跑了，围绕逃跑和追捕出现了一连串的情节。这是一个简洁、紧张的故事，阅读它有一种大雨欲来前的沉闷和窒息。随着故事的展开，死亡的气息越来越浓重。小说中的黑奴，在死亡无形的鞭子的驱赶下，挺着气喘吁吁的胸膛，翘着张开的鼻翼，在沉闷的黑暗中狂奔。黑人的逃跑，是对殉葬这种陋俗的反抗，更是出于对死亡的恐惧。我把这个小说解读为生与死的冲突，尽管这为了生的奔跑最终被证明是荒谬的。

小说中有这样一个细节：

傍晚，跑累了的黑人看见路上有一根圆木，他就在圆木后面躺了下来。木头上有一队蚂蚁，正列着队向另一头爬去。黑人就慢慢地捉蚂蚁来吃，就像吃一道菜里的盐花生一样。他慢条斯理地捉着吃，蚂蚁的队伍还是不乱不散，顺着木头往前。爬，爬向它们还漠然不知的厄运。

从这个细节里，我的感受是丰富的。其中最强烈的一点就是福克纳的怜悯之心。这种怜悯是针对这个逃跑中的黑人的,但它又超越了这个故事。奔逃中的黑人在路上捉蚂蚁吃,他和蚂蚁的前头,一样都是漠然不知的厄运。福克纳在这里传达出了他对这个世界的絮絮细语。它一笔带过,但足以打动人心,这个细节告诉了我们短篇小说真正的魅力。

这样的细节不是能从生活中"提炼"的,它需要的是心灵——对人的命运的深深的怜悯。

什么是我们这个时代艺术最主要的不足?学养、观念还是技术?阅读福克纳有着太多的启示,他告诉我们,任何一个时代的写作者,都不能失去人类亘古至今心灵深处的真情实感,不能失去爱、荣誉、同情、自豪、怜悯之心和牺牲精神。

在同样优秀的《沃许》(这个小说后来几乎没作改动地移植进了一部结构庞大的长篇《押沙龙,押沙龙!》)里,福克纳的这种怜悯转化成了愤怒。尽管他一直在小心翼翼地寻找一条较为温和的路子,描写中间状态的事物,让高尚者和卑劣者在他的小说里共存,但在《沃许》这个小说里,他就像沃许·琼斯放火烧掉房子一样烧掉了邪恶。对弱者的深切怜悯使福克纳成了一个愤怒的作家。

沃许一直崇拜着庄园主塞德潘上校,忠心耿耿,唯命是从。当他发现上校对自己的外孙女弥丽别有所图,他还是坚信上校能把一切事情都处理好。后来,外孙女生下了一个女儿,他还是感到由衷的高兴,因为上校以他60岁的高龄让弥丽怀孕,再次证明了他的与众不同。但出乎他意料的是,上校对产后的弥丽十分冷淡,他大清早起来是为了看产下小马驹的母马,而不是弥丽母女。他残忍地对弥丽说:"真可惜你不是匹母马,要不然的话,我就可以分给你一间挺像样的马棚了。"正是这番话使沃许对上校的崇拜烟消云散,摧毁了他的精神支柱,他杀死了他追随了几十年的"英雄"。

警察到来了,喊他出来。

"我在这儿,"沃许从窗口平静地说,"是您吗,上校?"

"出来。"

"是啦,"他依然是平静地说,"我先安置一下我的外孙女。"

他平静地杀死了弥丽和她的女儿,放火烧掉了房子。小说的结束,是"干瘦、狂怒"的沃许举着大镰刀,在烈火和强光的映衬下向人们扑去——"高举着镰刀,向他们,向那些圆睁的马的眼睛,向那些晃动的枪筒的闪光劈来,没有喊叫,没有声音。"

沃许最后的一扑,是这个短篇最光辉的一个瞬间。他反抗了,那是因为他不能忍受长时间的欺骗。他用这个冲向死亡的动作找回了自己的尊严。这种愤怒,福克纳在他闻听加缪车祸丧生的噩耗时写下的一篇短文中已有所表露,那就是,"意识到自己的生命、自己的反抗、自己的自由"。

《殉葬》中还有一个细节耐人寻味:陪葬的黑人在临死前要求吃一点东西,人们把食物拿来,看着他吃,可是那些嚼得半烂的东西都从嘴角边退了出来,顺着下巴落到了胸口;后来,他又要求喝水,可是人们只看到他的喉咙骨碌骨碌地动,水却全都落在他结满泥巴的胸脯上,落在了地上。

在吃东西、在喝水的那个黑人其实已经死了。福克纳的这句话被一连串的动作湮灭了,这句话是——"问题出在心里,因为心里断绝了希望。"

怜悯,愤怒,在和现实的紧张关系间,它们不可避免地发生了,但更要紧的,是不要失去希望,因为正是希望悄悄摸索、行走在我们生活的周围,告诉我们为什么不要死,告诉我们真正的道路是通向阳光和生命的那一条。

在福克纳的早期作品《野棕榈》的结尾处,那个被判刑的主人公在考虑从虚无和悲哀之中选择一样时,他说他宁愿要悲哀。

是的,即使在与现实的紧张关系之间感到悲哀,也比什么都没有强。因为,虚无是心的灭寂。

契诃夫

一位作家最富个性色彩的文字当属他的书信、日记和谈话录,这些朴质的文字,拉近了我们和心仪的作家的距离。在静得只闻天籁的夜晚,他静静地和我们坐晤,不再是一道只可仰视的炫目的光。他和我们一样认真地思考、工作,他也要恋爱、写信、上床休息,我们甚至会感到他就生活在我们的时代,我们的周围。这样的文字我可以举出的有爱克曼辑录的《歌德谈话录》、卡夫卡的致密伦娜情书和契诃夫的手记。

我相信在这些隐秘的文字中都有一颗孤独的灵魂。这颗永远期待的灵魂沉默了那么多年,就是为了有朝一日与你的灵魂静静相撞。这种感觉在我读到契诃夫手记中的"人应该头脑清楚,道德纯洁,身体干净"时分外强烈。亚历山大·库普林曾在一篇回忆契诃夫的文章里谈到,要解开契诃夫的创作之谜,他那些手记是极好的钥匙。这本在契诃夫逝世后,由他的夫人整理出版(1914年)的小书,无疑有助于我们直接地抵达契诃夫这位天才作家的内心世界。从时间上来看,这些手记写作于1892年到1904年,亦即契诃夫从萨哈林岛旅行归来,创作了《邻人》《六号病室》《樱桃园》这些作品的那几年,这正是他创作上的成熟时期。对世事的洞明和艺术上的真知灼见在《手记》中散珠般俯首可拾,同时还隐约透露出契诃夫小说式的温凉、纯洁和精致的情调。这些随意记下的片言只语看似漫不经心,却灵气溢动。它们是契诃夫在严肃正直的生活中的瞬间感触和启悟的汇集,里面有他将来作品的腹稿、速写,也有他的读书心得和对同时代作家即兴的批评。呈现在我们眼前的是这样一本书:它是作家的创作备忘录,有着作家一生中许多作品的影子,是一份作品索引,同时也是写作秘密的曝光。它跳跃着一个作家天才的火花,包含着契诃夫全部创作的特色,即愤怒中的自持和出于纯洁心灵的乐天幽默。它的意义还在于:短小和简洁,凭借天才的力量也可以取得深刻的内容。

长期以来,我们接受契诃夫仅仅停留在教科书指定的几个词之间:"幽默""清新""对小人物的同情"。我们接受了被几个词简单界定的契诃夫,而把一个作家最宝贵的东西即他的灵魂排除出了我们的视野。《手记》为我们复原了十世纪末到二十世纪初俄罗斯的人文历史,为我们复原了契诃夫的生活和思考。这颗俄罗斯伟大、纯洁而痛苦的灵魂,这个被托马斯·曼称为"为真理服务的质朴的仆人"的人,他敏感、高贵的气质,对心灵自由的追求和一个作家的责任感,驱使他写下这些手记。"写,写,直到写断手指",他是天生的那种以写作为生活的人,《手记》正是他生活的一部分。

书已合上,而灵魂的独语永无止歇。这种灵魂的独语把我们的目光从世界喧嚣的表象引向内部,从转瞬即逝引向精神本质。我们有理由去爱这本过去年代的小书,这世界有什么爱比对精神的爱更纯洁呢?

普里什文

有那么一类作家,他写下了无数的故事,但他故事里的主人公不是某个人,而是大地本身。米哈伊尔·普里什文就是这样一位以描绘俄罗斯风景见长的作家。这个作家,早年的职业是一个农艺师。他的出生地叶列茨城周围的自然风光是地地道道的俄罗斯式的,广大、朴素而又贫瘠。正是在大自然的这种特性之下,甚至在它某种程度的严峻之中,普里什文那双作家的慧眼发现了风景中隐藏的诗意。而这一切,更是因为他是如此真切地爱着生活,爱着这块孕育幻想的土地。他在大地上漫游,而他也在漫游中明白了自己作为一个作家的职责:用一支笔记录大地上的事情。

《大自然的日历》是一本奇异的书,你可以说它只记录了一年里四季的转换,你也可以说它是一本穷尽了俄罗斯所有风景的书,因为季节的转换是一轮一轮更迭的。在这本"日历"的第一页上,普里什文欢快地告诉我们:春天最早"是从光的增强开始的",当"向阳屋檐上落下第一滴冰水",苏醒的大地就迎来了一个"光和水的春天"。随后,我们在普里什文这位热心的导游的指引下,会看到飞回来的仙鹤、雷鸟、红隼、天鹅等种种珍稀的鸟,看到开花的榛树林和淌着树汁的白桦树……看到夏天的时候,一只叫"亚里克"的猎犬追逐着沼泽地上的一群群鸟;看到秋天的白杨,把红色的帽子举到了森林上空;看到雪地上的红狐、雪兔和树洞里翻身的黑熊……普里什文精细的观察、准确的叙述,是他馈赠我们欣赏、体味这一片片风景的画框。

一个人为什么会对大自然里的这一切倾注如此的热情?普里什文说,因为我们和每一种动植物都有血统关系,由于年代久远,这些关系都疏远了,现在他要以对自然热切的关注来重新恢复这种关系。在普里什文看来,艺术和科学加在一起,是恢复这种血统关系的力量,因此在《大自然的日历》里,我们既能读到朴素、准确、充满诗意的描绘和叙述,也能看到普里什文把他在物候学、鸟类学、气象学、地理学、民俗学、农艺学等方面的广博知识,有机地融合进了他笔下的风景之中。他的风景散文,正是试图让人与自然融合的努力的结果。

普里什文笔下描绘的,是有人在其中的大地风景,只是由于这些人与自然是如此相契相约,以至于我们把他们都看成了风景的一部分:两个好枪法的小猎人、田野尽头那个穿着橙黄色连衣裙的姑娘、拉着一车干草进城去的老人,还有那个叫彼佳的小姑娘,初春的时候,她定睛远眺,发现了雪地上露出黑乎乎的东西,她像哥伦布发现美洲一样欣喜地喊:"土地,土地!"……

这个被他同时代的作家称为"能从树上飘落的秋叶写出一部诗"的风景画师,他通过描绘自然,使自己的生命与大自然和谐,他是一个真正的"本着内心世界生活的人"(帕乌斯托夫斯基语)。真正的生活,不能没有来自风景激发的欢乐,不能没有一颗随季节转换搏动的灵明的心,自然是一面照见灵魂的镜子,一个人对待风景的态度也是他对待生活的态度,每个人心中都有温柔的一角,风景的琴弦要把它轻轻拨动。

川端康成

当身心超过六十岁的坡道,川端让精神放纵,刻意追求一种奇异、变态的幻想之境,他的小说由纤细哀愁滑向了深深的绝望。1960 年问世的《睡美人》是一个美到极致 —— 因技术的烂熟 —— 也是邪恶到极致的小说。江口这个六十多岁的老人到一个海边旅馆去,他得到的是由于服用了大量的药物而赤裸沉睡着的姑娘。"还有什么比一个老人躺在一个让人弄得昏睡不醒的姑娘身边睡上一夜更丑陋的事呢?"这些已经变成了非男性的老人,只有在昏睡的姑娘身边,他们才感到自己是生机勃勃的,他们忍受不了衰老的绝望,就一次一次地向那家秘密旅馆走去,而且他们事先会被告知,这些姑娘不管你怎么呼唤都不会醒来。江口在六个不同姑娘身边度过了五个晚上。这六个姑娘除了露出他们惊人美艳的身体,谁也没有开口说过一句话,对其禀性也毫不了解,但江口老人由此得到了各不相同的体验。一个又一个晚上,垂暮的江口睡在这些睡美人的身边,回想起了各种各样的往事和生命中过往的女性。随着这些回想,江口老人一生的轮廓大致呈现了,同时呈现的是他对年轻可爱女性的执着。

六个姑娘,五个秘密的夜晚,如同一个个递进的乐章构成叙事的交响。这五个夜晚,中间的间隔一次比一次缩短,叙事的节奏一次比一次加速,江口也一次比一次绝望。第一次去时,江口好几次想唤醒那个姑娘,但姑娘万一真的醒来他又该怎么办呢?他不知道,或许他有对姑娘身体的爱意,但更多的是自身的空虚和隐约的恐惧——他不是因此而走进这家客栈去的吗?江口注视着睡美人,想起了旧日的情人,甚至有一刻他出现了幻觉,他回忆起了一个事实上并不存在的沐浴的姑娘,他想这是由于受到熟睡的姑娘的青春的诱惑吗?他没有抚摸姑娘的欲望,为了掩饰自己的空虚,他不停地喝水,又吃了药。他做了许多离奇的梦,他梦见姑娘在梦呓,她发出细微的声音说:"你不是也在做噩梦吗?"

江口看起来是迷上这种丑恶的游戏了,半个月后他又第二次去了那家旅馆。如果说第一次是好奇,现在他的心被一种强烈的愧疚抓住了,而后这愧疚变成了焦躁,变成了一种困惑人的诱惑,这一夜他有了实质性的动作,他发现那个姑娘是个处女。这一夜他还听到了下雨声,在下雨声中他想起了和女儿们去看花的往事。(一个变成了非男性的老人与一个让人弄得昏睡不醒的姑娘的交往是人与人之间的交往吗?)

第三次,跟第二次只差八天。他想和姑娘服同样的药,"像她那样沉睡"。他遭到了理所当然的拒绝。

第四次,一个雨雪交加的夜晚。

川端在这个小说中一直操持着让人新奇的疯狂的叙事,一个长年来忧郁善感者在时间暴戾的面孔下变得乖张、放荡而粗暴,在伦理的层面上这或许是不道德的,应该受到谴责的,但小说不是伦理,或者反过来还可以说正是这种疯狂让小说像热带植物一样生得放任而又恣肆,充满着强劲的想象。结束小说中最后一个晚上的是游戏的崩溃,游戏的自行消解。这一夜,江口睡在两个姑娘中间,他梦见自己新婚旅行后回到家,满园怒放着像红色西番莲那样的花。他惊醒的时候,一个姑娘在熟睡中死去了。"请客人不要瞎操心,好好休息,还是有一个姑娘的嘛。"旅馆老板娘说。这句话露骨的对生命的漠视刺痛了江口,他愤怒 —— 但也只是瞬间的事 —— 但更多的是胆怯和恐惧。

如果说"浅草作品""伊豆作品"中的悲哀和伤感是一种"物哀",还融化着"日本式的安慰和解救",那些小说还是非常"天真烂漫、纯朴无邪"的,那么这个暧昧、神秘的故事背后的川端又在想些什么呢?我们从中看到憧憬,看到绝望,看到浮动其中的香气、皮肤和官能的展露,看到他恋慕的女子的近景和远景,这一切混同在我们对这个故事的敬慕和恐惧之中。他说三岛由纪夫死前发表的小说《齿轮》,那个"病态的神经质的世界"让人产生一种"宛如踏入疯狂境地的恐怖感觉",其实这也是《睡美人》给我们的感觉,它在展示官能本体的同时,还暗示了生命永远不遵循伦理的归宿。对此,德纳尔特·金的解说是明快而又准确的:"(《睡美人》中的)川端的暧昧是暗含在一切人际关系之中的暧昧,是在心里不断燃烧的、不能解答的疑问……"

1963年,川端沿着这个方向继续写作了短篇《独的臂》。"'把一只胳膊借给你一个晚上也可以啊——'姑娘说。于是,从肩膀上摘下右胳膊,用左手拿着,放到了我的膝盖上。"这是《独的臂》的开头。这个小说写的是男主人公用姑娘的一只胳膊换自己的一只胳膊,度过不快的、孤独的一夜的奇特故事。川端在这个小说里,好像把对女性身体的理想寄托在这只胳膊上了。产生这种狂想的孤独的心之深渊,以其强烈的背德意味让人心生恐惧。从《睡美人》到《独的臂》,向着奇怪方向发展下去的川端,那个在安眠药的毒害中"如醉如痴、神志不清"地写作着的川端,越来越滑入到奇想的世界中去了。同时代的评论家小林秀雄把川端的这条道路称作"一种错乱的浪漫主义",川端强行把自己拉上了这条道路,他成了自己的天赋之才的牺牲。

这不是我们已然接受的、熟知的那个川端,不是《伊豆的舞女》中的那个旅行中的少年情人,不是《雪国》中温柔而又矛盾的岛村,甚至也不是《名人》

中的那个观战记者兼业余棋手(他由名人的一心浸淫棋艺而丧失许多现实的东西以致落得个悲惨的结局,想到了自己失去的恋爱和生活)。在这里,我们看到了一个分成两半的川端,一半是纤细、哀愁的,还期待着人心的善意修复的可能,另一半则是一张夸张了的粗暴、乖张的美的亵渎者的面孔。从表面上看,这一半的川端是对那个宣称"日本的美与我"的川端的反动,一个对立面,但事实上他只是那个神经质的川端的一个影子,他在那时候还未曾料想到的未来岁月的一张面孔。

1968年在瑞典文学院礼堂里的讲演,作为小说家的川端却避而不谈小说,他谈的是禅宗诗僧希玄道元、明惠上人、西行、良宽、一休宗纯的诗,从《古今和歌集》《源氏物语》和《枕草子》以来的古典传统,以及东洋画、花道和茶道的精神,他说这就是"日本美的传统"。1969年的《日本文学之美》,开篇谈的是往昔千年之前平安朝的女诗人和泉式部的一首短歌,川端说从这首诗中可以感受到朴素的万叶少女的悲怜和纯真——"再也没有什么诗能比得上和泉式部的诗那样妖艳地飘逸着感官的气息了"。他谈到,这些上千年前的文字,"色调虽然淡薄,却也感染了我的心",是他写作中一种"内蕴的力量"。这一些似乎可以视作具有"纤细韵味的诗意"的川端叙事的渊源。在公众眼里的小说家川端在很大程度上是一个传统的承传者(从他的叙事里可以轻易上溯到十一世纪紫式部等描绘的生活与风俗的庞大画面),一个具有纤细而敏锐的观察力的作家,一个擅长细腻地观察女性心理(还有女性的感官)的作家,他编织的故事是"网眼精巧工细的工艺品",他的小说是"纯粹日本式的细微的艺术"。授奖词是这样说的:"他以洋溢着悲哀情调的象征性语言表达自然的生命和人的宿命的存在,表现了日本人心灵的精髓。"但川端在那次讲演中的一段话在很大程度上被忽略了,这段话或许能帮助我们理解隐匿着的川端的另一半——

归根到底,以真、善、美为最终目标的艺术家,对魔界难入既憧憬,又害怕,简直像祈求;这种心境有时表露出来,有时深藏心底,大约是命运的必然吧。没有魔界,则没有佛界。而进入魔界颇为困难。意志薄弱者是不可能的。

到现在为止，我不知道自己是不是真的弄懂了川端宣称、阐释的"日本的美"，从最初接受的几个作品《伊豆的舞女》《雪国》《故都》来看，他确实一直像个勤勉的园艺工人，在自己的园地里精心培植着纤细的美的花枝。他的"哀"，有悲哀、哀伤，也有哀怜、同情和怜悯的意味在里面。爱的极致是心智的悲凉，那么这种美的极致呢？我们看到走过了六十岁的坡道的川端似乎成了另一个人，或者说他正在显示成为另外一个人的可能：他像一个暴躁的农夫，怒气冲冲，任性而多疑，踢踏着园里栽下的一切。他曾经有过的让人惊奇的女性气质现在也走向了偏执，变得让人不能承受。一般认为是才力耗尽使他走向了对幻想的沉湎（他们甚至说诺贝尔奖是一个陷阱），但事实上是时间伤害了他，是流转的生，是世界的寡情伤害了他，他因此而感到了痛。过了六十岁的坡道的川端已经是残生了，他开始用余生来颠覆以前说出、写出的一切。像正冈子规（二十世纪初叶日本歌人）那样纵令在死亡的痛苦中挣扎还执着于艺术的,川端坦言他不想向他们学习。在他"临终的眼"看来,即使对写作还有留恋,那也只是个人的修为,还没有到排除"妄念"的程度,"若是没有留下任何有用的东西,反而更能畅通无阻地通往安乐净地"。沿着这个奇怪的方向前进的川端,从"表现道德性与伦理性的文化意识"(授奖词)走向了背德,从一贯的抒情走向了独影自语,从美的探寻和猎获走向了亵渎,从"有用"世界转向了对"无用"的执迷。他现在恣意践踏着美的花枝,有点粗暴,又有点自虐。就像让生命返归于无一样,他现在决意让这个纸上的世界也归化到空无之中,这或许就是"日本式的虚幻"。就像他在三岛由纪夫的葬礼上致悼词所说,"离开和超越思想与是非善恶,静静地礼拜默祷,乃是日本美的精神的传统",现在在他的小说里已没有是非与善恶,有的只是对幻想和叙事的着迷。奇怪的是,在这个方向上前进着的川端的叙事一直是感伤、纤细甚至平和的,然而其下沉潜着的绝望和决意让一切返归于无的努力因表面的平和而更具力量了。

川端曾说,想写的类似的小说"有五六种",1972

年他自行选择的死亡终止了他在这个方向的滑行，他去了一个无法带同风景和少女们共往的彼一世界，这样，我们在那个方向上能看到的川端只有《睡美人》和《独的臂》了（或许还应该包括1954年的《湖》）。曾经在他的大脑里翻卷着又被带到了另一世界的是何等惊人的故事呢？这是一个费尽心思也不能猜透的谜了，写作这种危险的工作的迷人之处也就在这里了。

布罗茨基

一个诗人的去世意味着什么？1996年1月28日，俄裔美籍诗人布罗茨基在纽约于睡梦中猝然去世。俄罗斯笔会中心的悼词说："20世纪俄罗斯文学痛苦的历史，同布罗茨基一起，同他的诗歌和散文一起结束了。随着他的去世，我们时代俄罗斯诗人们的殉难史结束了。"

从圣彼得堡到斯德哥尔摩，事实上就是一条流亡之路。1972年，在没有得到合理解释的情况下，布罗茨基被告知说，当局"欢迎"他离开苏联，并且不由他分说，便被塞进一架不知飞往何处的飞机（据说当局为他指定的去向是犹太人祖先居住的地方——以色列，但诗人断然拒绝了），从此开始了他不知何处是尽头的流亡生涯。其实早在这次被逐之前，1944

年,布罗茨基就被指控为"社会寄生虫",被判5年强制劳动——具体的罪状是写诗和流浪,在苏联北部阿尔汉格尔地区一个仅有14人的小村里服刑。是阿赫玛托娃等一批诗人、作家的四处奔走,才使他在服刑20个月后提前获释,恢复了自由。

让时间回溯到更早,这个出生于列宁格勒的犹太人的儿子,在他15岁那年就开始了他的"流亡"生活(只是他那时尚未足够意识到)。那时他还是个八年级的学生。一天上午,他突然走出教室,永远地告别了学生生活。原因一是来自外部的刺激,那便是"自由"和"被太阳晒得暖洋洋的无尽头的大街所带来的隐秘的快感",再就是童年时不得不受控于他人和环境的对自己的厌恶。只有被压迫者才深切地感受到被压迫,受歧视者才深切地感受到被歧视,这个犹太人的儿子在他的童稚时代就感到了他的民族给他造成的压力。他说过,一个人意识的开端往往就是他第一次说谎,而他编的第一个谎言就是——"我不知道我是不是一个犹太人"。那一年,他刚7岁。

他曾做过锅炉工、医院太平间的运尸工,他也曾随一支地质勘察队出没于边远的荒滩沙漠,从他的自述来看,写作——以及在这之前的对大量书籍的阅读——曾陪伴他度过了那时无数个寒冷的长夜。也正是来自文学的慰藉帮助他确立了为之献身的信念。写作因此成了他生活下去的力量。

这真是一个语言的天才,当时波兰的文化空气比较开放,翻译出版了许多在苏联看不到的西方文学作品。于是布罗茨基自学波兰语,由此接触到了卡夫卡、福克纳以及他十分敬佩的波兰诗人米沃什的作品。为罗伯特·弗罗斯特"敏感、婉约的风格,潜在的克制的恐惧"所征服,他又开始自学英语,借助字典攻读英美诗歌。除弗罗斯特外,他喜爱的诗人可以开出一个长长的名单:艾略特、叶芝、史蒂文斯、奥登、迪兰·托马斯,还有17世纪英国的玄学派诗人约翰·邓恩。

他从经验中得出的一个结论是:诗歌的根本宗旨就是观察世界的方法。但他用这个方法观察到的世界的唯一能耐只是"增殖邪恶"。"前途是黑暗的外衣"——这就是他无以言说的悲观。怜,但更多的是一个心灵自足者对自己所从事工作的信心。把1987年的诺贝尔文学奖授予布罗茨基是否存在着政

父性之书

治性的因素姑且不论,仅仅因为他在流亡中写作就称他为"文学界黑手党成员"无疑是不公正的(科日诺夫说这番话有失他一个评论家的风度)。事实是早在布罗茨基1972年被遣送出苏联前,他的诗就已经被"流放"了。他在国内的个别刊物上只发表了4首短诗和少量译诗,而美国纽约的一家出版社在他不知情的情况下出版了他的俄文诗集《短诗和长诗》《驻足荒漠》。也正是流亡的命运成全了作为诗人的布罗茨基,把他推到了诗歌的本质核心——语言。

无论作家还是读者,他的首要任务是掌握那属于他自己的生活,而不是接受一个从外部强加于他或为他规划的生活,不管这生活的外形如何高尚。

布罗茨基这段话显然是有感而发,它表明他选择流亡只是他自主生活的一个抗争的态度。流亡并不妨碍他对以下两个问题的深入:什么是生活的问题和什么是诗歌的问题。"告诉我,灵魂,什么是生活的原貌?"一个人在路上有这样的诘问,只能说他有着极大的精神负荷。

细心的读者可能会发现,1972年后,语言在布罗茨基的诗中逐渐取得了压倒一切的地位。流亡"极大的加速度",把他推入了孤独,推入了一个绝对的视角:在这个状态下,只有他自身和他的语言,其他人和物都隔在这两者之间。这思考使他隐隐触及了诗歌的本质,就如同他在分析奥登的《1939年9月1日》时说的:诗的语言比内容、思想更重要。或者是,"所谓缪斯的声音,其实是语言的指令"(这样说来,是不是诗歌比小说更具技术性?)。语言表明的是一个诗人的文化传统和立场,他和诗人之间是一种亲密的、私人的关系,但流亡使布罗茨基发现,语言变成了命运,变成了他的"职业和责任"。而通过语言形式和时间的粘连来表现生活的丰富性(调动语言所有的音和义的力量,让人感受到词语和声音是时间可触知的载体),使布罗茨基的诗歌从众多的声音中独立了出来。

我手头唯一保存的一张诗人的照片,夹在一本旧书的扉页,诗人的名字前表明了他的国籍:美国。这是布罗茨基经长时间的流亡后获得的居留权。他获得这权利的代价是被有意或无意地清除出了俄罗斯诗人的行列,尽管他一直是用俄语写作。照片上的布罗茨基满脸是尘世的沧桑,看上去就像一个忧郁的房产经纪人,或快餐店老板。然而他的内心又是那么的骄傲,这骄傲使得他在斯德哥尔摩的讲坛上说出了"大众应该用文学的语言说话"。他还说他的写作是"指给人看生活的全部意义",他说得那么直接,简直就是面对着我们在发言。这就是布罗茨基吸引我们的力量:他没有屈服,没有失去生活的信心。

《挽约翰·邓恩》是一首奇异的诗歌,奇异之处不在于它是一首 200 多行的长诗,也不在于诗中出现了有关"睡眠"的 52 个词语:沉睡、入睡、酣睡、安眠、打盹、睡了,等等。诚如诗名告诉我们的,这是一首挽诗,是一个诗人写给另一个去世多年的诗人的。布罗茨基写下它时还只有 24 岁,还在俄罗斯的大地上像一个孤魂般游荡,那即将到来的还是一个未知。一个 24 岁的青年诗人,对着一个 17 世纪的玄学派诗人喋喋不休地说话,这一行为本身意味着什么?

在诗歌的第一行,布罗茨基开门见山地告诉我们:约翰·邓恩熟睡了……这是一个业已由时间作出的结论,也是一首有耐心的诗不露声色的开始。布罗茨基随后向我们叙述的是数百年前一个诗人日常生活的场景:墙,床,地毯,绘画,壁橱,窗帘,蜡烛,酒杯和面包,餐刀和瓷具……而这一切,都已经沉睡了,不在我们经验的世界里面。一个阅读者必须有足够的好心境,才能够去领略布罗茨基描述的"夜色渗进"的房间、镜子后面的黑暗、窗外的雪和比桌布更白的倾斜的屋顶。当整个世界只剩下雪花的剥啄,黎明远在天边,诗人身边的生活世界也已经沉睡。唯一闪亮的就是像一场大雪般飞舞的语言。约翰·邓恩的第二次出现,已经在全诗的第 40 行,同时出现的还有沉睡的大海。这是一幅多么安详的图画:一切的生物都已熟睡,鸟、狐狸、狼,甚至穴中的熊,连高高踞于人世之上的一切 —— 天使、上帝、魔鬼 —— 也已经入睡,"黑色的地狱之火安息了,还有荣耀的天堂"。

从王希苏先生的译文来看,这首诗有着十足的俄罗斯古典式的耐心。第 72 行过去了,这时已经到了整首诗的三分之一部分,这是一首抒情诗应该明确方向的时候了,然而布罗茨基还是从容不迫地向我们述说着约翰·邓恩的死,这真让我们替他捏一把汗。诗人之死带走了一切,诗人的名誉,一切的煎熬和痛苦都已沉睡,甚至良善也已"在邪恶的怀抱里安卧",甚至时间,也已因死亡的到来而中止,"忘川河水的幻影也酣睡了"。

从容而自然的语调,就像海浪,每一次的间隙蕴含着更为巨大的能量。诗人的去世带去了一切,生活的世界、自然和他精神的创造。无边的静穆中,布罗茨基的思绪返回到了自身,回到了写作这首诗时的环境。我们知道,那是一个俄罗斯的雪夜,无边的雪,铺盖上了渐暗的道路,整个世界,再也听不到别的声响。

终于出现了诗人布罗茨基的声音,尽管在这之前,也是他一直在对着我们说话,但沉湎于他对"入睡"的事物的描述,我们已经忽略这个说话人太久了。好了,现在布罗茨基终于按捺不住了,一个诗人对另一个诗人开始说话:且慢,听!难道在狂风中你没有听见抽噎的声音、恐惧的低语?——那声音很细,细得像一根针,一根没有穿上线的针。

然后是约翰·邓恩不安的声音,他在猜测、疑惑:

是谁?是谁在黑暗中抽泣?是曾经爱过的姑娘(那终究难以舍弃的尘世的欢娱啊)?是上帝悲悯的叹息?——"那哀哭的声音是多么的高尚。"

可是什么都不是。在诗歌的第128行,布罗茨基说,是你,是你约翰·邓恩自己的灵魂在说话。这抽泣、低语、恐惧,都是在你的心里。如果把诗人看作一个族群,那么一个诗人也就是所有的诗人。在这里,我们看到了被时间阻隔开的两个诗人灵魂的重叠。借邓恩的灵魂之口,布罗茨基发出了自己的感慨,他的眼睛不能从人间的苦难中移开:既然他的生命背负着如此沉重的感情和思想,他如何可能"超越那黑暗的罪愆和热情,更高地翱翔"。他这样安慰邓恩,虽然你已经死去,可是你创造的诗歌和精神世界却永远也不会死去。于是我们看到,年轻的布罗茨基一边对着一个死去的三百年前的诗人喋喋不休地说话,一边也在安慰自己。因为他是孤独的,或者说,他对自己的工作还没有足够的信心。他只能自己对自己说,这一切——流浪、写作——都是有意义的。

他是孤独的,那些启迪、养育了俄罗斯抒情诗歌的高贵女性在他的生活中几乎没有出现过。他曾经有过女友,但他被捕后就断绝了来往。他有一个儿子,但不知为什么没结过婚。种种迹象表明,爱情(假如有的话)给予他的痛苦远比欢乐多。正因为如此,他才说"精神之爱才是教士的实质"。他为什么选择了一个纵情声色后把余生献祭给上帝的三百年前的诗人作为自己倾诉的对象,从这里可以找到答案。

这就是我在开始说到的这首诗的奇异之处,它在不动声色中重叠了两个诗人的灵魂。它看似在两个人物之间展开的对话,实际上是布罗茨基自己对作为诗人的存在的一次确证。这就是布罗茨基向我们描绘的诗人之路:他就像一只鸟,眠宿在自己的窠巢,他对更纯洁的生活的渴求,全都托付给了"被云翳遮没的那颗不灭的星"。

这"星",隐喻的可能的生活,使布罗茨基在长长的流亡生涯中不至于绝望,也使他隐忍地相信,生活中的每一次变动,都是在向着更好的方向。

如果布罗茨基不写作,那么他只是成千上万流亡者中的一个,而不能从中获得独立。我们或许会留意一下他的身世、他流亡中的故事,但这一切随他的去世也就烟消云散。他对邓恩的安慰事实上也成了对他自己最好的纪念。1996年1月28日之后，布罗茨基终于回到了他的故乡彼得堡的瓦西里岛，彼得堡不再有更伟大的游手好闲者，但他的诗歌成了温暖我们的寒夜的烛光。

他一直没有失望。虽然不得不在罪愆中逶迤，但他没有失去过对更纯洁的生活的渴求，这一切应该归功于光荣的写作。写作使他明白，人的责任就是过自己的生活。写作使他经验的传述成了可能，更重要的是，他通过写作减轻了生命的痛苦，也减轻了他的民族的痛苦。

这就是他所取的生活的态度，在专制社会表面的沉默下，在无定向的漂泊生涯中，内心激情的河流向着天边那颗没有隐灭的星辰奔涌。

帕　斯

1978年3月,奥克塔维奥·帕斯在与山口正雄的一次谈话中说,如果有才力,而且时间允许,他想写出一部真正的爱情史。他还说,西方爱情的伟大时刻是普罗旺斯的宫廷式爱情,爱情在当时就是贵妇人(在东方则是清少纳言、紫式部等)爱上诗人和吟游歌手,而现在,贵妇人都已结婚成家了(帕斯说这话真像一个失意的弄臣和过时的老情人)。到了1993年,帕斯终于写出了这一本有关爱情的书,那年他79岁。他写的书叫《双重火焰》。

根据他的解释,火焰是火最精华的部分,而在人类生命中,最初的、原始的火就是性欲,它升起爱欲的红色火焰,后者又升起另一个摇曳不定的蓝色火焰——爱情的火焰并为之助燃。因此,爱欲与爱情是生命的双重火焰。这话的意思很难复述,但有一点帕斯发现了:爱的选择,在所有的社会都是一件难事,它往往以犯规的方式出现。爱情是性和性爱,也是精神(自由)对文化和自然的僭越。向往自由的人是潜在的情人。

写出这本书后的 5 年,1998 年 4 月(4 月是最残忍的月份),帕斯离开了这个世界。我们现在无从知道这位爱情专家爱过哪些女子,但从有限的资料里,有一点可以肯定,他爱过,并曾经是一个合格的情人。"双重火焰"中升起的是他真实的面孔和他对妇女的尊重而不是亵玩的态度。我们记得他神奇的《太阳石》,记得他不朽的诗句"死亡是一支箭,自一只陌生的手中放飞,我们在一只眼睛的忽闪中死去",记得"我的话语是我的房舍,空气是我的坟墓",但没有人知道他从爱情(特别是东方式的爱情)里发现了什么——

在《红楼梦》和《源氏物语》中,爱情是教人看破红尘的学校,是一条小径,激情的现实性在其上逐渐显形为镜花水月……在这两部东方小说里,幻灭的路径并不导向自我的得救,而是导向不可言说的空无的显露,我们看不到什么东西出现,我们只看到消逝,我们的自我的消逝。

消逝,一切终将消逝!……这是帕斯借两部东方小说言说的对时间流逝的恐惧,这也是80多年前,西班牙激情的哲学家乌纳穆诺在萨拉曼卡对着落日的叹喟。时间 —— 我们生活最主要的内容,同时又是最捉摸不定的 —— 会改变一切,它能够销蚀最坚固的物体,它为什么不能改变人心?这就是为什么爱情谁都可以说,但谁也不能说到最后,因为人都是时间长鞭下的羊群。现在我知道他为什么一次又一次说到风了:"风刚刚才诞生,不会老,如光芒和尘埃"(《风自指南针所有的罗经点而来》),"风,一只公牛,奔跑、停下、转弯 —— 它要去什么地方?"(《风与夜》),"我一度是那停止,在自身上翻转又消逝的透明的风"(《面庞与风》),"风转动而歌、水流喃喃,静石悄然,风、水、石"(《风·水·石》)……他就这样暴露着自己内心的脆弱,这就是他来不及说出的尴尬和两难:知道一切终将消逝,又想长久地存在(或许人的生命就像一座桥在这两岸之间飘摆)。这是一场徒劳的搏斗和抗争,他只希望最后一刻的到来能无限制地推迟,推迟到他再也没有了爱没有了激情的一天。这就是死亡降临他身上之前的情形。病重的他,每天深夜都由夫人推着轮椅,把他送到花园。他坐在轮椅里,久久地仰望天空,说:"我是个人,天空是广袤的。"1998年4月后,花园深处再也不会响起这声音,他就像他歌咏过的那只从不疑惑的蝴蝶,那只在纽约观光的蝴蝶,飞走了。从不疑惑的蝴蝶飞了 —— 人们说。

巴别尔草稿

这是一个关于顿河哥萨克的故事。一个村子里的人们以他们信仰的颜色分成红、白两派分杀来杀去。肖洛霍夫的人道主义精神通过格利高力的眼睛折射出来。他也杀过人,他与他们的不一样就在于他后来厌烦了杀来杀去的游戏。一群人过了河,又杀回来。一个人趁着夜色偷偷潜回村庄,放了火杀了人又远走他乡。河水。冰雪。奔跑的马。炮声。屠杀。爱情与偷情。开会。争吵。劈开(身体或者脑袋)。苏醒的土地。闪亮的马刀。在1444页上,风流成性的妲丽亚得了性病,可是她偶尔露出的顽皮的笑和不自觉流露的风情显得她还是那样漂亮。可怜的女人,她就要死了 —— 只是现在还不知道她会怎么个死法。机枪手彭楚克的小爱人安娜在900

页一过也死了。她死的时候喊着"我要烧死了"。她的爱人把水浇在她的胸上。她胸口的伤口像一张嘴一样在呼吸。阿格妮西娅燃烧的双唇是那么柔软,只是她没有妲丽亚妖冶。娜塔丽亚好像太好了点儿,反而让人记不住,想起来了也总是一个使小性子的妇人的印象。瘸腿的固执的老头潘捷莱,总是嘟哝着这仗怎么老打不完……肖洛霍夫写这个故事写了十四年,我想我四十天就可以读完它。他比巴别尔要好得多了。我看了第一卷就这样认为。巴别尔那点儿东西在他面前实在算不了什么。在这个伟大的小说面前,巴别尔是草稿,是速写,是通讯,是非文学。但不能否认巴别尔也是个有野心的家伙。这些天看他的日记,他总是在提醒自己说,要记下什么什么,不要忘记写写什么什么。这说明他在准备。只是他的《骑兵军》还是太仓促,太潦草了。如果假以时日,巴别尔应该也可以做得和肖洛霍夫一样好,甚至更好。

籍里柯

我们的心时常会听到一阵叩门声,它来自一幅画、一行诗或一句年代久远的箴言。生活的细节免不了被遮蔽,但艺术之光总能穿透岁月的迷雾照临我们。这对浮生不过百年的我们是多大的福分啊。

《梅杜萨之筏》是一百多年前的法国画家泰奥多尔·籍里柯描述一次海难的名作。现在,这幅巨幅油画(491cm×716cm)的印刷品平躺在案头上,接受着午夜灯光静静的照耀。我看到筏子上空的乌云被风吹送着,忽聚忽散,看到一群垂死的人向着天边的地平线疯狂地挥舞着双手——那里是什么,救援的船只?幻觉?希望之光?随后我的耳朵灌满了各种声音,尖厉的呼号、拍击筏子的波涛、嘶嘶的海风(海风鼓满了船帆,船帆的弧度里隐含着力的爆发),我甚至听见了那些被海水浸泡的灵魂的呻吟……

今天,当我们观赏这幅惊心动魄的画面(顺便说一句,画的原名为"海难之场景"),很难说还会对这一海难的责任者产生真正的义愤。作为对这一件事一无所知的现代人,我们的所见是平面的:海浪、横陈的肢体、无边的小船、啤酒桶、挥舞的双手……我们在心中已重新构造了这个故事:遇难,漂流,获救。就这样。类似的甚至惊险百倍的故事电视里已教会了我们太多,但只要一个人还不是心如死灰,在他与画静静面对的一刻,还是能够感受到其中隐含的挣扎——那些肌肉强健的背脊似乎向我们吹来一股强烈的旋风。时间让人变得宽容。时间化解了真相,却带给了我们形象、色彩和情感。

籍里柯是怎样赋予这场海难以艺术形式的呢?他要画些什么呢?读过生还者记述这一事件的书籍的人都知道,他没有画梅杜萨号触礁,没有画因断粮而发生的人食人现象,也没有画获救的具体场面。可以肯定的是,画家开始时是希望保持生活真实的,但当他动手作画时,艺术的真实就变得尤为重要了。我们现在看到的是,籍里柯选取的是筏子上的人朝着天边的一只小船挥舞双手的瞬间。当这个瞬间被确定下来后,技术上的因素——构图、色彩便成了他首要考虑的问题。要知道,他是在创作一幅画,而不是临摹一场海难!

因此,画面上天空和海面的距离缩小了,欣赏者的目光被执意拉到筏子上。而且,这幅画的主题虽然是表现海难,但画面上充满了肌肉的动感,充满了力度。

梅杜萨号漂流了十几天,那些人怎么还肌肉强壮?写实主义者如此诘问。但艺术家固执地认为,"只有强壮的肌体才能产生力量",正因为如此,这幅画才能使我们内心的情感释放出来,在绝望和希望的波涛间沉浮。那些受难者似乎已成为我们人生的隐喻。我们大声呼号着,那声音在空茫的大海上是那么渺小,而波涛又是那样汹涌着,汹涌着。

传说籍里柯作画之前剃了个光头,锁在画室里整整画了八十天,待作品完成之后才跨出画室。

1855年,籍里柯的学生德拉克洛瓦在回忆他首次看到梅杜萨号这幅画时说:"它给我的震撼太强烈了。我一走出画室便发疯似的狂奔起来,一直奔到了圣日耳曼郊区尽头的普朗希路我的住处。"

很难再去描绘籍里柯在禁闭的画室里是如何工作的——他是站着还是坐着作画,他用的油彩和笔的型号是什么样的,唯一可瞧出一点儿端倪来的,是他在那段时间里为自己画的一幅自画像。像中的画家板着脸,神情坚毅,胡子剃得短短的,平顶头上戴着一顶带穗子的希腊小帽——那模样活像个海盗。这是一个执拗的画家,他的内心燃烧着一团火。看来他已执意要按自己内心的愿望来描绘那群受难的人们。结果怎么样呢?他画出了自己,也画出了后世观赏的我们。灾难变成了艺术,在这个过程中并不是将灾难淡化了,而是将其内涵充分揭示,并加以扩大和诠释。

这是一个对人类苦难有着深切同情的艺术家。他表达苦难,然后又超越苦难。这就是艺术的意义所在吧。

应该是这样的。荷兰画家文森特·凡·高那幅散发着土豆的热气的《吃土豆的人们》,也透露了同样的信息。画面是一间屋子昏暗的内部,屋里点着一盏小油灯,肮脏的亚麻布桌布,被烟熏黑的墙壁,农民的脸孔,所有这些被画成了很深的灰色,而那盏灯黄红色的一点火苗映照下的一盆土豆,却比我们所说的白色更亮,甚至亮得多。它是画上唯一的亮点,透露出的正是苦难生活中的一点希望。

凡·高在给弟弟提奥的信中说,这幅画——"来自农民生活的核心"。

比亚兹莱

又一个百年即将终了,阒无人声的夜里,灯光漫爬过地毯上散乱的文稿。我总想着为这个慢慢走远的年头留下点什么,这些已然在抽屉里泛黄的纸张又能向谁证明呢？是苦行中执着,还是花开花落两由之的放任？心事纠集的时候,就会有电话铃响起。那是和我一样忧郁的朋友,送来新年的祝福,我们谈屋外的星光,谈冰寒的大地上跑过的风,谈巴黎,谈夜色中雾气氤氲的咖啡馆。我们都是坐在狂奔的马车上的孩子,共同的恐惧让我们不由自主地向过去投去留恋的一瞥,上帝与我们同在的祝福掩饰不了心智的悲凉。我们还能为这个时代做点什么？——如此沉重的话题,一出口就后悔了。电话那头间隙的沉默后,是一声长长的叹息。

是啊,百年飞扬的尘土,终有落定的时候,时间的长河里,如果不想被覆舟溺毙,总得有人收拾心性,看看前面的路。于是想起了天才的少年比亚兹莱,想起了十九世纪末叶滥觞于巴黎街头小酒馆、席卷整个欧洲的那场以美的名义发起的精神历险,想起了那群为美而疯狂的人们:坏孩子波德莱尔,伟大的游手好闲者魏尔伦、惠斯勒、王尔德,最终成为军火贩子的早慧诗人兰波……他们多像一群技艺高超的喜剧演员,行走在生活和艺术之间那根细细的钢丝上。穿过时间的迷雾,这群波希米亚人的生命至今还散射着宝石般强烈的火焰。他们看不起中产阶级的刁钻和狭隘,执意在物欲的泥沼地里闯出一条艰难的路来获得别样的感受,这种感受甚至帮助他们重新确立了生活的信念,那就是"为艺术而艺术",或"艺术就是生活"。这就是那个年代的风习:"巴黎的知识分子头上戴着尖顶帽,身上穿着意大利强盗穿的那种难看的长袍,心中积郁着对那帮奉守法度的良民的鄙视。"浪漫的越轨和无法无天的行动成全了他们,也最终毁灭了他们,随着他们的背影消融于世纪末的黄昏,一个百年也就慢慢过去了。

比亚兹莱,就是那群面容忧郁的波希米亚(这个词的另一个含义是自由)人中的一个。如果说"唯美运动"是十九世纪的终结,那么比亚兹莱是那场美的盛宴的最后一个离席者。华彩的乐章,在他这个休止符后,终于风流云散了。当我在1995年的一个夜晚偶尔翻开一本比亚兹莱的艺术插图集,看到那些不可调和的充满魔法律动的黑与白,精心雕琢饱含着令人费解的暗示性的线条,我的感官和心灵都受到了巨大的震撼。那图案,那人体,那森林里的强盗和花园里的妇女生活,是那么的放纵,那么的奢侈。那真是一个为自己的奇思异想所充满的人,他在神迷恍惚中做着梦,他画出了自己的梦,也就画出了自己内心世界的图像,这一切充满着性的想象和玄乎其玄的推测。通过比亚兹莱画笔下那魔法般跳着舞的黑与白,我一直不无偏执地认为,黑与白,以及我们生活的底色——灰色,是最丰富,也是绘画中最基本的颜色。也是通过比亚兹莱那散布着感官探索危险气息的绘画,我坚信任何一个艺术家可以在他那个方向找到他那个时代的精神,一个时代的精神也可以在一个人的身上找到自己的表达方式。

不论是在作于1892年的自画像上,还是在F.H.伊文斯拍摄的照片上,比亚兹莱都是一个面容苍白的少年。他瘦削的脸庞、粗大的骨节、微卷的棕色头发,看上去给人的感觉就像一只患病的天鹅,那么的敏感,又是那么的骄傲。1872年,比亚兹莱来到这个世界的时候,欧洲大陆上唯美的盛宴已经开张,一群被悲情的幽灵引领的艺术家正在世纪末的舞台上尽情演出,谁也不会想到,这个出生于英国布莱顿的孱弱的孩子,将成为世纪终结的终结。比亚兹莱在童年时代就显露出了他不凡的艺术天分,据说他10岁左右画的速写和想象画就能赚到可观的零花钱,这不免令人想到他有一个做钢琴教师的母亲,还有一个做金银首饰匠的外祖父。

1891年,拉斐尔前派的承继者布因·琼斯在伦敦的画室里接待了携画前来求教的比亚兹莱。那一年,他刚满19岁,是伦敦一家人寿保险和火险公司的办事员。暮年的布因·琼斯从这个衣着寒酸、挟着公文包的外省青年身上,似乎看到了自己年轻时的影子:"凡属一位艺术家所必备的素质,大自然全部赐给你了……"琼斯的盛赞感伤地掠过比亚兹莱的心头。接下去的一年,比亚兹莱来到了法国巴黎,沙龙主席夏凡纳看了他画风怪异的作品后大为感佩,称赞他是一个"画出了惊人杰作的年轻英国画家"。世纪末舞台上一颗艺术新星已呼之欲出。

然而他又是一个不幸的少年,他出生后不久,母亲就患了产褥热病,这使得他过早地失去了母爱,而由姐姐代为照料。姐姐天赋非凡,干什么事都处于主动状态,比亚兹莱常常有一种被支配感(有的史家认为,比亚兹莱在童年时与姐姐曾有过隐晦的性游戏)。童年时代这一畸形的经历,影响到了他日后对待女性的态度,慑服而又蔑视,渴望而又惧怕。更要命的是,他自从7岁那年起就有肺病的征兆——这一点从他长大后苍白如纸的脸色就可以清楚地看出。他就像同时代乔治·吉辛笔下那些无名青年中的一个,奔波劳碌,疲惫而忧郁,内心却燃烧着危险的火焰。严重的肺结核与不断的咯血成了他日后创作中一个潜在的阴影,死亡黑色的云翳不时飘过他年轻的心宇。时时袭来的宿命感迫使他找到一种最简练的途径来表达自己的艺术才智,找到一种最快捷的方式来传达自己的内心。他就像一个满腹心事的濒死的人,急于在死亡到来前说出所有的话。

终将到来的成名的时机降临了。1893年,奥斯卡·王尔德的诗文剧本《萨乐美》的英译版问世,比亚兹莱看到此剧的高潮部分,激动异常,依照情节画了一幅萨乐美手捧约翰头颅接吻的黑白画,发表在《艺术家工作室》杂志上,伦敦的一个出版商看到此画欣喜欲狂,马上跑来要求比亚兹莱为此书插图。次年,带有比亚兹莱插图的《萨乐美》在伦敦出版。这些出自21岁的青年艺术家之手的黑白画,明显超过了剧本文字的力量,使"萨乐美"几乎成了比亚兹莱艺术的代名词。极富装饰性的线条和一些熟练变形的蔓草花纹图案,显示着比亚兹莱的艺术风格已经成熟。这套插图如同剧本一样,也是一首首华丽而又狂躁的诗,它把"世纪末"的审美情趣、哲学和艺术思想表露无遗,它调动一切可以使用的象征符号,以萨乐美为媒介,抒发着强烈的个人感情,使这些邪恶的画面散发着阵阵芳香,成了西方美术史上的"恶之花"。

几乎同时,比亚兹莱与小说家亨利·哈兰合编的《黄皮书》问世。这是一本封面用一种黄色厚纸板加黑色线条装饰的刊物,它新奇的小说和怪异的画风颇是投合世纪末的倦怠空气,因此和《萨乐美》一样迅速传播开来。然而对比亚兹莱来说,这不仅仅是声誉问题,更重要的是他在不知不觉中创造了——或者说表达了——他那个时代的精髓。他由此成了"颓废派"(如果"颓废"在这里指的是一种艺术风格的话)的真正灵魂。

厄运的出现既在情势之中又显得令人啼笑皆非。1895年,王尔德因被指控有同性恋行为被捕入狱。据说王尔德在旅馆被警察带走时,随手挟着一本《黄皮书》,比亚兹莱因此受到株连。维多利亚时期的英国社会,经济的蒸汽火车高速运行,然而还处在新生活与伪道德的矛盾之中,以绅士自许的英国人在某些方面往往呈现出一种偷偷摸摸的形象,他们已经越过了传统的樊篱,却硬要装出道貌岸然的样子。《萨乐美》和《黄皮书》问世时倍受欢迎,然而当比亚兹莱受到围攻时,又是他们群起而攻之。这真是一幅滑稽的世相图。

瘸疾又返回来攫住了这个23岁的青年艺术家,他的脸色是那么的苍白,以致那些来宽慰他的人都不知道怎么开口。比亚兹莱现在正走向他生命的终点。这个世界粗暴地把他开除了:肺病来势汹汹,经济拮据,强烈的自恋使比亚兹莱有意同生活里周围的事物隔离了开来,而只是沉溺在艺术的梦境里。艺术,那真是致幻的毒药,它使比亚兹莱离这个世界越来越远。此后的比亚兹莱,他只是生活在自己的内心。

世纪末的长夜幽寂无边,比亚兹莱画室的烛光亮了。几乎每一个黄昏降临,他都要拉上厚厚的黑绒布窗帘,把蜡烛插在两个高大的英国烛台上。飘忽的烛光中,他枯瘦的身影被成倍放大投向天花板,突兀而又神秘。他的生命在黑夜里燃烧着,如同一朵怒放的伤花。也只有此刻,他笔下成块成团的黑色才能以一种解放了的激情在白纸上恣意流淌,带着他全部的柔情、全部的信仰和全部的憎恨。

他感情的阀门越来越松动,在外人看来,他几乎是越来越脆弱了。据说有一天,为了让惠斯勒长长见识,比亚兹莱以一只黑色手提包为依据,画出了一幅优雅而神秘的图案。"花花公子"专注地看着他画完最后一笔,说:"奥布雷,我犯了个错误,你是个了不起的画家。"这时,比亚兹莱突然像一个孩子一样失声痛哭起来。

几乎无从知道比亚兹莱的这些泪水为什么而流。或许是因为他的才能紧紧系连着他的伤感，或许是他已经知道末日审判即将临头，或许，这泪水表明了他深深的遗憾，因为他觉得活着再也画不出别的作品了。

与此同时，比亚兹莱正在创作一部名为《在山下》(Under the Hill)的小说，因为在写作上出人头地也是他的雄心。这是一部爱情小说，它描述的是优雅的色徒和那些戴着插有巨大的天鹅绒羽饰的宽边女帽的贵妇人。小说中臆想的男女行为和性意识，可以看出比亚兹莱临水照影式的自恋。"大活蛾子扇子般的翅膀""黑红两色羽毛的羽翼"，这些自鸣得意的怪异修饰、夸张而造作的语言，依然可以看作是比亚兹莱笔下的图案在文学中的回声。"只有为艺术的一生才是真正的一生"，那个时代的精英都这么认为，比亚兹莱就像一只奔跑着的兔子，心惊胆战地被驱策着跑向感官探索全过程的终点。

最后的年头终于来到了。肺病渐渐拖垮了他，这个与魔鬼签下终身契约的艺术家，现在已经感到了那个不可知的世界向他发出的召唤。他和朋友们的几封短信,除了谈些钱银往来的事情,大多描述的是他反复发作的疾病。在这一年一幅名为《小丑之死》的作品中,比亚兹莱向我们传达了他的悲哀。在这之前,他反复画过一系列小丑的形象,并以小丑自喻。在这幅画上,小丑太疲倦了,他睡在床上,生命之火已将耗尽,一群戴面具的喜剧演员正蹑手蹑脚进来,这是一群死神,将取代小丑的角色。

1898年,25岁的比亚兹莱从法国南方一个叫芒冬的城市发出了那封著名的绝笔信,他在信里表达了他的渴望被拯救,以及走向十字架的冲动:

> 耶稣是我们的主,是我们的审判者,
> 求你毁掉一切腐败层和不良绘画……
> 这是圣化污秽画面的唯一的办法。
>
> —— 比亚兹莱写于濒死的痛苦中

比亚兹莱的生命终结了,整整一个世纪也将终结。先他而去的已有兰波、魏尔伦、波德莱尔等一批世纪末忧伤的天才。唯美的盛宴既散,狼藉遍地,氤氲的雾气飘去是不堪的荒凉。接下来开始的是下一个世纪黎明前的黑暗,即便再有一点幽光亮起,也会被时间迅疾的大风扑灭,新一轮更迭的人和事,将轻轻松松把他们推到被遗忘的边缘。

美是无所不能的吗？我曾经批评过"唯美运动"那种凌驾于道德之上的生活方式。我现在要说的是,美当然不是无所不能的,但当人们的手像点钞机一样数点着金钱的时候,当商业利益一点点地侵蚀我们的生活质量的时候,美,以及对一切美的事物的向往追求,可以使生活失控的马车变得理智些、安静些、从容些。这也正是比亚兹莱们在十九世纪末对生活做出的一次修正。尽管他们的行动看起来无所顾忌,越出了社会常轨(颓废是反叛的又一种形式？),并在炫目的光华后迅速凋谢了,但他们已经警示了世人,健全的生活不能失去对精神世界的向往。美的历险的意义也正在此。

我凝视着比亚兹莱年轻纯洁的额头,凝视着那些从他的血液中改流出的线条、图案和色块,静寂中,似乎听到了又一个百年悠远的钟声的回响。我们这个年代对物的攫取,已非比亚兹莱和他的同时代人所能想象,然而十九世纪末那些美的使徒体验到的忧伤和沉重,我们今天又有几个人能真正领会呢?人类似乎是迟钝而健忘的,总是一轮一轮重复着从前的愚蠢。

于是又回到了开头的那个话题:我们还能为这个时代做些什么?长久以来,我已安于从生活的边缘经过,做一个世界的静观者和书写员,这是我的工作,在一定程度上也是我的信仰。冥思和追忆是最好的纪念,然而一个新世纪到来了,大地上应该有新的立法、新的信仰,行动起来去创造一种新的生活,这更是我们应该做的。那新的即将到来的,不应是又一轮无所顾忌的美的历险,也不应是惊世骇俗的反叛与憎恨,它应该更平和、更从容、更理智。

不要绝望,甚至对绝望本身也不要绝望!世纪末的长风吹拂,我们守望的眼睛已经疼痛,然而不能失去的还是对生活那份隐含着的信心和坚韧的努力。

不停地游走

我和我的村庄

在白昼渐渐衰弱的阳光下,把想象力
派出,把意志和记忆从废墟和古老的树林中唤出
因为我要向它们全部提一个问题
——威·勃·叶芝《塔堡》

现在,你面对的是一个小学校,这是乡村生活的入口,从这里你将一步一步走进我们的村庄。小学校靠近街区,城南是聚居着平民的街区。学生们按他们的出身不同自然分成两派。一派,是附近几个村子的孩子,他们占大多数。另一派,他们的父母是街区里拉板车的、扛花包的、做小生意的。他们在那些村里的孩子面前有种莫名其妙的优越感。他们背地里这样叫村里的孩子:阿乡。小学校只有五个年

级,人不多,都是单班。正对着校门的一排平屋,是高年级的教室。向东一折,又伸出去几间,隔了一个女厕所,一个女教师的单身宿舍,就是低年级的了。光线穿过走廊射进教室,可以看见空气里游动着的灰尘。如果换个角度,譬如从高处看,这就很像是一柄直角的曲尺。屋子前有着长长的走廊,廊柱是青砖的,较低的地方,孩子们用削笔刀刻着缺笔少画的汉字和一些古怪的符号。如果是下雨天,孩子们就不出去了,他们站在廊沿下,伸头缩脑的,像一群焦躁不安的农夫,恶声恶气地咒骂这鬼天气。

上午的第三节课一般都是体育课。体育老师——他也是这个小学校的自然老师——捧出几副快散架的羽毛球拍,一只瘪塌塌的篮球,就给孩子们放了羊。操场里响起了孩子们欢快的尖叫声。男孩子们挨着墙根站成一排,拼命地挤,玩着一种叫"轧屎渣"的游戏。被挤出队伍的,就成了"屎渣",他们是没有权利再次加入战斗的。虽然是冬天,还是可以看出他们的脸上有了细细的汗珠子。风,刀子一样的,很快就刮干了汗,他们的脸就变得紧绷绷的了,还泛着烂苹果的酡红(他们把这叫作"屁绷脸")。

女孩子们在操场的另一边跳橡皮筋。肥大的裤管在皮筋间灵活地穿来穿去,黄毛辫子一跳一跳的,她们穿着母亲或者姐姐的旧衣改小的衣服,脸上也是烂苹果的颜色。皮筋越升越高,脚踝,膝,胯,腰,第一颗纽扣,第二颗纽扣,最后她们高高举起手,擎着皮筋的两头,就像举着什么重物。她们迎着呛人的西北风,唱她们的姐姐、她们的母亲从前唱过的歌谣。要是上课的铃声不响,她们一直可以唱到喉咙底冒烟。

早年,这里是一个尼姑庵(上年纪的人把小学校还叫作八字庵)。新中国成立后,尼姑还了俗,庵堂还有旁边的厢房就改做了小学。所以礼堂里的四根柱子大得有些吓人,两个人张开手臂还握不住对方的手。柱子上了红漆,大多地方剥落了,没剥落的都成了暗红色,像干了的血。礼堂靠北正中,是一个黄土夯实筑成的台,上面铺了一层青石板——他们叫"司令台"的,每年的儿童节,或者国庆节,孩子们都要站到上面表演节目。他们在那儿唱歌、背诗,歌中唱的都是对祖国、对母亲的爱,诗里写的则是村庄的美丽景色。他们在台上蹦跳,做着小学校里老师教的夸张的动作,扬起的尘土让坐在前排的人几乎睁不开眼。

礼堂有四级石阶,石隙间长着一种草,老是拔不干净,扁扁的,开米黄色的小花,鸟雀常来啄食,他们叫破花絮草。再过去就是操场了。一个简易的沙坑,夏天的时候上面老是积水。一副生了锈、歪斜的单杠。一截短短的黄泥墙,豁了个大口子,孩子们在教室上课的时候,牛就大摇大摆地进来,在操场上拉下一大摊热烘烘的牛屎。

操场东面,是一户人家的后墙。那户人家姓黄,老是在一些置办的器具上(譬如扫帚、匾、箩筐、祭祀用的烛台上)写着"黄记"两个字。孩子们就以为这家的主人叫"黄记"。"黄记"家有只大水缸,一半在自家厨房,一半伸到了小学校的操场。孩子们玩得渴了,一跳,就趴在缸沿上翘起屁股咕咚咚咚地喝水(夏天,孩子们都穿短裤来上学,喝水的时候常被恶作剧的扒掉了裤子)。"黄记"——那是一个精瘦精瘦的男人——总跑到学校来告状,因为他用水缸里的水做饭,老是吃出一股尿臊气。"黄记"家的屋门口,是一排高过人头的木槿篱笆。秋天,木槿开出酒盅大小的花,很有点儿艳丽的。女孩子们偷偷地把槿叶摘回家去,揉碎了,和水调成胶丝状,洗过的头发又黑又亮,还有股水果糖的香气。木槿结了果,剥开来,那里面的籽像一只只小雏鸡,木槿果子就被称作了"鸡妈"。

附近的稻农,每年的秋冬季为了不让地闲着,就套种油菜和冬小麦。一到四月,小学校的西面、南面和东面,全是金黄的油菜花,太阳下,这颜色疯了似的流淌,小学校的墙壁都被映得金灿灿的。中间的苜蓿地则十分平整、柔软,像低低的紫色的火焰。坐在教室里望出去,颤动的油菜花都高过了孩子们的头。蜜蜂嗡嗡的,在教室里飞,这颜色,这声音,让人坐不住,让人想跑到草地上去打架。放了学,孩子们猫着腰,在这金黄的花海中消失,他们互相投掷泥块。一坨坨泥巴像飞蝗一般,发出划破空气的呼呼声。孩子们像游击队员一样在密密的油菜地里穿行,他们的头上、身上,沾满了植物绿色的汁液和金黄的花粉。

南面大概二百步,凸着一个小山包。站在山包上,可以望见小学校灰灰的屋脊,就像浮出水面的两条大鱼。山上没有一棵树,也没有突兀的山石,种着一垄垄的菜蔬。春天,男教师带了孩子们到这里上自然课,他告诉孩子们那些植物的学名。有调皮的,趁他不注意,就拔起地里的萝卜用衣角胡乱揩几下,咬得嘎嘣脆响。山包不远,是一架高压电杆,上面的变压电箱老是响着嗡嗡的声音。这里是被孩子们认作禁区的,很早的时候,有一个孩子爬到上面去玩,被电死了。那孩子被烧成了一段焦炭。

出了小学校的大门是一条细细长长的煤渣路。煤渣路像一条蛇,钻进了"黄记"家的木槿丛中。走完这条路,折向西,是一个小池塘。水塘倒映着的天空,老是阴沉沉的,像要下雨。那是因为孩子们练写毛笔字,总在这里洗毛笔和石砚的缘故。老师给他们讲大书法家王羲之的故事,王羲之写坏了一大堆毛笔,把家里的九大缸水都写黑了,才把字写得那么好。因此他们真诚地认为,这池水还不够黑,还没有黑到家。有段时间,孩子们十分迷恋钢丝枪,几乎人人都有一把。他们把用旧的作业本撕开,裁成巴掌大,折出来的纸弹有棱有角,打在身上生疼生疼的。他们在校园里展开"枪战",打得"烟雾弥漫"。后来老师全给他们缴了枪,扔进了池塘。有胆大的,放了学偷偷地下去捞,可找了半天也找不着一把枪。他们很奇怪,这水又没动,枪都到哪儿去了呢?谁也说不上是为什么。

池塘向西,隔了一大块红薯地,是村里新挖的一条灌溉水渠。挖渠那年的冬天,小学校的老师带领孩子们去唱歌、念快板诗,风又干又冷,吹得他们直流眼泪、鼻涕。挖渠挖出来的泥,顺便筑了条机耕路,路和渠都呈南北走向。渠通向姚江,因为流经的街区里有一个屠宰场,渠水就总是有着一股猪下水的气味,有时还能够看见被水草勾住的白花花的猪尿泡。路边的树,新叶抽出来,有种甜丝丝的味道,七星瓢虫最爱吃。树和树之间,种的是说不出名的一种植物,非常高大,枝干却是空心的,互生的叶子上还生出许多密密的小叶子——村里人叫"绿肥"。用手轻轻一捋,那些可爱的小叶子就全掉进了掌心,孩子们喜欢做的,就是在放学的路上一边跑,一边把这些绿色的小叶子撒得满地。

这条机耕路大概只有500米长,一幢青砖瓦屋截住了它向北延伸。这是村里的合作医疗站。屋子里老是飘荡着消毒酒精的气味,屋角一只竹筐里盛满了空药瓶和擦得黑乎乎的棉花球。墙上贴着防治血吸虫病的画。站长——他们叫赤脚医生——是一个40多岁的妇女,她给发痧的人吃"十滴水",给划破手指的人擦红汞水,给肚子痛的人打针,吃阿司匹林。她的另一个十分重要的工作,就是给出生不久的孩子种疫苗。

合作医疗站的旁边,是一个铁器厂。一些穿蓝布工装的人在里面上班。他们戴满是油污的手套,吃令人羡慕的铝盒子蒸的饭。他们把头抬得高高的,来去匆匆,快得能刮起一阵风,不像那些背锄和耙的农民,一天到晚慢悠悠的。铁器厂老是向外传送的声音有两种:(1)咣当——咣当,好像火车行驶发出的声音。(2)砰——砰砰,那是工人扳动车床的撞击声。第一种好听些,可能是在用锤子打铁皮,脆亮,响的频率也快。两种声音合在一起是这样的,第一种声音响两下,中间插进来第二种声音响一下:咣当——咣当——砰,咣当——咣当——砰砰。去合作医疗站打针,老远路就听见这声音,一下,又一下,那么有耐心,响得人头皮发麻。以后听到这声音,眼前就老是晃动着赤脚医生擎在手里的那支特大的针筒,心都一缩一缩的。

村民委员会——他们叫"大队"——离铁器厂约50步,这是一幢两层的青砖瓦房,是这一带唯一能称之为"楼"的建筑。抬头就能看到水泥浇出的五角星,它让人想到"革命""专政"这些词。村民委员会由下面这些人组成:一个村主任——他们叫他"大队书记",他是一个老打哈欠的中年人;治保主任,一个退伍兵,只有一只手,另一只袖管空空荡荡的;妇女主任,她还兼着村里的会计,是村主任的小姨。楼下的过道宽宽荡荡的,两边墙上用红漆写着领袖关于农业、水利的指示。过年的时候,村里的大人孩子挎着竹篮,在这里排队领取定量配给的带鱼、猪肉和金针菜。"大队"门口一长溜空地,本来种的是棉花,路上人来人往的,棉铃一结出来就给人摘光了,后来就改种了土豆。因为地是沙性的,结出来的土豆都有拳头大。

再过去的一间小平屋里,住着弹棉花匠和他的妻子。他们是苏北人,讲话老卷舌头。女人长年戴着口罩,男人头上戴着和铁器厂里工人差不多的蓝帽子。他们的头发和衣服上老是沾着棉絮。他们的墙上写着歪歪斜斜的四个字:轧花车间。男人弹棉花的动作十分细心:他一只手举着一根长竹竿,一只手拿着一柄锤,轻轻敲打竹竿上绷紧的弦。弹棉花的声音响起来的时候,连空气都会柔和地颤动,哒哒,梆梆,哒哒。这声音多么单调,就像时间拖着慢腾腾的步子走过村庄。他完全沉浸在这个动作里面,沉浸在锤子和弦相击发出的动人声音里面,就像在弹拨的是一件迷人的乐器。女人用深色的线,在他弹好的棉胎上纹上吉祥的图案,有时是两条嬉戏的鱼,有时是斜着翅膀的燕子。

轧花车间对面是个商店——村里人叫"小店",只有七八平方米,排门被晒得又干又黄,一看就知道经了好多年。店里卖些锅子、碗、盐、酱油、黄酒、帆布手套、军绿色的球鞋,还有一摞七十年代的书(都让风吹得卷了角)。售货员有两个,一个六十多岁的老头,左手长有一只骈指,村里人都叫他"六只指";还有一个女售货员,她的脸扁扁的,鼻子两翼长着密密的雀斑,头发卷得像一个草窝。她时常手里拿着一撮椒盐瓜子,站在排门前嗑,看人走过来,又走过去。她嗑瓜子的声音又响又脆,咯——呸,瓜子壳在店门口的路子落了白屑屑的一地。

再过去,就是村里唯一的邮局了。一只绿漆快要掉光的铁皮箱子,歪斜着挂在门口,看样子已经好多年没有人往里面扔进去什么了。每天下午,四点钟,一辆绿色的邮车准时抵达这里,停顿一刻钟,卸下几封来自远方的信件。很多年,我一直着迷于那个乡村邮递员青草颜色的制服,着迷于他端着一只大号的搪瓷缸子仰头喝水的模样。他就像一阵风,给村庄吹来了外面的声音。

现在的我的桌上,是一张自己绘制的地图。我用蓝色的墨水,在上面标出了流经这个地区的唯一一条大河。这是穿过那个县城的河流的一条支流,它的轮廓就像是一只耳朵。这只耳朵里充满了太多民间的风声和雨声。河里漂着水草(它们来自邻县一个叫夏家岭的小村)、云朵和浸胀了的猫狗的尸体。我又用一支铅笔,画出我上学的路,路边的草垛、植物,早上的晨光,还有夜间的月亮。就在这张写满了地名的纸片上,我看见了狡猾的黄鼠狼(它们在扬花的稻田里咀嚼),看见了在白铁皮屋顶上晒太阳的黑猫。我听了鸟雀在祖屋的屋顶上啄击、走动的声音,沙沙沙——这声音细碎而又绵长,就像是雨声在轻柔地敲打屋脊。

空气中回荡着男孩和女孩的笑声。他们站在齐膝的渠水中,渠底的水草像有一双看不见的手在轻轻拨弄,左右飘摆。一个扛着铁锄的农人远远走过来,空气里充满着苹果树开花的气味。

一群鸟斜斜地飞过,消失在雾气涌动的山冈那边。豌豆花缓缓地在阳光下舒展,脆薄的花瓣就像是蝴蝶的翅膀。再过去,几只黑山羊在吃草。我的祖母躺在离它们不远的田塍边。那是一间比我高不了多少的小屋,没有门,也没有窗。她已经在那里躺了三年,一直和我们生活在一起,可以听见我们哭,我们笑,我们的咒骂。村里那些故世的老人们也一样。太阳照着小屋这一边的时候,草尖上还沾着露水,现在,太阳已经移到了屋子的另一边,那么多小小的房子,浮在黄昏的雾气里,好像白白的船只,向黑暗里驶去。

黑夜就要降临。黑夜,它会藏匿起我和我的村庄,藏匿起山冈、迷人的沟垄、草帽下的脸庞,它也会带来风中奔跑的精灵。晚星升起来前,我爬上村口的那棵树——它一直就在这里,只是我没有注意——我看到了小学校的屋顶,看到它长长的曲尺形的走廊。一个孩子坐在廊柱边的石阶上,他的脚边,一只金甲虫挣扎着,努力想翻转身子。它右边的翅膀,已经让太阳烤焦了。

幽灵们

记忆中,乡村长长的夜晚像石头沉在幽暗的水底,平时,这水面寸波不生,没有人想到其下是一个人的恐惧之源。一个接一个的梦境簇拥着乡村里的那张老式眠床,使20年前的乡村夜晚像早期默片中的镜头,由于消失了声音,它显得那样虚幻。窗外,白而亮的月光下,肃穆地站着佝偻着身子的苦楝和柳树,风穿过干草垛,穿过没有合实的瓦楞,发出空洞的嘶嘶声。间或有狗的叫声在寂静的村场上空响起……那群白天里隐匿不见的精灵现在全都动了起来,它们像透明的婴孩围着我的床跳舞,黑暗中的床铺是它们的舞台。它们跳啊,跳啊,爬上我的额头,跳上我的眼睑。我挥手驱赶,它们呼啦一声飞出了窗口,变成一群精赤着身子的小人儿在月光下奔跑。

我看见月光落在它们光溜溜的身上,像水珠一样滑落下来。它们个子矮矮的,穿过村口的篱笆和草丛,它们掠动空气发出呼呼的啸声,它们细长的脚在我的意念中交叉跑动,永远没有止息地跑动。

我还看见女鬼在菱池的水底下唱歌。有月亮的晚上,她湿漉漉的头发像水草一样长,亮亮的,她的脸看起来像村中最漂亮的一位姐姐,这使我一点儿也没有感到害怕。我还梦见了马,我还没有真正见过它们(我第一次看见马已经19岁了,是在外省的大街上),它们的形象来自小人书《三国演义》和《水浒》。它们的鬃毛飞扬起来,是彩虹的颜色,那么的炫目。我不知道它们怎么跑动,梦中的马群像皮影戏里的木偶马,移动的样子十分笨拙,又十分神奇。我从来没有梦见过大海,也没有想象过大海,大海的辽阔,大海深邃的蓝色我无法想象,这种平静死寂的颜色让我感到彻骨的恐惧是在20岁以后了。虽然从我们的村庄往北、往东数十公里都可以看到大海,虽然我们在秋天闻到的咸涩干燥的空气就来自于大海的上空,但它从来离我那么远,那么远,足以产生虚无。如果我睁着眼,梦也会把自己打扮成各种样子出现,它就像是传说中让人害怕的狼,一次次地打扮成各种模样来敲我的门。到我成年以后,还有两个梦中的场景经常出现:一个是我躺在干涸的河床,两边斜出的石头,又黑又沉,像交互的狗牙,悄悄地移动着,合拢,又分开,当它们悄无声息地合拢来,我感到窒息,像有一双手扼住了我的喉咙;还有一个,我现在失眠的晚上也能够看见它,那是一匹巨大、光滑的布匹在我的意念中,在脑子的内部,它被一双无形的、看不见的手撕裂着,发出嘎嘎的刺耳的声响。这实际上并不存在的声音是多么的让人恐惧,我用意念拼命地不让这织物再撕裂下去,但一切是徒劳的,我只能眼睁睁地看着它裂开,裂开,看着它底下展开的虚无的空白,看着自己在恐惧的深渊中越滑越远。

长长的黑暗中,我多么希望母亲的足音在阁楼上响起,吃过了晚饭,我多么希望她在进入自己的房间之前先来跟我道别,就这样,擎着一支飘忽不定的蜡烛走到我床前,哼着一支歌,或者在我冰凉的额头印上一个湿热的吻。我一直这样盼望着,又一直落空,我对我的父亲由嫉妒渐渐生出了仇恨。

许多个夜晚开始降临了,那些有预谋的透明的精灵早就潜伏在我床下了。我在客厅里拖延着上楼的时间,因为我怕它们,怕它们在我的被子上跳舞会压得我喘不过气来,怕它们在房间里嬉戏着,抢走我七种颜色的玻璃弹子和纸折的战舰和飞机。我怕黑暗,怕蜘蛛,怕扭动着身子的蚰蜒和随着黑暗一起到来的梦境,它们又会让我成为一个被幽灵们包围的孩子。有一次吃过了晚饭,我还赖在客厅里迟迟不走,母亲催促我上楼,睡觉,我怯生生地说:"妈妈,今天你能吻我一下吗?"母亲瞪大眼睛看着我,就像我是一个外星人的儿子。"好了,好了,这样行了吧。"她的唇蜻蜓点水一样沾了一下我的额头,很马虎,也很不温情,但我在上楼的时候一下子气壮了起来,我觉得我可以不必害怕了,我有法宝去抵御那些透明的小人了。但更多的时候,我在等待母亲前来道别的时候把自己交给了黑暗,在失望一阵阵涌上胸口的时候坠入了无知无觉的深谷,然后再在第二天清晨鸟儿的啼鸣声中看见窗外的山墙、老树和紫藤花架,看见远处田野上的雾气飘散,山坡和沟垄露出它们真实的面容。

1991年,我有了一部七卷本的《追忆似水年华》,

我读着,老觉得那个忧郁、贫血、好幻想的男孩不在法兰西,不在城堡一样的贡布雷庄园,他是躺在浙东乡村的一架老式眠床上,他躺在房间的黑暗深处,一面咕哝着"究竟是什么时候了,我还不想睡呢",一面开始回想起其他睡眠和清醒的时刻,其他的房间,其他的床,其他一些黑暗的地方。那眠床的边沿,绘着精致的云纹和飞鸟、鲤鱼、麒麟等吉祥的动物图案。

乡村电影

　　夜幕降临了，天空浓郁、深湛的蓝色（它好像是大海涌到陆地并倒悬在村庄上空）现在开始变得昏暗。我看到风，风在树梢上走动，我看到了它的方向和形状。我看到鸟雀——它们站满了黄昏的枝头——像受惊的孩子一样吵吵闹闹。白天的最后一丝光亮还留恋在老屋的土墙、稻草垛和沟渠河坎上迟迟不去，黄昏里奔跑的孩子逆光看去都有一道金黄的轮廓，摇摇摆摆的鸡雏的那种色调。电影放映员，这个快乐的小胡子的年轻人早就来到了村庄。现在，他吃过晚饭，抹着油光光的嘴开始摆弄带来的那些家伙，边摆弄还边大声呵斥那些靠得太近的孩子。他打开了那只黑乎乎的大木头箱子，他取出一盒盒电影胶卷，他摇动小小的握把，把放过的胶卷倒回到从头。这个小胡子真是一个神奇的魔术师,他给乡村带来了那么多激动人心的故事,故事里有枪声,有鲜花,有奔驰的火车和汹涌的大海……这一回他要放什么电影呢?一个孩子说是《卖花姑娘》,他二姑住的村前天刚放过的;另一个孩子说你脑子里塞满番薯了,《卖花姑娘》哭哭啼啼的有什么好看,是《南征北战》!他们不远处的晒谷场上,巨大的、白色的幕布已经挂了起来(支着它的是两根比屋脊还高的竹竿),晚风吹得它鼓鼓的,像一张昏暝中升起来的船帆。孩子们相信,过不了多久(那时的黑暗比墨更黑),电影里的人会像被施了魔法一样从幕布里走出来,而现在它们只是沉睡着。他们跑前跑后,一会儿又绕到幕布背后去看个究竟,但他们看到的只是一块空无一物的幕布,它的边上是用来穿过绳子的黑色的铆孔。由于黑暗的加深,幕布愈显得白了。

大人、孩子正从附近的村庄赶来,他们扛着板凳、竹椅(有的还带了吃食),就像一群举家远徙的人。黑乎乎的队列穿过田塍、石桥和村口的大榆树,黑暗藏匿起了他们的表情,只听见嚓嚓的脚步声,坚定、杂沓、混乱,又夹带着一种说不清的热望。这群从黑暗里走出来的朝圣大军现在全都来到了村场,黑压压的人头攒动着,空旷的村场一下子变小了。许多人的呼吸使空气里有了一股湿津津的咸鱼味,脚步踢踏起尘土,这气味里又可以辨认出灰尘的腥味,仿佛大雨欲来。

电影开始了,放映机上的一束光总是射不到银幕上去,就好像是多余的水总是要溢出容器,这多余的光沿着幕布的边沿向远处飞去,就像一支射出去的箭,飞着,飞着,落在黑暗中的田野和池塘里。无数的手,大人的,孩子的,在电影中的人物正式出场前争着往那束光里钻,它们落到幕布上的时候都被放大了,有的甚至有一间屋子那么大。要是这时正好有一只夜蝙蝠或者蝴蝶飞进去,它至少会有一面小石磨那么大。这真是一个神奇的、做梦般的夜晚。如果人群里响起哪个女人的尖叫、咒骂和男人们不怀好意的吃吃的笑声,那一定是她让谁摸着乳房了。女人的身体,遐想、挤压和碰撞,尖叫,乳房,零食和吃喝……这是电影开映前必需的功课,乡村电影的前奏曲,事实上它们就是乡村电影本身。如果不是这样,谁愿意像过节一般连续看上七遍(或者更多)

的《追鱼》或《渡江侦察记》? 然后每个人的耳边都响起了沙沙的声音,某种类似于下雨的声音。这不是雨声,是挂在竹竿上的音箱把电影胶卷的转动声和放映机的杂声放大了出来。这声音灌满了每一只倾听中的耳朵,让心里都变得潮乎乎的,好让故事生根,长成一棵大树。孩子的吵闹声歇了下去,因为电影里的人开口说话了。每次我都躺在村场远处的一个干草垛上看露天电影,这里又暖和又舒适,只是干草垛的位置在银幕那一边,这样我看到的电影都是反转过来的形象,左右都换了个向,但这一点儿也不妨碍我同样看得津津有味。草垛很安静,虫鸣唧唧的,人在上面一翻身,干草就窸窣作响。有时我看着看着就睡了过去,醒来,幕布不见了,人群不见了,漫天的星光像闪闪的铁钉,这让我怀疑我只是打了一个盹,我是躺在干草垛上梦见了自己在看电影。

看得见风景的阁楼

一个男孩躺在床上,他梦见身边的亲人一个接一个死去。他在梦中惊惧地大哭。这时,阁楼的木头楼梯橐橐响了起来,他的外祖母举着一盏煤油灯走了上来。灯影一漾一漾,就像水纹晃动。她放下灯盏,轻轻拍打着男孩——好像要把男孩身体里让他感到害怕的东西拍打驱赶出来——男孩在她温厚的手掌下安静了……我曾把这个想象中的场景写进小说,我一直以为我没有过在阁楼上生活的经历,我只是在想象,想象着这样一种生活的经验。只是有一天,我突然毫无来由地感到,那个我叙述过的阁楼的确在这个世界上存在过。是那天我置身的异乡城市的黑瓦、粉墙、熏得黑乎乎的柱梁唤醒了我的记忆吗?雨天的街景退远了,清晰地浮上回忆的水面的是阁楼吱嘎作响的地板,拖着长尾巴轻捷地跑过的老鼠,阁楼角落散发着甜丝丝的气味的腐烂的土豆和番薯,表妹们(黑暗的阁楼顶响着捉迷藏的表妹们吃吃的笑声)。楼上砖砌的小窗安着木格子窗栏,从这里可以看见瓦片像鱼鳞的灰色屋脊,这些屋脊就像一条条大鱼浮在黄昏或者清晨的雾气里,更远处是田野、树、河流、乡村小学的小尖顶的屋子。我愈发清楚地记起,当夜晚降临,外祖母擎着她那盏煤油灯上楼的时候,飘忽不定的火苗把她佝着的身影变得张牙舞爪的投向墙壁和天花板。我看见的外祖母,以阴影的形式,在墙上、地上、天花板上动来动去。那时我三岁,也可能两岁,我大脑中记忆的纹路还不能刻下什么,但这些形象一直像种子沉睡着,等待着在某种时候在某种方式的感召下醒来。我还记得下雨天,大人们全都不知干什么去了,我和表妹们在阁楼上做游戏,檐头的雨脚很长,包围着屋子,像一道挂起来的帘子。游戏的内容现在想起来都是带有一点性的意味的,常常是一个表妹的肚子痛了,里面塞一件旧衣服去"医院"生娃娃,或者是我病了,我下面的"小鸡鸡"生病了,"医生"(表妹中的一个)

伸手触摸它,给它打针,再开一些药。我被抚摸的时候感到十分快乐,那是一种隐秘的、跟谁也说不清的快乐(这是多么无耻的快乐啊)。奇怪的是我一点儿也没有罪恶感,表妹们也是。她们对我与她们在身体上的不同首先表现出的是惊异和好奇,然后则是好笑。在她们强忍的笑声中我感到羞愧和不安。我和她们穿同样的小碎花图案的衣服,我们的裤子都是开裆的,我们的脸都一样脏兮兮的,我们哭的时候都会咧开嘴拖着两挂鼻涕,可竟有一个地方我们是不一样的——当然随着年龄的增长,我会发现我们不一样的地方远不止这一点——这真的让我感到了难受和不安。

推开阁楼的南窗,可以看到那条河。只是河水从远处看是镜子一般凝滞不动,随风飘摆的是河岸上的芦苇,像绿色的绸缎。在我很小的时候,河边的那间石头小屋一直是一个让人害怕的地方。秋天,茭白叶子在屋前屋后的小河里茂密地生长,鱼儿在那儿响亮地跳波,但没有一个孩子敢走近去。原因很简单,这屋子里吊死过一个人,它是一座凶宅。怎么可以说"宅"这个有点儿财主气的词呢?它真的只是一间小屋子,一间很简陋的小屋子。屋里安装着一个黑漆漆的水泵,水管很长,一直伸到前面那条河里。不错,它是一个水房。如果从远处看的话,水泵长长的水管就像什么活物从水里跃起,伸到了屋子里。许多年前一个下雨的晚上,有人在水房的横梁上吊死了。自杀者生前有一份体面的工作,在县城的一家五金化工厂上班。他还只有19岁,没有成家。他还有一个小小的爱好,下了班坐在树荫下的石凳上吹笛子。华丽的笛音打着颤,在夏日傍晚清凉的空气中划过,就像是来自另一个世界的声音。是什么样的绝望使得少年笛手把自己的命都抵了上去呢?一个人这么无畏又这么无情地对待自己的生命,仿佛那只是屋角的一件器具,这真让还是一个孩子的我感到吃惊。因了这个多少有点可怕的故事,孩子们去河里游泳都远远避开那个水房,有哪个胆大的去水房附近的水域凫几下水,回来的得意劲儿就像是一个穿过敌占区的英雄。从每年楝花开时男孩子们扑通扑通跳下水,到秋风起时他们牙齿打着颤离开水面,每天黄昏,这披着霞光的水房的影子在他们眼中又美丽又阴森。水房周围的野草越长越茂密,慢慢地,它倾塌了。到我19岁那年,它已成了一片断砖和瓦砾。如果我走过水房,耳边还会响起笛子的声音,那是许多年以前死去的少年笛手吹出的声音。

19岁那年和我一起去河边水房的还有一个女孩子。她的名字里包含着三种开花的植物,但我一直叫她"荷"。19岁那年的某个夏日黄昏,"荷"和我一起坐在河边草地上。我们像一对革命青年一样在美好的风景中畅谈理想和未来。我发现当我出神地盯着河面的时候,我会觉得水根本就没有动,而是我和我们坐着的草地在不停地向前行进。我们这是往哪里行进呢?就在我出神看着、想着的时候,我发觉我的手已经在她的怀里了。这是我第一次抚摸异性的乳房,它是那么的圆润、柔软,简直像另一个世界的物质。当我意识到我在干什么的时候,我的头一下子大了,小腹下面起了温暖的气流。我不知道这一刻的到来会这样自然,又这样平静。她哭了,我是说我童年的玩伴——"荷"。"荷"的身体像植物的叶子在轻轻颤抖。我想那是因为我太过用劲弄痛了她的缘故。她说你真坏真坏。我缩回了手,我想我这样子真够流氓的。我歉意地问她是不是和我一起回家吃晚饭,她摇摇头,抿紧的嘴角有两条泪痕,这愈发让我感到伤害了她。我们起身的时候,屁股底下凉凉的,都染上了绿色的草汁。

在黑暗中奔跑

　　黑夜是黑色的硕大的花朵,它在不断地膨大和繁殖。它是冥思者的天堂,对一个孩子来说,它却是令人惧怕的——这惧怕的中心蹲着一只传说中的老虎……黑暗中的村庄,有着多少隐秘的气息和声音。风吹过木头电杆,杆子发出嗡嗡的细响。常常是冬天的夜晚,月色很白,墙门、长长的弄堂,都被切割下直棱棱的一个个阴影,落光了叶子的树梢有点狰狞地刺向暗蓝的天空……现在浮上记忆的水面的是一个在黑暗中奔跑的孩子。那是在村庄里一条叫"虎棚"(它为什么叫这个古怪的名现在还是个谜)的窄窄的小弄里,两边的风火墙石灰剥蚀,歪歪斜斜像交互的狗牙,黑暗中就好像要一口咬下来。孩子惊恐万状地跑着,他的脚在泛着青色月光的石板路上急骤起落。无从知道他为什么要跑这么快,也无从知道他为什么要那么惊恐,近了,他近了……这个20多年前的孩子就像一片黑色的树叶从更深的黑暗中析出来,飘近了。现在可以看清他的脸,这是一张极度紧张惶恐的脸,他的鼻翼急剧地扇动着,像呼吸过于急促的蝗虫的腹部。他小小的胸膛因大口大口地喘气似乎不够用了,简直要炸开来一样。黑暗是刺人的,又是沉闷的,像一坨压在肩头的生铁,黑暗中狂奔的他眼前掠过了井台、槐树、干草垛和一只爬上屋脊的猫。小弄两边人家纸糊的窗口透出的昏黄灯火,更显出黑夜的黑。他的影子在后面追逐着他,因迅疾的奔跑,这影子变形了,有点狰狞,像一个注定要赶上他的东西。

他不知道,追赶他的就是他内心的那只"老虎",这只"老虎"另有一个名字,叫"恐惧"。

那时他还那么小,是的,那么小,他的天性中就流露出了远游的气质。他的意识老是悬空,浮在没有定向的风里。这让他跟别的孩子不一样,孤独而忧郁。当别的孩子在村场里缺心少肺狂喊追奔时,他总是一个人坐在树下,看黑色的蚂蚁大军来来往往,看一朵停云不断地变幻模样。他看见祖父在夏天的黄昏从村口走来,旱烟管上的火头一明一灭,他想那是萤火虫在飞吗？祖父走到了他面前,现在他看清了,没有萤火虫,那只是一只紫铜的烟嘴,但发生了奇迹一样,他真的在祖父的肩上发现了一只萤火虫。他相信有时候真的会有奇迹降临,只要他想让什么发生。邻家的一个瘸腿的男人,坐在墙根下拉他的三弦,他听着,心也随着看不见的弦一揪一揪的,不知不觉就流下了眼泪。更多的时候,他站在自家庭院里(大人们禁止他到处乱走),望着头顶手帕大的一块天空,一只鸟在檐头露了一下脑袋,招呼来另一只鸟,两只鸟,它们练习飞翔,婉转而鸣,他和它们轻轻说话(说重了怕惊飞它们)。一整个下午,他看着鸟儿,从左眼飞到右眼,又从右眼飞到左眼。然后起风了,他看到风就是那只蹿出高墙的黑猫,虎虎有声,风穿过瓦楞,发出的声音就像很远的地方有小孩子在哭喊……下雨了,如果是夏天,那会先是一群擂鼓的仙人出场,鼓声一阵比一阵响,逼近他的村庄(而他住在这村庄的心脏),然后是雨中的景致:牛和羊的影子仿佛剪纸,一顶顶草帽在雨中浮动,露出下面黧黑的脸;鸟在低低地飞,植物在呼吸,树木和村庄都轻飘飘地浮了起来,像一只只软木塞一样在水上晃悠。秋天,他听到的雨是一点一滴落下来的,响在他空空的体内,好像有一只看不见的手在轻轻拨弄着,细密而又绵长。雨脚轻脆地叩击头顶的瓦片,像弹琴者手指漫不经心的起落,一会儿紧骤,一会儿舒缓。有一次,他从雨水的拍打声中听出了鸟的脚步声,许多的鸟,数不清的鸟,翔集在他头顶,这是多么的激动人心啊……人们说,这是一个怕羞的男孩,他是一个心里有很多事的男孩。没有一个人知道他的孤独,知道这孤独同时带给他的隐秘的欢乐和恐惧。他想象,是的,他想象,他让心神远游,让幻想像风一样鼓满他小小的身体,想象带给他欢乐,然而也正是想象的魔法给他带来了惧怕的东西。

一个用孤独喂养大的孩子,在很小的时候,他就找到了自己行动的源泉,他很少去信赖什么,他的世界是自足的世界。他在孤独的空气中一天天长大,他的性格的发展,不会像别的孩子那样乖巧。他很少去想,做什么样的事、说什么样的话会让别人喜欢自己,他的世界的自足,使他不知不觉闭锁了内心的门。步入青年以后,很少会有女孩去接近他(他也害怕接近她们)——除了那些心性发展比较成熟的姑娘,有谁愿与一个长久地盯着天空中的飞鸟或目光总是专注于一片变幻不定的流云的男孩相处呢?——那些偶尔和他相处过的女孩发现,落花依草,她们依的是一株铅丝样的草,柔弱而又坚韧,挺挺的,抖抖的,那么的敏感——一丝些微的风便能引发他神经质的长颤。

这样的孩子是幽灵的孩子,是一个已经灭绝了高贵种族的遗孽。他们因生活中的诸种不幸——饥饿、亲人的夭亡、孤独、委屈和恐惧——而变得格外敏感,他们一生的结局趋向两个极端:要么被驱赶到疯人院,要么在一个创造性的世界里成为一代人生活的代言人。然而这只是他们未来生活的两极,更多的人是一种中间状态的生活,他们生存在一种有限的精神前景中,他们挨不过积习的惰性和时世的艰难,心安理得地接受(而不是怀疑和反抗)成了他们不经意中的妥协。他们变乖了,变得怯懦而拘谨,委琐而恭顺。——怯懦,那是噬心的小虫一直在折磨他们。

县城的地名

那个男孩现在走在县城的大街上。几天前,他和表妹们搓草绳,搓得手掌心都发红。草绳在翻转过来的椅脚上绷,五十四转是一束,二十七束是一捆。一捆草绳五分钱,男孩知道它可以换五颗什锦水果糖,或者是一串半的糖葫芦——如果在夏天,再加上两分钱就可以吃上两根透心凉的赤豆棒冰。他们数不清到底搓了多少束草绳,只知道一束束黄灿灿的草绳打成捆把屋角都塞满了。现在,男孩的外婆在一大群叽叽喳喳的表妹中单单挑中了他上县城,这在他是多么值得骄傲啊。外婆挑着一担草绳,肥胖的身子显得有些吃力,再加一只手牵着男孩,这样就走得更慢了。在一座很高的石桥下,外婆放下了担子,大声对男孩说,站在石桥的第四级台阶上等她,不要走远,然后,她肥胖的身子和两捆黄灿灿的稻草绳就被桥下集市里的人群吞没了。男孩看见河里泊着许多船,男人们在摇晃的船里排成长队,正把一个个大白菜递上岸。岸边捡菜叶的妇女和孩子跑来又跑去,不时因有新的发现而发出一声声惊呼。南货店里的伙计飞快地用马粪纸打着包,在一包包砂糖和红枣的外面贴上"四时果饯"的红纸。点心铺子里的蒸笼揭开来,热气腾地一下遮住了四下的脸孔,然后热气散去,露出一个个雪白的肉包子和馒头。天是好天,红红的日头照着灰扑扑的街市,可脚下的地没有一处是干的,再灵敏的鼻子也闻不出这集市上空涌动着的是什么气味。一切都是新鲜的、滋润的,像刚刚摆上摊位的蔬菜,叶片不打一个褶;一切又仿佛是从时间深处泛上来的,是隔了许多年的热闹和喜气。鼎沸的人声像一团虚无的热气,把站在石桥第四级台阶上的男孩高高浮了起来,他的脚不由自主地带着他离开了这个地方。

现在,他像一匹田野上来的小马驹在县城的街道上没有目标地瞎逛。他看见从来没有看到过的蓝色的门牌号码(以后的日子里,他多么希望在自己家门口也有这么一块啊)。他看见城里女孩子白白的脸。当他走在高高的墙弄里,他看到两边的高墙把太阳光严严地挡住了,他胆战心惊地走着(因为迷失了方向),然后墙弄一个转弯,他又走到了人群充满的大街上。从几乎不见一人的墙弄走出来,一下子见到这么多陌生的面孔,这在他是多么的亲切啊(这在从前是不曾有的,从前他怕陌生人,就像他怕黑暗和蜘蛛)。走在大街转角的时候还出了一个意外,有两个和他差不多大的城里男孩拦住了他,他们不知是从他的衣着还是他的神情、体味辨认出了他不是他们的"同类"。他们不说话。他们只是充满敌意地打量着男孩。男孩心慌了,因为他看到他们手里都有枪,一把锃亮的钢丝枪。他们把枪头抬起,拉紧的皮筋后面白色的纸弹如果飞出来的话一定会打在男孩的身上。像变戏法一样,现在男孩手里也有了一把枪!那两个城里小子的眼里掠过了吃惊的神色,或许是男孩手里的钢丝枪使他们把他认作了"同类",从而消除了敌意,他们收起枪,叽叽咕咕笑着跑远了。男孩这才发现手心里满是汗,他扣动扳机,白色的纸弹准确地落进了污脏的河水……石桥下的集市早就散了,太阳照在湿地上,就像踩扁了无数个西红柿。男孩看到了卖完了稻草绳的外婆,她肥胖的身体背对着男孩走来的方向,孤零零地坐在石桥第四级台阶上,她的手里托着两只已经没有了多少热气的包子。

当我长得更大一点,我知道了县城里更多的地名:牌轩下、学弄、笋行弄、酱园街、邬家道地、武胜门、桃园弄、桐江桥(有一段时间,它们又分别以"勤俭""永胜""文革"东风等名字流传在人们口头)。当我走在为纪念明代一位哲学家而命名的阳明大街和曾是三国时江南望族虞氏栖居地的虞宦街(它今天改叫"新建路"),我会想象更久远的时日里——比童年的回忆更远——走在这些街上的身影和面孔。那时的街道肯定没这么长,这么宽,客栈、酒馆、斜挑的酒旗和哒哒的马蹄声构成了它们最初的繁华。但那时候它肯定远比现在重要,因为那么多优秀的人从这里走出去了,然后又像秋阳下的叶子被时间护送着回乡。他们带来了世人瞩目的荣华,也带来了浮动数百年的书香。以我有限的生活经验去揣度,旧日的市井里会有多少故事发生,有人屠狗,有人去家报国、登楼长啸,有人冲冠一怒,有人锦衣夜行……千百年的时日,那么浩渺苍茫,其间足以生长幻觉和神话。那灰尘般拥挤的生灵,他们穿过落日的灵棚都走向哪里了呢?这样想着,走在街上听着风穿过行道树的沙沙声,恍惚还是他们的衣袂飘动发出的声响,那么的空旷、凄清,又醉生梦死。

每座城市都有自己特有的气息,譬如佛罗伦萨的特有气息就是伊利斯(希腊神话中虹的女神)的白花、尘土、薄雾和古代绘画的油漆味;杭州是令人窒息的桂花香和脂粉味;宁波则是咸涩的海风,撞在高大的建筑物上分散成丝丝缕缕,干净而又爽朗。但我无法辨认出这座北纬30度线上的县城的气味。在秋天,它的大街小巷里弥漫着炒熟了的良乡栗子的熏香,也散布着变质了的苹果的腐烂气息。它更多的引起我的是一种在剧院里的体验:嘈杂、神秘,交织着灰尘和霉烂松脆的地板的那种气味。特别是下雨天,那些将拆未拆的百年老屋裸露着砖坯和黑乎乎的横梁,在一大堆废墟的包围中,就像一场旧电影中的布景。雨水冲刷着百年陈迹和隐私,似真似幻。

县城唯一的剧院就在沿河西大街中段,一个公园大门的东面。早年常有一些外地来的班子在这里演越剧折子戏。7岁那年的冬天,我坐在黑暗的剧院里,在舞动的水袖和铿锵的锣鼓声的包围中,我看着远处台上那些宫殿、楼阁,看着那些咿咿呀呀唱戏的女人,我不由自主流下了眼泪。

几乎没有一个孩子能忍受剧场里长时间的黑暗,而我,竟坐在一大群妇女中间流泪了,在那些才子佳人的故事面前流泪了。无从解释这眼泪为什么而流。或许你会说,这个孩子,他在童年时代就流露出了天性中的孤独和敏感的倾向。这秘密只有我自己知道,我是怕戏到了一定的时候总会结束,我多么希望在剧场里的时间无限制地延长,好让那些楼阁、美女更长久地留在我眼里。是的,是时间的流逝让我心惊,是时间的流逝让我感到了说不出的痛。时间,它是一阵不知所来的大风,它会轻而易举地带走宫殿、楼阁和唱歌的美人。

时间,一次次地穿过这座县城的每一条街街巷巷(总有一天它会带走县城,让数不清的季节和眼泪找不着归家的路)。我看着冬天立在冰冷的渊水中的桥墩,它每时每刻都处在一条崭新的河流里,这就仿佛我说到过的那些地名,在更广维度的时空中,它们需要一次次的命名来证实存在。它仍然是一个剧院,我置身的县城是一个庞大的露天剧院,只是上演的剧目不再来自民间和传统的深处。

老西门,这里我又要说到县城西南那条小巷了。在1991年姚江大桥重建之前,这里人迹罕至。许多年我都住在一幢简易小楼的底层 —— 它还有一个长年不见阳光的小院,长着栀子花和不会结果的枇杷树 —— 就像一只蚂蚁,在一片秋叶下感受空气中的暖意和衰败气息,同时开始我盲目的诗歌训练和爱情。对这幢已然在这个世界消失了的小屋我心存感念,它是我青春期的墓碑。和它一起消失的是我曾经的女友们,她们,善良的姐妹,从我的生活中走出后就再也没有了音讯。那时我多么落寞,又难以合群,许多个秋天的晚上,当午夜的星隐匿在一张张阔大的梧桐叶背后,我就轻手轻脚地起身、下楼,去看街心花坛紫薇花开放。紫薇花瓣就像姑娘们文胸上的蕾丝花边,我把它们想象成一群穿着束腰裙裾的少女。我就是躺在床上,也能听见她们细细碎碎的芳香一步步地逼近我倾听中的双耳。一夜夜,我梦着这群天国仙苑里的姐妹,听任她们的步履把我带到黎明,想象着车马辚辚,正驶过秋天的驿站。……是的,风暴,它把星星的碎片都吹进了我的花园。……是的,我向往生活中的一场风暴,可面对风暴我又不知所措。我留恋,我倾诉,我瘦削的手指充满着幻想,就像一个渴望飞翔的小提琴手。是的,这就是我在老西门,在九十年代的第一个晚上写下的句子:我的手触到了日子的肌肤,它只是一张萎缩的白纸。

1976·夏夜的游戏

那一年我7岁。

那时候的生活是多么枯淡,就像包围乡村的空气。枯淡的乡村生活中我又是那么的孤独。夏天是一年中唯一的明亮的季节,我可以成天泡在河里,玩狗爬式,摸河蚌,再就是仰躺在水面上,看白云朵朵飞来又飞去。太阳烧得背上火燎火燎的,然后就蜕了皮,像出了麻疹一样难看。阳光丝丝地渗进了我小小的身体里面,在一个什么角落贮藏了起来,让人憋得发慌。我真是太闲了。我有那么多的时间要去打发——就像玩斗地主时满手的牌,我都不知道该怎样让它们一张一张走掉。时间是那么多,钱是那么少(三分钱可以买一根赤豆棒冰,五分钱换一根白糖的;一毛钱可以兑七根橡皮筋,至少可以换五颗以上的玻璃弹子),快乐都不是现成的,要自己去找。那时(从更早的时候?)我发疯了一般迷上了玩弹子。我的打弹子技术在村庄里首屈一指。别的孩子随着季节和月份的变化老是更换游戏,但我一年四季总玩这个。每天傍晚放了学,我就趴在村里的晒场上打弹子,我手脚并用,在地上跳来跳去就像一只猴子,把那些彩色的玻璃弹子一个个准确无误地射进了泥洞。很快我就有了"最佳射手"的称号。我全身衣袋里都是赢来的玻璃弹子,一走动,弹子袋就发出叮叮当当好听的声音。这种声音使我走到哪儿都是趾高气扬的。别的孩子像跟屁虫一样跟在我的身后,因为他们的弹子赌光了,听着那可爱的玻璃弹子互相撞击发出的声音,他们兴奋得眼睛发光。有时我也会借给他们一些,让他们过过弹子瘾;如果我高兴了,也会无条件地送给他们一颗或者两颗。这些玻璃弹子就像童话中的一个个金币,让我体会到了什么是有钱人的快乐,有钱人的慷慨。但不久我就发现,他们都在提防我,他们想尽办法哄我高兴,从我这儿骗去弹子,但我要玩时他们都远远跑开了。就算我把他们的玻璃弹子全都赢到手,但没有一个人跟我玩了,那还有什么意思呢?有一次玩弹子,我运用了各种计谋,连着一直输到第十盘,好让他们认为我不过是个无能之辈,但尽管如此,我还是引诱不来对手。我只好一个人玩了,让自己的左手和右手无休止地决斗,但很快我就兴味索然了,因为我发现,我的左手老是打不过右手。

大概就在我一个人玩弹子的那些天里,地震的消息悄悄流传了开来。每个人的脸上都带着惊惶的神色,相互碰了面都不再问吃了没有或吃了些什么。他们说地震。"希他娘的地震怎么还不来?""快了吧,我看快了。"就好像地震是一个妖精,趁我们不注意的时候会突地跳出来吓大家一跳。许多人变得小心翼翼,他们时刻关注着身边的那些小动物,鸡、狗,还有老鼠,关注着墙角的树和草,看它们有没有异常的动静,那些可都是地震的预兆啊。有人家里的猫找不着了,有人家里的狗蹿上了墙,还有人家院子里的水井半夜里发出"咕咚咕咚"让人莫名其妙的声音,就好像有人在下面吐水泡。记忆中那些日子的天空也有点不一样了。黄昏,太阳下山了,西天的晚霞火红火红的,都镶上了金色的边线,它们诡秘地变化着,一会儿是一匹马,一会儿是几头奔跑的狮子,一会儿又成了一团硕大无朋的蘑菇,中间的黑浓得化也化不开。有一次我一个人站在河滩上,看见有一团云像极了我们的数学老师趴在讲台上睡觉的模样(他经常在我们做作业的时候睡着,嘴边的涎水打湿了我们的识字卡片),我马上跑回村庄叫人来看。当我们气喘吁吁跑到河边,那团云早就让风吹散了。我急了,我说,我真的看见我们的数学老师了。别的孩子都"啊呸""啊呸"起来,他们起哄说,什么呀,我们看好像大肚皮女人。他们哈哈大笑,倒好像我真的骗了他们似的。

我敢说那是我们最快乐的日子(这是多么没有心肝的快乐啊)。大人们也是脆弱的,即将到来的生活的变故(他们相信它正像一只笨糟糟的大象迈着圆柱形的巨腿一步一步走近村庄)把他们打蒙了。他们忙着准备棉被、干粮,逃难路上要用的锅铲和碗盏,他们自己把自己吓坏了,再也顾不上在我们调皮捣蛋的时间过来大声呵斥,或者揪耳朵、敲爆栗。再也没有人对我们说这个不行那个不行,我们快乐得几乎要昏了头。玩累了,我们钻进桌子底下,桌子上铺着厚厚的棉被。这样的铺着棉被的桌子是简易的防震棚,每户人家的堂屋里都有。屋子底下黑咕隆咚的,放着大人们早就预备下的年糕干、烤番薯和烧酒(都到这一步了他们还忘不了酒)。我们吃着这些东西,故意发出"咯嘣""咯嘣"很大的声响。我们,饥饿而又快乐的小兽,咀嚼的牙齿发着锐利的光。番薯、倭豆,这些东西都不太好消化,很多人得了严重的便秘,蹲在露天粪缸上脸憋得通红,好半天也拉不出点屎。到了夜晚,村里人全都来到了晒场上。他们带着椅子和竹席,坐的坐,躺的躺,晒谷场上密匝匝的全是人影。夏夜的空气十分燠热,风息不动,打嗝声、放屁声、咒骂声和小孩的哭叫声响成一片,间或还有成群的蚊子飞来时闷雷般的声音。大人们嘴边的香烟屁股像特务接头时的暗号忽亮忽暗。他们说,外面风凉,再说地震来了逃起命来也快些。有一个老头成天喝酒,想把自己弄醉,这样死起来也好利落些。他喝呀,喝呀,脸都红成老虾公模样了还是没醉,他苦恼自己竟然想醉也醉不成了。还有一个老婆婆,睡觉的时候也紧紧抱着那袋炒黄豆。有一个晚上她醒来(或许她还是在梦里),竟背着那袋沉重的炒黄豆在晒谷场上惊恐地奔跑。

现在,空了的村庄几乎成了我们的天下。我们在夏夜沉闷的黑暗中奔跑、追逐,毫无心肝地尖叫、大笑,全然不管压向每个人心头的地震的阴影。我们撕下作业本上空白的几页,折成各种式样复杂的飞镖,我们把坚硬的油菜秆和麦秆当标枪相互投掷。我们无休止地"决战",从每户人家门前的自留菜地到村口的河边,到处都是我们的战场。夜晚的黑暗,使一种叫"藏猫"的游戏玩起来更刺激了。玩这种游戏,通常是一个孩子面朝墙壁,闭着眼(不能偷看),把从一到十的数字数上十遍。在他数数的时候,别的孩子要在大致划定的游戏区域里把自己藏起来,然后再由这个孩子把他们全部找出来。黑暗使这种游戏变得惊心动魄。有一次当我憋着劲数完数,睁开眼睛,身边一个人影也没有,亮晃晃的月光照着树梢、屋顶,月光下每一件东西都有了自己的影子。我差一点儿哭出声来,当然我是不会哭的,因为我们是在玩游戏。后来我还是一个一个把他们找出来了。他们有的爬到了树上;有的就躲在不远处屋角的阴影里;还有的把自己藏在了竹箩里,上面还加了盖子,因为他们在"吃吃"地傻笑,也都被我捉了出来。从黑暗中走到光亮的地方,他们每个人的脸上都有着汗水和灰尘混合在一起的痕迹,看起来怪模怪样的。只有一次——唯一的一次,这个游戏让我感到了真正的害怕。我藏身在一个放草料的浅坑里,上面还盖了一层薄薄的稻草。我仰面躺着,呼吸着过夏的稻草甘香的气息,可以毫不费劲地看到头顶密集的星星。身下,一丝从地底下渗上来的阴凉让我感到很适意。我听到寻找者的脚步声从我身边走过去,或者徒劳地在我藏身的周围徘徊。我大气也不敢出,心里怀着秘密不被揭穿的喜悦。我几乎已经看见了那个寻找者一脸沮丧的表情。被找出来走到中间空地上的人越来越多,最后只剩下我一个人没有被找到。透过掩饰得很好的稻草,我看见他们集体加入了寻找我的行列。他们是在找我,这场游戏中最后的胜利者——他是那么聪明,出人意料地找了一个谁也不会发现的地方。我听到他们在喊我的名字,开始还咋咋呼呼的,后来就带着点儿哭腔了,他们找遍了一个个可能藏人的地方——草堆、沟坎、墙角、水缸、猪舍,甚至露天粪缸也要走过去搅几下(他们竟然笨到以为我会躲在这种臭烘烘的地方)。就在我暗自得意的时候,心里突然一阵紧缩,我这是在哪里呀?我看看头顶的星空,摸一摸身边窸窣作响的干草,摸一摸底下因我长时间躺着而变得潮乎乎了的泥土,我突然非常强烈地感到我被这个世界遗忘了,我是在一个醒不过来的大梦里 —— 我把自己弄丢了,或者说我找不到自己了。寻找者们的脚步渐渐远去(他们或许厌烦了这个游戏,或许以为我不负责任地逃离了这个游戏),看着他们的身影一跳一跳地融进了黑暗,我忘记了叫喊。铺满稻草的浅坑,现在变得有点潮湿、阴冷了,夏虫的叫声洪大起来,愈发显出了寂静的无限。那一刻我的心里空空洞洞的,我想我的生命是和这星空下的泥土、草木、昆虫一样的,一阵突如其来的大风就可以让我消失。我冷,我小小的身体在打战……我需要爱,像一盏灯亮起,让我照见自身,让我知道我还呼吸着,在这个世界上。

现在忆想起多年以前的那个夏夜,那是多么可怕的一幕……一个游戏者,一个虚拟的场景中的被寻找者,竟然像一个死者 —— 一个没有了生命的人一样被人忘记,被放逐到了经验的生活世界之外。

这是人生初年潜意识中对死亡的战栗。我为自己那一刻的处境感到惊骇,感到空茫和虚无,感到了针刺般的疼痛和恐惧……还有像荫凉的地气一样渗进身体内部的忧伤,是的,遍布全身的忧伤。

我多么想触摸这个感知的世界。我多么想马上现身在一盏土豆一样金黄的灯下,就是受大人们的呵斥也在所不惜。如果这游戏能从头开始,我会站在一个最显眼的地方,让寻找的人一眼就能逮着,以免去这针刺般的痛。一个游戏,如果让孩子再也回不到母亲身边,再也不能返回他身边的世界,这个游戏无疑是可怕的。我已经落进了这个可怕的旋涡。当我在恐惧的驱动下爬出浅坑,我看到群星黯淡了,它们像暗哑的音符正在时间中飞逝。一轮金黄的月亮,正从村庄东面的小山冈后探出脸来。它的光像太阳一样温暖,它给屋舍、树木、断墙的轮廓都打上了金边,并让它们在大地上留下了影子。事物和它们的影子,这个熟知的世界给了我安慰。我看到我的影子也躺在我的脚下,像许久没有谋面的一个伙伴。我踩着自己的影子敲响了自家的门。

一场与昆虫的战争

春天来到了,来得像魔术,像一支突然奏响的曲子,酽酽的阳光,酒浆一般在我们村庄的大路、河流和房屋上流淌。父母们都去远处红薯地里锄草了,趁他们不在,村里的孩子分成了两个阵营,用木制的驳壳枪和大刀玩厮杀的游戏,从村东打到村西,又从村西打到村东,石头和泥块像飞蝗一般划破空气,发出"嘶嘶"的声响——这其中免不了有狂奔、叫喊、委屈、受伤和哭号。随着北归的太阳热力的增强,我们身上一直闲搁着的力气简直要爆炸了,我们不知道除了"战争"还能干点儿什么。一整个春天,白天连着夜晚(因为睡梦中也在战斗),我们都在冲锋、决战、逃跑、叫喊、咒骂中度过,对假想的敌人咬牙切齿,为肢体上的一处伤痕而哭泣。我们还无师自通地学会了运用军队的编制、队形和战术,制订出新的游戏规则。一个"小兵"是没有权力反对"最高长官"的(他有"司令"这个统一的称号),而一个"俘虏"如果交了"枪"就应该得到保护。最初是我们在玩游戏,到后来,游戏仿佛自身获得了生命,它像一个怪物引领着我们穿过一天又一天。它让胆大的变得更加残忍、坚强、狡猾,让胆小的更加畏畏缩缩。两个敌对的阵营几乎天天都在重组和变化,有人"叛变",有人当"奸细",也有人被推为新的"领导核心"。

  战争结束于初夏的某一天,那时田野上吹来的熏风已带着些许麦子成熟的清香,土豆已经收来躺在地窖里,河边的橡树花谢了,结出了一串串坚实小巧的果子,这时候,知了也开始不失时机地叫了起来。敌对的两个阵营和解了,双方的"领导人"郑重其事地宣布了"交战"双方停火,噩梦一般持续了整整一个春天的"战争"终于结束了。战后,这支汇合起来的部队已决定对一个劲儿嘶鸣的知了发动一起更猛烈的进攻,而这群站满了夏天的枝头的歌唱家还浑然不觉。村东有一个池塘,塘里长满水红菱和开紫色花朵的水浮铃,四周密植着柳树、乌桕和桃树

（在孩子们打打杀杀的时候,桃花已轰轰烈烈地开过),这里是知了声最为密集的地方。孩子们举着长长的竹竿——竹竿的顶部装有一个张开了口子的大尼龙袋——在池塘边的小树林里蹑手蹑脚地穿行,他们是怕弄出声响,惊飞了知了。其实这大可不必,因为后来事实证明它们是没有听觉的,它们太得意了,过分沉浸在自己并不优美的乐音里,对树底下伸上来的危险一点儿也没有察觉。整个夏天,我们村庄有多少知了在唱歌啊,常常是午后让人昏昏欲睡的空气和白花花的毒太阳弥漫的时候,它们唱得最起劲。有时整个村子里的知了都被我们消灭了,可第二天一清早它们又唱开了。这些家伙是从哪里冒出来的？秘密揭开了,就在树底下的那些泥洞里,这些新一茬的乐师趁着黑暗从泥洞里爬出来,蜕掉它们发亮的蝉壳,在露水未干的叶片上又示威一般对着我们唱开了。这声音里有委屈,也有愤怒。

然而"屠杀"只是刚刚开始。这是发生在我们和这群夏天的乐师之间的新一轮战争,它已经驱动,外力可以延缓它,但不能终止它,除非季节更迭让最后一只知了在枝头消失。如何处置手里这一长串知了成了让人头痛的问题,然而也正是在这一问题的处理上,一个人天性中的残忍在人生的初年暴露了。我们用一根绳子拴住知了的头颈(这个部位覆盖着硬壳,非常隐秘),细绳勒得太紧,知了一个劲儿地嘶喊着,挣扎着,试图飞离我们手中那根细线,但这又怎么可能呢?它就这样飞着,飞着,直到累死自己。也有人试过在它拍打着翅膀飞得最起劲的时候狠命一拉细绳,这时飞着的知了就像电影中被炮火击中的飞机一样突然在空中身首异处,坠落地上。我们用知了的残骸逗引来蚂蚁,放在它们必经的路上,然后耐心地等待它们去呼朋唤友,直至一条蠕动的黑线——那是蚁国的军团出动了——从某个隐蔽的地方蜿蜒而来。他们刚得到据说十分可靠的情报,天上掉下了可口的美味。然而再警觉的蚂蚁也不可能发现这帮坏小子邪恶的眼睛,等待着它们的是一场灾难。大火烧断了它们的退路,一场大水又倾泻而下。这环环相扣的杀戮真让人疯狂。

一个馋嘴的男孩突发异想,他说都是天上飞的,麻雀能吃,为什么知了不能吃呢?他的想法启发了更多的孩子,一堆堆火升了起来,小树林里飘满了焚烧动物尸体的焦黄的臭气。一只只知了在蓝色的火光里消失了它们折叠起来的漂亮翅膀,它们本来就黑的躯体由于炙烤蜷成一团,显得更黑了。我们小心地剥掉焦黑的硬壳,剔出里面的肉,这群不知疲倦的歌唱家就这样成了我们夏天最可口的美食!烧知了吸引来了一大群苍蝇,它们嗡嗡地飞舞着,落在我们吐掉的残肢上。

这时候,想象力、魔鬼一般潜伏着的施暴的欲望充分调动和释放了出来,它暴躁的脚步几乎可以撼动整个村庄。人要使坏是多么快乐,做一个坏孩子是多么快乐。我们把知了的翅膀折断,看它们在地上爬呀爬。我们把竹签插进知了的尾部,看着它们强忍疼痛徒劳地在池塘上空转来转去,在空中划着巨大的弧形——就好像有什么力量规定了它们飞行的方向。我们发现,这群夏天的音乐家只是徒有其名,它们的歌唱里没有心情,没有想法,只是那种单调的哑声的嘶鸣——这又与一个哑巴有什么分别呢?尾部插着一根竹签的知了,疯狂地划动空气发出"扑扑"的声音,当它像一架失事的飞机般栽进池塘,才会停止这盲目的飞行。我们,一群小刽子手,站在池边，手里沾满了知了绿色的体液，脸上的神情疲惫且困惑。当我们俯身下去在发绿的池塘里看着自己肮脏的脸，仿佛看见了罪恶和它的面孔。不知哪个惊叫一声，我们睁大眼睛——我们看到，池塘另一边，夏天的蚊群挟带着闷雷般的声音，正像一张大网向我们飞来。

1969 年大事记

1969年,野花平静地开放,村口的河道在春天泛滥。一粒种子脱离梦域,开始它在人间的生长。

1969年,"越战"还没有结束,总统被人尊称"狗娘养的",后来干脆被灭掉了。

1969年,四个从利物浦出来的年轻人中的一个死了,人们以吸毒和乱交来纪念他。他们的欲望随时随地释放,反而变得不像是欲望,倒像是条件反射。

1969年,匪徒们在西部片里策马狂奔。随后的日子里,一个男孩最大的愿望就是拥有一匹马,它应该通体雪白,能照彻黑夜的那种,而鬃毛和马尾则是淡黄色的。

1969年,平息暴民的警察一路开火进入城市。

1969年,一个未来的诗人冒着大汗翻阅《乔伊斯的生活》。鱼市的腥气在他窗下翻滚。到了夜间,他可以看到孩子们缩在黑暗的角落里。

1969年,一群孩子坐火车来到首都。他们中的一个女孩,在人群中挤丢了鞋。光着脚的她在广场上大声哭泣。

1969年,母亲20岁,父亲28岁。他们白天在我们的村庄下面挖地下坑道,晚上抓紧生产。

1969年,两个暴怒的男人在打架。

1969年,风吹过骨脊上的瓦楞草,一只黑猫爬上了树。

1969年,世界是贴着门缝看去的一个草垛、一堵矮墙和墙下的三只小鸡。

1969年,风吹进门缝,这世界让我流泪。

七十年代

七十年代,一个孩子看着水洼里破碎的太阳。七十年代,两个孩子在放学的路上打赌。七十年代,一群少年野马般跑过低矮潮湿的街区,扬起的尘土三日不落。

七十年代,冬天的风吹着巨大的冰柱子,像一枚枚闪光的铁钉。

七十年代,野花开放,天地辽阔。野花开在谁也不知道的地方。七十年代,飞机降落,一只钢铁的巨禽,扇动的气流压倒了成片的青草。

七十年代,一个未来的小说家正在经历他难堪的变声期。他的身体起了细微的变化。他小声嘟哝着,"这事情多么奇怪"。他不敢再在众人面前大声说话和唱歌,但依然向往着似是而非的爱情。

我所说的七十年代,它是一团空气,原始的空气,像一个久久无人莅临的花园,被一把锈蚀的铜锁封死。现在我要把它打开。我要让数千个日子,像鸟儿,飞出来,飞在回忆的阳光里。好让上学的路重新浮现,让影剧院里响起连日不断的枪声,在放学的路上和散发着木槿花香气的女同学迎面相逢。

时辰一旦逝去,真实也就失去,我现在怎样蹚过这片时间的积水?

时辰一旦逝去,真实也就失去,我说出的这一切向谁求证:

——过去的生活是最不真实的生活。

说吧,记忆

于是我坐下,凝视着面前的一张纸。于是我坐下,闪亮的河流在我眼前升起。于是我看见金色的蜂群,小小的飞翅在阳光下震颤,空气中布满了旋涡。于是我看见伸出触须友好地招呼的蚂蚁,一队夏天的黑色大军,它们的后面是一只昆虫空的躯壳。于是我坐下,一只白鹅蹒跚走着,走过贴着门扉的孩子的视线,风是那只藏在树背后的猫,蹭蹭地掠过灰色屋脊。于是我重新回到屋后栽树、池前采莲的菱池乡居,站在庭院里眺望遥远的山坡。于是我看到了那场蛰伏在农谚背后的夏雨,它像急剧的鼓点,逼近蜡染的村庄,雨中的牛和羊,迷蒙的影子仿佛剪纸。于是我看到了秋风把一座山吹近了我的村庄,看到了山墙下成串的红辣椒和新嫁娘一般裹得严严实实的玉米。

起自 8 岁的爱情。铁器厂旁韵郊区小学。一个废弃的庵堂。牛老是进来吃草的操场。男孩女孩,一共 38 个……这就是我最初的学校。我被领着去见一个老是打瞌睡的男人,他是我们的校长。于是我坐下,修改天空和上学的路,亲爱的老房子在眼前浮现。

于是我在乡间不停地游走。我不停地游走,遇见了那么多新奇的事物。春天的放蜂人走出魔术般的帐篷,怀揣一把刀子去追赶爱情。一个孩子站在桥上,舞动着一条花斑大蛇,像在舞动一架彩色的风车。太阳落山,四支搭成"井"字的竹竿挂起银幕,巨大的白色铺展梦想。我不停地游走,发现了降落在村场中央的飞机。这来自另一个世界的神物,金属的机壳在阳光下闪闪发亮。它巨大的螺旋桨越转越快,旋动的气流压倒了成片的庄稼,也灌满了我单薄的衣衫。它就这样咨嚣,不容留我们更长时间的注视,像一只羞怯的鸟很快就飞离了我们。但它又是那么大,那么大,在我们虔敬的仰视中,它几乎升到了太阳的高度。

……还有四棵树的故事。这四棵老树,就在我出生的村口,它们的年齿没有谁敢轻易叩问。我曾经相信,每一棵里都住着一个枯瘦的祖先。第一棵,有一天莫名其妙地生长出了火焰,八月的天光里,它就像一支巨烛烧沸了天空。风把火舌修剪得更旺。那年我8岁,为了抢救老树底下小屋里的识字课本、蝉壳、蝈蝈笼,被浓烟熏得像一只遭围捕的黄鼠狼。傍晚,倦鸟归巢,绕着冒烟的老树低飞着,一圈又一圈,终于它们失望了,斜斜飘过秋天的山冈,一路洒下苦难的泪水。没几天,一个人扛着斧子来了,三个、五个、八个……扛着斧子来了。他们"谋杀"了另一棵树。老树喀喇喇倒下,他们截断它的身体,送进锯板厂肢解,再把钉子乒乒乓乓摗进去,居然打成了一只木船。20年过去了,没有谁告诉我,如今那只木船是在河里,还是在海上哪片水域里,或是成了一片残骸在水草中腐烂。就只剩下最后两棵树了,它们耸立在我进入村庄的路口,像房屋的立柱,撑起记忆的门廊。

那时突然下起了雨,石子路面和天空一样变得惨白。我知道有一个地方我是永远也走不到了。于是我坐下,凝视着那条河。河在我眼里再也容纳不了,伸进秋天雨水的怅惘气息中。雨水如群鸟,翔集在我头顶,它们坚硬的喙啄击我,我感到疼痛;而到了夜晚,雪亮的车灯迎面射来,无数的雨丝是一群舞蹈的闪亮的萤火虫。

湿漉漉地走在夜的山梁,我回头望见的还是那条熟悉的河流。它在闪烁,它在迟缓流动,如一块滞住了的夜色,在大河的转弯处,露出了宽大、平静的河滩。山冈上的风浩荡地刮过,我会看到几株稀疏的苇草、红蓼在摇摆。雨水浸染着褐色的山梁,间或有几朵雨云像被赶着似的飞跑过头顶,它们还没有我的一只手掌大。

夜雨中我应该会想起我的祖父,那年我曾背向他大哭一场;应该会想起二月,不和忧伤一起来的风筝。山道上的泥水溅湿了我的裤管,百里山路如百里长卷次第展开。

那时我多么易感!怕见生人,怕黑暗和蜘蛛。读《布里格随笔》,就会大颗大颗地掉泪。我的灵魂上无片瓦……雨打在我的脸上,默念着痛苦凝成的句子竟会成为对自己最好的抚慰。我眼前出现了这样一幅图景:夜雨中,一个身影瘦削的少年,正在向我们居住的年代走来。他头发蓬乱,表情坚毅,身上的旧雨衣标明他来自尚不那么遥远的一个年代。"雨打在脸上,雨落进了我的眼里。"他向我们说。很快,他的背影就像一块盐,在如水的无边夜色中消融了。但有一种模糊的念头,让我觉得我们应该彼此相拥,我们本就是同一个人:一个在白天,一个在黑夜。

关于雨水在墙上留下的痕迹——那片水渍,他们把它叫"公牛",叫作"老人""孩子",或是"一匹腾跃中的马",我把它叫作"记忆"。

我坐着,怕抬起头。一场大雨洗去了我们多少散乱的脚印,带走了多少气息,残留在记忆中的往事又如何拾掇?夜静着,把灯熄了吧,不要记忆了,站立着,挺过一场场大雨吧。他们说起风了,试着活下去,我想应该是这样的。

还是说说我生命中保留至今的东西吧:
这是一片曾启示我写出抒情的诗句的树林,冬天里,枝叶萧疏,阳光漏下来,一个玩冰的少年捧起它。多少次,我怀揣梦想和小小的欣喜,在窗口把它打量。

这条河,更久远的源头在七千年前,黑夜里,橹桅无声,和着流水流过我的无眠。多少亡魂在流水中濯洗:抗清的义帜。血。致良知。它像我一位出走多年的兄弟,带来我熟悉的气息。它的闪亮,它的迟缓。我时常拿它擦洗我的眼睛。

还记得那年秋天,我抚摸着这一块块石头。我向它吟诵阿波里奈尔的诗歌,它不辩驳;我向它朗诵我的作品,它不赞赏。后来我向它告别,它是石头,它的静寂亘古。

还有这座楼,王阳明出生时瑞云祥集,我去时,已破败不堪。我扶着梯子,外面传来叫卖新鲜果蔬的声音。我始终没有把它忘记,瓦松郁郁,是岁月打上的纹章。

但更多的时候我哪儿也不去,我坐在城中的这座桥上。有两次,它拨动我的心弦:第一次,它是我初恋舞台上的布景;第二次,它与一次死亡的记忆有关——1945年,一个日本兵在上面自杀。

还有这条大街,冬天里,它冻结成一面闪亮的镜子,映照出电杆、飞鸟和一切众生的影子。我和小璐在上面小心行走,风吹斜了我们的影子,我呵着她冻得通红的小手。贫穷而听着风声,我们的爱情多么美好。

现在,我面对的只是一本书。这本书中经常出现的一个地名叫"高斯"。那是法国南部半岛上的一个地名。据说那片十分宽阔的密密的杂木丛是牧羊人和所有犯了法的人的家园。"倘若你杀过人,那么就请你躲到高斯的杂木丛林中去吧,你只消带上一杆枪,备有火药和子弹……"我知道这是一个有趣的故事,接下来,将出现这样的图景:流血,械击,孩子和逃亡者。我甚至已经在投向书页的微茫的光线中看见了秋天的孩子、一大堆金黄的干草,看见了长着一只鹰钩鼻子的神枪手马特奥·法尔戈纳……呵,这样做已经使我欣喜晕眩。这是一个十分脆弱的人,这一点你说对了,但他拥有想象,最大胆最强劲的想象也会变成真实。呵,欢乐,无言的欢乐。我将在日后的写作中把它捕捉。

我已经被这样的一种幻象迷住了,我想我已经生活在真实中了。

在所有我的生命曾经停留过的地方,只有书房中没有睡眠。我把睡眠交付给了那些幻象,那些我要讲给你听的故事。这是一间幽禁沉默的小屋,这沉默曾贴着火焰吐露过话语。本来我可以做得和瓦尔特·本雅明一样好,但我仅限于奉献各种用处不大的文字和各种各样的尝试。我在一种事物上产生五十种以上的联想,并以此自豪。

关于我的写作,我想我已用各种灿烂外表下的隐喻代替了开口言说的。作为一个本质上的物欲主义者,我所想所谋和你并无多大区别。我不是个思想家,但我是你的同路人。我并没有贸然走进虚构的世界,我生活着,和你在一起。

出生于六十年代

许晖从郑州来信,谈到人是多么容易受表象的蒙蔽,为我和他同生于六十年代感到由衷的"庆幸"。他这样言及他的工作——"把一代人联络起来,形成一种整体的力量。"在那封不长的信中,许晖向我推荐了他的好友李皖的《我们这一代》,说这篇由他编发的文字,是对"出生于六十年代的人"的一次极好的总结。

我是李皖《文化乐评》的热心读者,他梳理、批判着耳边的流行,在一个技术至上的数码时代寻找着声音里的美,然而恰恰是许晖说的《我们这一代》我没有读到过。翻开手头的《东方艺术》样刊(1996第6期),一个醒目的标题跳了出来:"一代人的肖像",作者正是这个李皖。在这篇从引述迪克斯坦《伊甸园之门》中对六十年代鲍勃·迪伦一次演唱会的描绘开始的文字里,李皖的乐评传达出了一种新的气息,他不再只是一个声音的描述者和追逐者,他的目光投向了一个庞大的社会集体——李皖称之为"代"。什么是代？李皖说,"代就是某一个共同的命运,就是每一个人都逃脱不开的共同的经历"。

与九十年代初,某文学刊物推出"六十年代作家群"的操作不同,我意识到,许晖、李皖他们更多的力是用在了对这一代思想的描述和生成这一代特有禀赋的文化情绪,以及社会生活诸方面的研究上。对一代人的命名,其实质就是对一代人有意识的身份确证。"形成一种整体的力量",这是地处中原的许晖的野心（他的朋友李皖是不是这样想我不知道）,听听也就激动人心了。

我在给许晖的信中,谈到了对我出生的年代的理解:"我出生于六十年代的最后一个夏天。我想,对出生于六十年代最后几年的我们来说,有一点是遗憾的:我们开始有了记忆的时候,时间已到了七十年代的中后期,六十年代迷幻的激情不是我们的历史,因为我们对此并没有记忆,六十年代只是一个符号,一个我们出生的符号。在我成长的最初日子里,包围我的是乡村放任、无聊的空气,自由流淌的阳光和飞舞在乡间的各种昆虫。当我长得更大一点,我读了书,参加了工作,金钱显示了它无所不能的力量,这个世界涌动着的已是灰色的物质泡沫……李皖说我们是'红色时代的遗民'(见《一代人的肖像》),的确是这样,红色进到我们眼里,已隔了一大片时间的河滩,已成为令人伤心和神往的神话故事……"信寄出没几天,就在最新一期的《读书》杂志上,调整后的李皖以他沉静的脚步走来了。开始的时候,他好像在向我们叙述一个爱情故事:"这一年,高晓松二十七岁,但已经开始回忆……他开始回忆,如此旁若无人,如此铭心刻骨,如此叹喟感伤。唱歌的人哭了,他想起了他和女友一起在八中校门口树上刻下的字。这时,他在唱《青春无悔》。"

"这么早就开始回忆了",这是李皖的判断,然而他说出来时更像是在表达他对此的惊奇(他后来用了"震惊"这个分量更重的词)。他震惊于那么多的人,在那么年轻的时候都已"为过去感动",进入了回忆的河道。从窦唯的《艳阳天》到章鹏的《走在瞬间》,

到金得哲的《梦幻田园》……回忆,是不是烙上这一群人情绪的印记?他由此再度进入了"六十年代出生的一代"这个命题,他对此的思考延续从《一代人的肖像》以来的思路,向着本质更推进了一层:"代,从本质上说并不是一个时间概念,代就是一群人共同的命运。从一开始它表现为一种共同的经历,随后它表现为对这经历的无可奈何,以后的人生都要被这经历所左右。"那么,什么是这一代人的共同经历呢?在西去列车的窗口唱"抬头望见北斗星"?太早,轮不上。一边听白发先生讲"关关雎鸠",一边看汉显BP机上的股市行情?太迟,又挨不上边。被李皖称作"对这一代有深刻体悟的论者"的许晖,李皖在这里引用了他《疏离》中的一段文字,这段文字对这一代人生活图像的揭示与我在信中的想法有着惊人的相似(我们都说到了"遗憾"这个词),所不同的是它在表达上透出的成熟气息,许晖说:"我曾经提出过'六十年代出生的人'的概念,这个概念是想说:我们诞生在六十年代,当世界正处于激变的时候我们还不懂事,等我们长大了,听说着、回味着那个大时代种种激动人心的事迹和风景,我们的遗憾是那么大。我们轻易地被六十年代甩了出来,成了它无足轻重的尾声和一根羽毛。"

就在我向许晖津津乐道着六十年代是一个"符号"时,许晖早就借崔健在一九九四年出版的一个专辑,给这一代下了一个具有讽喻意味的定义:红旗下的蛋,但是,它下得太晚了。这是许晖眼中这一代人的宿命,因赶上大时代的尾声而不甘平庸,因大环境的日益规范化和组织化而难有作为。

可以给这十年间出生的一群人以一个整体的命名吗?或许是张楚"我成长于理想破碎的年代"的延伸,许晖给出了一个"碎片中的天才一代"(他在一本年轻的学术刊物上实践着这一主张,并试图描绘),这不无自信,但是不是同时也就默认了,这一代的精英们在回忆中歌唱是唯一的拯救之道?因这一代代表的歌者常常把目光投向生命初年的经历,李皖的命名是"志大才疏"的一代(这或许是一种自贬?),他指出,这一代最大的代征是:在想象中经历辉煌。

当然,李皖还描述了另外一些更深刻的代征:幻想甚至梦游的气质,天生的距离感,极度矛盾,表达不清,边缘的、观望的(生活在他的外面,革命在他的外面),生在城乡接合部,天然的感伤,等等。李皖这么说:距离是这代人最核心的东西,朦胧是他们面对世界的一种方式;对已逝的含情脉脉,对现实的保持距离,对自然倾情,对未来忧心,是他们的习惯。在李皖的上述描绘中,我更倾向于认同他在高晓松、张楚和窦唯身上发现的"幻想""漫游"的气质,这两个词组合产生的意义,更为准确地传达出了这一代生活和情绪的形态,我想,这种形态或许可以称作:游走的一代。

他们的童年在游走。寂寞乡村的风景、风筝和炊烟、偶尔进入到眼里的死亡、疯狂的游戏、某一事件在他们年幼的心里激起的小小波澜……这些七十年代习见的场景和由此引发的情绪,成了他们生命初始的记忆。我在以往的诗歌写作中,记录过这种"游走":"七十年代,一个孩子看着水洼里破碎的太阳/七十年代,两个孩子在放学的路上打赌/七十年代,一群少年野马般跑过/低矮潮湿的街区,扬起的尘土三日不落/七十年代,冬天的风吹着巨大的冰柱子/像一枚枚闪光的铁钉/七十年代,野花开放/天地辽阔,野花开在谁也不知道的地方/

七十年代,飞机降落／一只钢铁的巨禽,扇动的气流压倒了成片的青草"。当高晓松唱出"白衣飘飘的年代",更多的是一种缅怀和追忆的心境,他们在内心对那个年代是认同,并且热爱的,一群长不大(拒绝长大?)的男生,他们相信生命中最美的记忆,永远是那最初的日子("童年和少年,田园和校园,儿时玩伴和大学女生")。正是在对待过去的不同态度上,我怀疑的声音简直是这一代中的一个异类:"时辰一旦逝去,真实也就失去……过去的生活是最不真实的生活"(《七十年代》)。后来,这茬人经历了难堪的变声期,他们读书,上大学,幻想或者写诗,或继续他们在街巷的闲逛,同时开始他们摇摇摆摆的初恋,在课本的边角和街角的电杆上写下某个女孩的名字。再后来,他们成年了,进入社会了,又开始了新一轮的游走。改革了,开放了,市场化了,这一切像快镜头一样掠过他们眼前,世界的加速度几乎让人有点猝不及防,他们匆匆忙忙,上班、赚钱、买房、结婚,成了新一代的市民。这一切不是在生活的表层足不点地的游走又是什么?

丹尼尔·贝尔在《资本主义文化矛盾》一书中,

指出二十世纪六十年代的标记是全球性的政治和文化的激进主义。激进和理想之梦,这是笼罩着物质贫乏的六十年代的绚丽色彩,在这种环境中出生并成长起来的一代人(他们看见过那个梦红色的尾巴),他们的情感不像五十年代出生的一拨人的沉重,但又远没有七十年代后出生的一拨人的轻松,那么,什么是这一代人的典型情感?

作为一个搭上六十年代末班车,如今又迫近三十岁的人,我时常感到的是一种尴尬。在给许晖的信中,我谈到,这种情绪在九十年代的今天显得尤为强烈了:"我们的前一代有他们沉重的历史碎片咀嚼,而更为年轻的七十年代后出生的一群已紧迫我们,让人徒生一事无成之叹。在他们中正在盛行的是轻的美学:冒险、游戏、情调、节日氛围、情人节和生日派对、好奇、有用和对发迹的向往。他们因此要比我们活得更漂亮、更轻松。但我们还是得勉为其难地表演着……"这一群人或许是具有根的意识、具有历史感的最后一代,紧随他们身后的一群,已用轻的美学消解了历史的沉重。但这一代在看到神界的同时,也不放弃世俗的体味和玩乐,这又与他们的前辈区别了开来。他们在精神形态上的"悬空",使他们有可能在五十年代到九十年代成为最不引人注目又最容易被忽略的一代。对此,李皖在文中有非常好的表述:他们是过渡年代的过渡体,拥有前后两代人的特点,并同时成为两代人的观察者。

如果说,一个时代的人们不是担起属于他们时代的变革的重负,便是在它的压力之下死于荒野,这一代人里最优秀的几个人的遭遇,已经让人想起了艾伦·金斯堡在《嚎叫》中的首句:"我看见这一代最杰出的头脑毁于疯狂……"还有就是索尔·贝娄的:"更多的人死于心碎。"

作为过渡的一代,时代的担子已经在不知不觉间滑过了他们的肩头,滑向他们不知道的身后。这一代以后出生的一茬人,他们似乎更顺应时代前进的潮流,在社会变革的加速度中,他们尖声呼哨,快活地滑翔在物的世界的表面,他们更有理由,也更有禀赋成为未来新世界的主人。

尽管如此,六十年代出生的一代还是登台了。虽然还是"隐约"的,还没有形成许晖们所希望的"整体的力量",但他们开始显示出了这一代卓尔不群的品格。登台的脚步声中,同时出现了这一代的旗手和歌者。"这么早就回忆了",有人就说他们的脸孔也还年轻,而心境已经很老很老,现在我们已经知道,他们回忆,是因为他们少年时代不停地游走的经历,是因为今天内心里感到的悬空。梦醒以后会变得更老,他们有过梦么?他们并没有真的变老啊。

许晖寄希望于"一个伟大契机的到来",或许真有那么一刻,我们日日夜夜积累的欢喜和眼泪会得以自由迸发?但经验告诉我,等待,是一个危险的词眼,在想象中经历辉煌,必然会引起的是行动上的退缩。不需要祈祷,也不需要挽歌,对这一代来说,更要紧的还是脚踏实地的行动。

原版后记

阅读这些三年前写下的文字，我仿佛走进了一间时光穿过的屋子，一个我劳作过的工场，里面的陈设又陌生又亲切。1995年初春，随着草色的返青，我空空荡荡的心里涌动着一股力量，我意识到该是写下点儿什么的时候了。最初的日子是激动而又不安的，当我在一个春夜写下了第一个句子"我喜欢……"，绷紧的心弦终于发出了和谐的乐音，我变得从容了。"我喜欢"，就像一支乐曲的起始一样，我想我定下了一个不错的调子。

在笔和纸不断地撞击中，我有过惊诧和不安：我竟会写出这样一种文字！我很清楚，这是一种远离时文积习的写作，在商业气息尘嚣日上、市场意识渗透了我们的生活并且统治了我过去那些同行的时候,我这样写肯定是不合时宜的,甚至是危险的。但我固执地以为:一个人离市场越远,离自己也就越近。一年过去了,这本小书的轮廓已大致呈现,我打印装订了几份在几个朋友中流转。在我看来,这项工作已经完成了。

如果不是这次重新校订,我真快要忘记了我曾经写下过它们。仅仅三年,一个人就可以变得辨不出原来的面目,这或许是因为文字有着自身的生命,它们以一种隐秘的力量在写作者的视野之外生长。但我更相信是由于时间的蚀刻,这是一种更为惊人的力量,它让每个写作者在面对自己和这项工作的时候黯然伤怀。所以我现在鼓起勇气出版它们,是为了纪念,更是一种冒险,因为我把它们放到了时间的筛孔边。比起公众的眼睛和一个时代文学上的趣味,时间更为苛刻。

这些文字表达了写作者对某种说话方式的迷恋。这种说话是针对这个商业时代的,同时也是时代的喧嚣让写作者选择了这种语言方式。哲学热情和青春期残留激情的混合,使文本显得像一个庞杂的叙事库房,语言在这里有时像一条奔泻而下的河,狂热、无畏、尖锐,有时又转过身去,裸露出柔软的部位。

现在我读着它们,就像一个无所用心的漫游者走在一条陌生的长廊。我希望你在读的时候也和我写下它们时一样快乐,我也希望生活的流变不至于让我前面写下的很快令自己难堪。华莱士·斯蒂文斯在《弹蓝色吉他的人》里这样写道:"我弹奏不出完整的世界,虽然我用尽了力量。"这也正是我想说的。我知道文字的力量,我也知道文字的虚伪,写作在最愉悦的时候,就已潜伏着一种危险,它愈深入,就愈背离真实生活的初衷。如果把这本小书放到我们的整个生活和世界面前,它如果只是一粒微尘,尘中的尘,但我还是应该通过写作这条通道来努力抵达世界的真实。这是文学的职责,也是一个作家的职责。

在我最初的构想中,这是一本需要不断修正和充实的书,但我没有惠特曼十九世纪式的耐心,尽管我一直把《草叶集》视作文学的典范。我这样仓促就让它形成了,是不想在一件事上过于劳神。我还年轻,我还有那么多的事要做。我说过我渴望真实的生活,所以还是让时间来修正它吧。时间是最伟大的使者。

最后一句话我三年前就想好了:

没有一阵神奇的风能促使一本书的形成,靠的还是内在的支撑。

1999 年 3 月

新订版跋

那年春天,我结束了单身生活,然后,把家搬到了菱池。

菱池有我的祖宅。在那里的一片空宅基地上,我们盖起了一幢被朋友们戏称为"豪宅"的楼。楼顶有阁,安放藏书;楼前空地,遍植桂花、山茶、月季。我终日与书籍和植物为伍,偶尔出门,也是与一个专仿旧画的朋友一起,看画、拓碑。我十六岁离开这个村子,称得上逃离,三十岁后重归此地,却是自觉自愿,复归了一种婴儿般的宁静。我丝毫不怀疑,我将在这个出生的村子终老。我的人生导师《瓦尔登湖》的作者梭罗告诉我,人应该活得简朴、独立而宽宏,一年中只需工作数周,即可满足全部物质需求,人的大多数时间都应该交给幻想和冥思。

我就这样把所有的闲暇时光交给了阁楼,带着我婚前开始写作的《安魂之所》手稿。我清楚地记得,写下这本手稿的第一个句子是在1995年春天,一个蓬勃向上的季节。那时,世界如同眸子刚刚睁开,地平线上吹来另一个世界的第一缕风。命定要读到的书还没有遇见,后来想写的书也还不见踪影。那时,词语的世界如同一张人迹不至的地图,交叉小径不知道通向何处,山的那一边不知道是什么等着我。一个年轻人带着迷茫的表情,开始建构他真实生活的愿望。

"精神世界的沉迷者,容易走到一个极端,把虚幻的理念当作灵魂的栖居之地,而常人忽略的是,冥思和梦想也可以带来心灵的幸福。"我那时如此自信地下此断语,其实还是沉迷着。

时间的筛孔没有吞噬这本小书。这并不是因为它有多么优秀颖异。它是无畏的,也是稚嫩的。它有如此的幸运,只是因为我还持续地走在那年春天以来的道路上,后来的文字照亮了它,让它焕发出意义。

它们现在已经成了琥珀,君特·格拉斯说的那种"蜜黄色的、透明的"琥珀——在华沙旧城广场的杂货摊上,我曾对着阳光仔细观察过这种据说采自波罗的海的水滴状化石——角度合适的话,可以看到封存在树脂中的冷杉针叶、蕨类植物的叶子和细小的昆虫。而过去的时光已成了琥珀包体中的叶子和昆虫,被词语包裹。

这是一份自我的箴言。如果有意义,也只因为它出发于个体,并归结于个体。对诗歌和哲学的热爱,使我一段时间里痴迷于这种启示录式的文本。它的言说方式是主观的、激越的、不证自明的。——"真理的呈现通过物象的暗示,当我开始诉说,却找不到适当的语言。"

一份出版于九十年代的文学年度报告注意到了这种写作:"他喜欢迂回闪烁的叙述,喜欢通过感性的物象替代来抵达意义的另一端。""他体味着那些物象中蕴藏的诗意,捕捉咀嚼着华丽斑斓的辞藻,他沉溺其中,写下来,文本辉煌异常,他说自己是一个词语的游戏者。"语言在这里是向世界开掘的铁锹。开掘世界意义的同时,也开掘着语言自身的意义。

以后二十年生活史式的持续书写,思辨的激情退去,叙事将得到更大的尊重。这是同一动机下的两个方向,都是努力借由写作这条通道来抵达存在之真。

此次新订出版,删去《夏天的采石场》一章,并部分补入新增的《与梦境斗争到底》一章。专辟此章,亦是为表明,我一直在与大大小小的梦魇做着搏斗,一直在努力挣脱。在时世的艰难里,一个真正的现实主义者写下的不应是挽歌,而应是持续的对生活的抗争。同时我也不怯于承认,其实我一直在屈从:屈从于欲望,屈从于虚空,屈从于大楼、办公室、会场、居室、睡眠和梦境……屈从于比我强大的一切。

二十年过去了,借着这本小书的新订出版,也是对那个理想主义尚未泯灭的年代的一次回望。

是为跋。

2019 年 1 月 29 日
作者识